阿路无痛

娑玖 著

重庆大学
出版社

图书在版编目(CIP)数据

何路无痛 / 梁玖著. —重庆：重庆大学出版社，
2016.8

ISBN 978-7-5624-9763-9

Ⅰ.①何… Ⅱ.①梁… Ⅲ.①中国文学—当代文学—
作品综合集 Ⅳ.①I217.2

中国版本图书馆CIP数据核字（2016）第093925号

何路无痛

梁 玖 著

责任编辑：周 晓　　书籍设计：黄俊棚
责任校对：贾 梅　　责任印制：赵 晟

*

重庆大学出版社出版发行

出版人：易树平

社址：重庆市沙坪坝区大学城西路21号

邮编：401331

电话：（023）88617190　88617185（中小学）

传真：（023）88617186　88617166

网址：http://www.cqup.com.cn

邮箱：fxk@cqup.com.cn（营销中心）

全国新华书店经销

重庆俊蒲印务有限公司印刷

*

开本：889mm×1194mm　1/16　印张：12　字数：290千

2016年8月第1版　2016年8月第1次印刷

ISBN 978-7-5624-9763-9　定价：48.00元

消暑于心

　　乙未年入初伏的北京，着实是热，此刻已是深夜，也不太见凉风起。记得家父在世时，在家乡重庆——乃有名的暑热之地，每每至夏夜难以入眠辗转反侧烦躁的时候，父亲总是在慢悠悠摇晃着他的那把老竹篾扇（如图）时，在透入房中那路灯光的音色中还送上语速不快的话："你躺着别动，就不觉得热了！试试吧。"那时年少，不觉得这话中有深意，只是一味地觉得，即使

《父亲·梁鸣皋》（1972 年）

让身体静静地躺着不动，还是热啊。待至自己年长，父亲也永远离开了自己，可是却时不时地想起他老人家的一些话来，也渐渐明了了一些人生个中深意。的确，在这样湿热夏夜里，一个人静静地看看书、时不时也摇摇扇子，也不觉得酷热难耐。全部的要义是——内心安宁，才得自然凉！让自己的心灵宁静有属，这种理念是要有的，更是需要去做的，不仅仅在暑热时，更是在人生的中途。

　　夜在滑向深处，我的灵魂安放何处，是一个人生的、文明化生活的命题。我曾写有这样的句子——"饿着发呆时，觉得在人自身的漫漫岁月中就是承担三件事：活着＋给予＋填空"。个人

或群体，总是在希望、搜集、排除、担忧、爱、关注、行动、讲究、失望、直觉、经验、理性、思想、真理、主义、信奉、敬仰、欲望、批评、高兴、失落、影响、暗示、意义、无聊、矫情和荣誉中，在做大大小小的事情中度过了愿意与不愿意的所有时光。也就是在自己和他人要度过自己要承担的那些岁月的过程中，需要有行动的依循、规矩、方法来获得安适生命与幸福。

这本名为《何路无痛》的小书，说起来真是随风而得的。因为，她是源于自己在生活、教育、情趣、艺术、理想、学术、友情、闲思等方方面面的随手所写。用一句话来说，就是个人悲欣情趣的及时应答实录。

书中所录，有的是笔录自己存在状态与心境的小文。如《人生的中途》《每天黎明在我疼痛中到来》《快乐时光》《我喜欢读书》《相欠》《我总是想起你》《家乡的冬天》，等等。自己历病痛那些岁时攒下来的自我遗产就是四个字——"无痛是福。"昨天于大暑热中，八小时不间断地给木姜子树俩谈她们的博士论文选题问题，至今日右侧脖子与肩僵硬而疼痛不适，又一次温习了"无痛是福"的人生真理。在此，祈愿读者诸君，一生无痛有福。

有的文章是为激励、宽慰、引导自己的研究生等学棣安顿生命、勤勉修业、走出迷障、走向新途等而即时倾情撰写的。如《面对》《知道你自己》《有心情就有阳光》《论寄托》《草叶鸟》《成长的疼痛》《有精神》《迎春花》《人生两路》《春到花开》《一生会看秋叶飘飘》《信守阳光的旋转人》等多篇。这也是本文集的核心部分，也是因有这部分的存在，才促成该文集的出版动议。自认为这部分的议题与思想，部分地反映了我的"润泽教育思想"。对于自己学生的教育，坦诚地说，我是用心、尽心、精心、勤力的。就在学生毕业季，也还曾以微信方式再次提示他们："凡穿学位服照相者，别穿凉鞋、裙子。讲究＋规格＋作品＋出场＋精彩＋精神＋办法＋气象，别还没有走出校门就忘了。在泽园①，不是要求严格，是建议其成为社会所属层次应该有的文明人。当然，泽园是来去自由的，申请进了，也可申请出，这是民主与独立思想之守候。但，落入市井，无仁心＋无学术＋无人文之公心者，就当别论了。其实，为何而来，才是自己真正应该回答的命题。如果，你来，不是为了学术、不是为了修养、不是为了自己成长人生境界，而是为了索取非是，又何必成其为门生耶？要者，人生应有人味品级，且能走过去，芳也！"

书中有的是自己某种心情或情趣的及时表达。如《我在书房》《我要准备减肥了》《共同度过》《辞行》《临窗》《潜然泪下》《雨后那方的清爽》《前边有个女孩》等篇章。生活是一串珍珠，只要自己在意，每一个顷刻都是自己生命的永恒曲。感谢生活，其实就是感谢自己。原因很简单，自己的生活是自己寻得的，你爱她，她总不会太恨你！

恰如《I STROVE WITH NONE》②诗中所说："我和谁都不争，和谁争我都不屑；我爱大自然，其次就是艺术。"书里的数篇是自己置身艺术原野的体悟，有散文、有诗词、有艺术话语，等等。如《终于成了宠物》《又见炊烟》《写意悲欣情趣之旅》《论设计人》等。艺术是另一个世界的事情，我今生有幸行走其中，的确是一件乐此不疲而快意舒爽之事。人生若无艺术的光照，"人生雾霾"或许会时常漂浮于自己的生活和内心深处。艺术乃异乎寻常无量力。确信艺术，可以让自己与精神相融共辉。一句话，艺术是自己找到涌动活力生活的不可替代的鲜活元素。

---

① 因我主张"润泽教育思想"，故，我的门生们就把我们的这个师生学术共同体，称为了"泽园"。也好，事物存在总得有个名吧。

② "我和谁都不争，和谁争我都不屑；我爱大自然，其次就是艺术；我双手烤着生命之火取暖；火萎了，我也准备走了。"——《我和谁都不争》[英] 兰德，杨绛译。

有的篇章是想让远离自己肉体的那些思绪存在，表明自己除了好吃饭以外，还有些非物质性的想法。如《要有一个理念》《看法》《核桃树》《大学的个性与精神》《分享》《在东南的最后的日子里》《不小心》等。我总是认为，在自己平实的生活中，要有仰望的思想、要让自己的生活常常腾跃有景、要在身处城市一环路时也想到五环外的世界，如此，人生才会多些情趣与意义。忽然记起我曾经的一位访问学者池鹭鸟·刘金华讲过的一句话："我们登山摸天去吧。"她说，她小时候在山东沂蒙老家时，总是好奇眼前远处那大山，就跟她父亲数次提出来去爬山的要求。她父亲便问她："你爬山上去干什么呀？"小小的她回答说："去高山上摸蓝天。"她父亲又问她："摸到天以后的感觉又会是个什么样子呢？"她天真地说"摸着很滑滑的、丝一丝的感觉。"后来，等到她长大后回故乡时，昔日的乡亲们就会对她幽默地说："我们登山摸天去吧。"老实说，我很欣赏她们父女俩的对话，多么美妙鲜活啊！也很欣赏这个故事，多么有生活的情趣与思想啊！后来促其集成的"搏顶教育思想"与之有重要关联。其实，自己时不时地"登山摸天去吧"，一定是很惬意的。

凡称为学术者，多是人们创生出非存在新知成果的一种特别发明行为。从本质上来说：学术是一种寻求不曾有的有之信仰——对创造人类新知行为的信仰。在人类文明中，已经把从事研究和能够创造出经典性有系统与较专门学问的行为和人物，划归为被普世尊重的事项。也就是说，当人们知道某人是从事高深学术研究活动的时候，总会在心中给出些或明或隐藏的崇敬和欣赏心理。这种普世对学术行为的认同与敬畏就是一种信仰形态。所以，我一直认为，学术就是指被持奉创出文明成果的行为信仰。这里有的小文是学术性文本，但多数不是专门的学术论文，而且量也不多。如《选择》《启迪》《假定命题》《望林深处》《主动应答问题的超越论》《说什么》《我想得到一本天书》《心划情体：书法艺术创作论》，等等。不过，从创生的视点看，本文集可谓是自己的学术生活化与生活学术化的一个交响体现。

书里有的是记叙亲情、师生情、友情的文章。如《失火的图书馆》《有你他就活着》《置于历史荣誉的高兴与感谢》《你远去的背影》《在燕儿离开我们四个月的日子里》《审艺的心灵在人间》《回望慈心惠爱的叔娘》《那个永恒的冬夜》《你是我的彼岸》《只为了看您》《周大爷》等篇目。人是在群体中获得些许价值和意义的。我深深感怀于自己人生中途的各个阶段、环节和紧要时刻，分别给予我关爱、关照、帮助和支持的所有人。我虽然倡导弟子们确立"我很重要"的人生思想，但是，鱼儿离不开水的道理却是一个真理。"我很重要"也是基于每个人的存世唯一性而论的，而且是建立在要给予个人彼此都重要和尊重的认识论基础上的。心存感恩、欣赏、仰望、爱即表达、忏悔、彼此见证、有规格、意义存在、此在、格局、气象、有精神、文明化生活，是我遵从和守候的人生思想丛关键词。事实证明，何时膨胀了自己，就是自己人生堵塞的开始。反正，无情无义、薄情寡义、忘恩负义、莫名翻脸不认人的一些概念或做派是不应该出现在人类文明行为中的。

还有的篇章是自己闲思填空人生状态的反映。如《鞭炮声的价值》《你想抽烟吗》《童趣与蝌蚪的命运》《想念的人生》《雪花儿正舞》《我是那株枯萎的花》，等等。独处、安静、闲思，是很有益于个人心理洁净的。记得多年前在给本科生讲课的时候问他们："你们最近有什么影响学习的问题吗？"有学生便说："缺钱。"我说："缺钱，是一辈子的事，所以，现在上学就专心向学，也不要一天到晚就只是去愁钱的事。"又有学生说"没有时间。"我说"勤勉的人，一生都会感觉没有空闲的时间。这不是影响学习的理由。好好设计自己的预存时间就好了。"还有学生说："无聊。"我说："无聊，就说明你没有可聊的东西嘛。这个好解决，哪一天午餐时，自己去学校食堂买两个馒头，再找一个无人的地方，独自在太阳朗照下慢慢用掉两个小时的时间吃完馒头之后，你就有'聊'了。比如，对何谓'锄禾日当午，汗滴禾下土。谁知盘中餐，粒粒皆辛苦'[①]等人生实态，就会有些切身体悟，进而学会明白和讨论人生到底应该做什么等主题内容了。" 关于闲思的益处，在我的博士生导师、著名艺术学家张道一先生的教诲中可以参悟到。犹记得先生说："对日常不起眼的那些小事，时常拿来琢磨琢磨，是可以很好地训练自己的创造性思维的。当然，琢磨思考获得的一些结论，有的是不宜发表的。"

　　本文集最终得以刊行，主要是缘于两个缘由。一是，"教授，您应该是出版了您的一些诗文了吧，可否索要一本啊？"这是

《卓著·给博士生的读本》
（2015 年）

近些年时常有朋友或学棣对我的直言。久之，也就觉得似乎有些道理。尤其是每年秋天我总要接受一些新的学生来学习，无论是硕士研究生、博士研究生、博士后，还是高级访问学者、进修生，我都会分门别类给他们撰写和印发一些专门阅读的规格文本（如图所示），有时也在想，如果有一个成型的、现成的读本，也许会少了我好些工作的时耗。为此，在这暑期快开始的时候，便着手搜集整理这些年来那些零散的

[①] 唐代李绅（772—846）的《悯农》诗之一。

小文。二是，得益于有自己出版理想和思想的周晓君的倾情与支持、勤力。这再一次表明，独自人生的风景是有限的，只待有了向道坦途朋友的同行，才会行事得精而入微。

《乐见周晓君》（2016 年，刘平 摄）

总之，本文集乃个人心迹而已。有的起初就是专门为了宽心门生心理与人生而撰的，有的则不是，今都载于斯，权当是自己走过、路过、想过、做过和希望过、留恋过的呼吸岁月之"老照片"。如果，读者您此刻在慢慢数过这些字、词、句、段、章、篇或书画之后，有几许或如漆黑之夜一只萤火虫那微小亮光般的有益感受，就算我不负自己这一行为了。

谁管理自己度过整个一生？似乎只有自己。不过，也要去己私、去浮气，获平心、获圣灵之后，才会有当下所得、深造自得。

人生是一条不眠的河流，自己又当做些什么呢。

我想，一旦树生于野，不遇风雨、不经寒暑、不生霜露、不历骄阳，是不正常的，都遇上了，才是福音。

2015 年 7 月 15 日 23:03 初稿于门生木姜子树届博士研究生举行博士学位论文开题报告会的前夜的北京长河寒舍；定稿于经一夜雨生出几丝寒凉的 7 月 17 日午后。

CONTENTS 目 录

快乐时光

　　一转眼，便望不见她小船的身影了，笑容与细语和着眼泪，却还在眼前。

　　这么多年了，纷繁都已褪去，唯独这还在。

2011 年 1 月 16 日于北京望尘园。

《夜》(纸本)，43 厘米 ×45 厘米 ,2009 年, 梁玖

只是路过①

路过，真的，只是路过。

我已经解释了。

是看到了你，还有背后那棵树，又怎样？还有一棵呢，似乎还有个竹篱笆墙对着我。

他们不是也路过了吗？你看，早就看不到他们的背影了，连一丝响动声都没有。难道你没注意？

我知道，他们是用不着给你打招呼的，你要怪他们？没必要吧，谁不过一些路呢。

算了，秋天到了，你不摘那满树的柿子，风也会带了她去。

对了，对了，我必须得走了。

遭了，是你路过？还是我在过路？

看了看，我手中这个，突然摇起了头来。

……

这是那年入夏时节，对他说的话，不知为什么，居然在这个寒凉更重的岁月里，又想起来了，似乎还有些背景旋律飘过。

没有啥，只是一次路过！

2015 年 9 月 10 日于北京望尘园。

---

① 专门草予乙未年秋入泽园的博士研究生——华榛树阅读的第一篇文字。

每天黎明在我疼痛中到来

天微亮了，不是我先知道了天亮，而是我先知道了痛，是疼痛把我从深度的睡眠中敲醒的。这就是我在戊子年夏秋时段的生存实况。

伤口的疼，钻心的、无助的、没节奏的疼，让人无法安定啊！此时，也不知道微风吹过草原是否有味道，也不知道慢悠悠地在林荫道上散步的感觉，也不知道坐着做事的惬意感。真乃深切明白了无痛是福的真理啊！

忍着，需要忍着。独自的伤痛，只有靠自己隐忍，没有人能代替自己疼痛。好好爱自己和好好隐忍领受自己的痛，都是个人必修的人生学位课程！明白了其中三昧，也就能好好独自悟对每天在黎明中迎来的疼痛了……

如何才能够让自己没有或少些人生的疼痛呢？答案就是看自己的思想水平、行为水平和修养水位。人生的勤奋、锻炼身体、帮助他人、考上大学等都是取决于自己的认知和行动水平的。一句话，没有疼痛的黎明，只有靠自己平时细心地呵护与努力！避免不小心把自己丢在风雨里的方法，就是自己随时有心地修为。

愿每个人永远都拥有无痛的黎明和无痛的人生！

2008 年 8 月 23 日病中于北京
2009 年清儿生日时修订，赠之！

三件事

你还没回，给了我不左不右的发呆或任为的时空。午饭时间过去老长了，此刻，我要承担些什么呢？我突然这么想着。

糟了，这么随嘴一问，出了大事——人自身究竟要承担什么——要做什么以及能够承担什么——能做什么？这是哲学家们的自留地，自由闯入者会承担怎样的后果，天老爷知道，也许自己也知道一些。

饿着发呆时，觉得人自身就是承担三件事：活命＋给予＋填空。

狮子在那本不属于它的土地上任性地，也是勇敢地撒一地尿水划分势力范围，还不时全力以赴地与非邀请者血战以捍卫自己的领地。狮子的核心动机可以说就是为了履行承担自身"活命"的使命。活命，是一切生命体必须亲自承担的任务，难道自己会例外？我要求弟子们承诺"自然地老死"，本质上仍是亲自"活命"一事。

深海中雄狼鱼一生去狠命地战斗一次，不仅仅是为了活命，而是基于传承种群给予自己与雌狼鱼的爱。仁爱是一种给予。表白、教育、艺术、服务、修路、逛超市、保安、旅行、结婚、看演出、战争、信仰、演讲、聆听、买书、喝咖啡等行为都是给予，也都是人应该承担的一些不可替代的事情。从一则被称为"全球最佳最短新闻采访"的文本中，似乎可以领悟到"给予"的内涵。其是这样讲的：

在一个有众多名流出席的晚会上，鬓发斑白的巴基斯坦影帝雷利拄着拐杖，蹒跚地走上台来就座。

主持人开口问道："您老经常去看医生吗？"

雷利答道："是的，常去看。"

主持人接着又问："为什么？"

他悠悠地回答："因为病人必须常去看医生，医生才能活下去。"

台下爆发出热烈的掌声，人们为老人的乐观精神和机智语言喝彩。等到掌声停歇，主持人接着问："您会请教医院的药师，问一些有关药物的服用方法吗？"

雷利回答："当然，因为他们也得赚钱，也要活下去。"

台下又是掌声如雷。主持人再问："那您常吃药吗？"影帝说："不、不、不，我经常把药扔掉。因为我也要活下去。"

这时台上台下都笑得失控了。主持人强忍着并鞠躬说："谢谢您今天接受我的访问！"老影帝再次淡然一笑："别客气，我知道你也要活下去。"

台下继续哄堂大笑，掌声、欢呼声，经久不息，全场爆棚！①

活下了或也正活着，也履职"给予"了，可仍然还会面对一些零零散散的人生时空，于是乎"填空"也便成为了人自身必须承担的大事。好好发呆、享受高贵的孤独、任性地做于他人无害的特别行为——有意义或无意义，如此之等等的间性填空也是自己必须承担的。

窗前那抹曙红和着胭脂的红叶，一动也不动地静着，是等着

---

① 参见 http://tieba.baidu.com/p/、http://www.360doc.com/content/15/0430/15/3553317 等媒介报道的《大家都要活下去》文本。

我的静观吗？活着命地去看她，是不是在自由发呆时的表现？

　　还没有听到你的脚步声，活着等，给你开门，发呆结束之后。

　　活命、给予、填空，人生根本的三件实事，我想是。

　　微信响了一声，你说"我马上了"。这不，我的"填空题"一下子就做完了。

2015 年 9 月 24 日 14:20 于北京寒舍。

《审艺》（纸本水墨），45 厘米 ×33 厘米，梁玖

弄朦了自己的眼睛

不小心的意外，能避免吗？这不，就在拿纸巾的那顷刻，一晃间，纸巾的一角就扫到了眼睛，致使自己的左眼睁着困难。这种时候，想发个火，却还不好意思。但是，心中的确是生出了点"火星"。正如德生的脚伤，是在过小区门禁时，被意外倒下的自己的自行车砸伤的。那重重紫紫乌乌的一大块伤，不仅让人心痛不已，而且是肉疼得让自己的脸都似乎变了形。那时伤者是真想发个火，可是又没有冲着被责怪的可以发火的对象，自己只好自怨着、隐忍着、自顾着遗憾了。

人生中途常有的那些大大小小"不小心的意外"事件，似乎又讲明了一些道理。

从原理的角度看，人生中的意外总会发生，这就要看自己能以什么样的心态去对待了。我想，意外在不可避免中发生了，最好是坦然着智慧地去应对。用心处理好意外才是上策。若让意外生出更坏的意外来，就是最最下策的法子了。

在日常生活中，无论是自己弄伤了自己，还是别人让自己伤着心，最好的办法是宽容或宽恕。别觉得自己揣着火柴，就可以随时任性地点火烧房。还记得，曾有个男司机开着车，嫌前边那个女司机开车挡了自己的道儿，便燃烧着"愤怒"停下车后，强逼野蛮地把那个女司机从她的车里拖出来，重重地摔在地上就猛力持续乱踢，这种不文明的公然任性的"放火"式行为，不仅遭到众责，最终自己也被警察"请"进了"班房"。当然，如果那个有些"欠打"的被打女司机，心中装着文明行车的景观，那么，她是不会留给别人可以故意和任性"放火"的机会而"烧伤"了自己。

其实，人们平素说的"珍惜"，应该是在对比诸如"不小心的意外"之类遗憾事件后得出来的真理。在尽量防止坏意外事件发生的生活中，学会珍惜那些没有让意外所伤的存在，是会让自己的生活更顺当、更惬意、更安稳一些。否则，"悔不该当初"就会成为自己的人生常态了。

一大早的自己弄朦了自己的眼睛，本是个坏意外。可是，在自己半闭半睁着眼的过程中，草下了这些许实录心意的文字，似乎是获得了一个好意外。进一层地想啊，漫漫人生路，即便是偶尔"有意弄朦"一下自己的"眼睛"，有点疼痛感、有点不舒服，也可说是一种有意义的人生行为。因为，在弄朦后自己真切的疼痛与悔恨中，可以让自己的肉体和心灵都在反思中获得涅槃一般的再生精神和能量的供养。人生因有精神供养而精彩。所以，让坏的意外变好，应该是每个人好好完成的"一道"大"作业题"。

的确，仅一事焉知祸福依兮？唯冀求哲学之情理和着艺术之情趣，获得人生真意，如是，方好。

2015 年 5 月 29 日 8：30 于北京长河北岸，并以此文送泽园在乙未年夏之毕业、结业与出站之八君。

雨后那方的清爽

雨，在不觉得中就来了。来了，也因持续给"扶桑花"讲着课没有在意。

结束了给"冰凌花"的夜课，没有想到自己在走出那幢整天充满噪声的教学楼的刹那间，被突如其来的雨后清爽震撼性裹挟了。在夜幕里，不由细想就心甘情愿地投到了那久违春雨后的怀抱，从灵魂到肉体都获得了梦寐以求的快意。

自然的魔力真的是能轻易地让人神魂颠倒。说起来也不过就是一个雨后的自然全相，就让自己快意无比。这说明，让自己快乐舒心的条件并不需要太多，一件足矣，一点点也可以。比如，日出时，你在，这就是幸福。人是需要自然力的润养。无论是庸常的日子、惯过的生活，还是不安的心灵，都需要如那秋凉般雨后和着泥土气息的润养！自然，是人的神，我们要长久永恒地敬奉。

其实，雨后让人心旷神怡的那份舒爽，在我那长江边的家乡是件很平常的事。然而，在如今越来越少雨的北方，能够让人深享的雨后清爽情味，仿佛成了难得的人生邂逅。更准确地说，似乎是有一种获得实现渴望中偶遇的绝代风流。

在行人已经稀少的灯影里，与弟子们一同走着、话语着，自己还不加选择地深呼吸着，像是要贪婪地吸完古城那整个雨后的清新气息。因为，不知道明日还有不有那份风华精致的舒爽？即便有，自己也不能保证一定就能再次感觉得到、能够分享得到、能够以为然地活成一首歌。珍惜此在、分享此刻、铭记面对，也

《一只缺脚的俄罗斯瓦诺娜》（速写），23厘米×12厘米，2014年，梁玖

是获得人生舒爽的一种法宝。

真的很安慰，在这个远离故土的北方老城里，还能亲自遇上了雨后的清爽之气，也欣慰自己还能如孩童般地狂喜这不期而至的雨后生机。

自己兴奋着想约你去散步雨后清新的长夜，可君已入梦乡。

> 2015年4月29日11:38，莫山于北京西北郊长河岸，即兴记叙2015年4月27日深夜偶遇的雨后舒爽。京城的杨槐花，也是香溢千家时。另，文中的"扶桑花"是指余之"研二"学棣柴天磊，"冰凌花"是"研一"的洪玄珠（韩国）、李逸和李存。

有　时

有时，
我总在想，
突然接到了大学录取通知书，
躺在或八个人或十个人宿舍的床上，
十八岁时。

有时，
突然觉得，
她还在身边，
只不过又如常地出差了，
在秋风又起时。

有时想，
这个事情问问他就好了，
尽享与他说话的样子，
一脸慈爱不紧不慢，
可是他不在了。

有时，

不舍得，

却只留目送或背影，

间或问自己，

最终要安放在哪里？

2012 年 7 月 30 日，赋此送清儿，祝 "桃
李年华"生日快乐！

2012 年 7 月 31 日修订于北京，全天雨水。

《云鸟》（纸本），43 厘米 ×45 厘米 ,2014 年, 梁玖

前边有个女孩

　　在首都机场的西点屋，于我位次的左前方我觉得坐着有个女孩，在眼睛的余光中呈暖色感的女孩。不知道她是否在看我！

　　在生命之旅中，时常会有这样的面对。只是多数时候是一种不经意的看见。尽管如此，还是应该感谢的。因为，这种景致是构成人生意义风景的链条。如果是刻意和努力地去欣赏你不经意的面对，那更是要感激了。因为是那些陌生的他或她，给予了你的惬意、意义和有些善美的感觉与思维放飞。

　　我发现她在看我，我有意识地正了正我的身姿，这时。

　　时光在飞……

　　听着音乐的我，感谢在这长时间无奈候机的小西点屋里，有个女孩在前边看我。

　　　　　　　　　　2003 年 8 月 27 日在误机而滞留
首都机场时即兴作。

人生的中途

不知是哪个时刻开始，我的心疼痛着、异常地痛着，似乎是生平的第一次，这么痛……尤其是骑着你留下的单车，在春雨江南的古城大街上，每向前延伸一步，心就被撕扯得更痛。不算讨厌的风无序地吹着我的头发，我痛苦地消失在欢笑的人群中。

小时候，坐在妈妈自行车后架上的竹椅里，妈妈无语而吃力地蹬着爬上坡时，我也无言的老是好奇地东张西望着，虽看不到路的尽头，但是，那时似乎是没有痛苦的。

岁月无情地流泻着，自己也就这么长大了。也经历过了似乎该经过的一切，一切的事、一切的人。似乎再也没有什么特别的希望或失望了。因为，我本过着平民化的生活。

也许是因风的缘故吧。也许是艺术化生存的需求或外化吧。也许……

如同春天再好也有倒春寒一样，世界上的事情，总不是十全十美的辩证地存在着。在平静、匆忙而幸福的生活中，出现了思绪的微微波澜。那是自从有了你以及你的笑容，还有你的温情。我就病了，道不明白的就病了。虽没有倒下，但我知道，是病得不轻的。此时，也没有上医院的打算。因为我知道，我的病是没有哪一个医生能治好的。只好在无底的深渊中煎熬着倦旅天涯。

那晚，在审看你留下的文本的全过程中，不曾抽烟的我几乎把你给的那盒香烟都抽光了。然而，那莫名而生的愁啊、那深锁于心的愁，恐怕是十万度的光亮都照不散的。一夜的辗转反侧，到了清晨，就由愁而患了心痛病了。太阳爬到树梢上朗朗地照着，也不见有丝毫的好。虽然不是晚秋的悲愁，然也愁煞人的。于这样的时刻，是不用再读什么或迷人或悲切万分的言情小说的了。因为，此时的自己就在小说中，并且还是主人公。只是不知道故事的发展是怎么样的结尾！当然，"花间集"之类的书，更是不能读的了。

虽早已不是再轻易地说"LOVE"的时节了，但的确也是体会了"爱你爱得心痛"的那份心情和酸楚。爱的痛，不论何时我想都是一样的吧。当我企图去书店或商场，力图排遣心中那朵愁云的时候，看着身边那相亲相爱的人们，不觉间是心事更重了。在都市川流不息的大街上，望一望那西斜的阳光，心里在想，夺去一切斑斓的黑夜已不太远了。因为，我们本没有在迷人的夜色里一同走过大街和小巷，也不曾共叙过夜话，也没有一切人们以为的浪漫。总之，要是一觉睡去便永不再忆起就好了。不知从哪里传来的、我恍惚中似乎听到有人在说："回去吧。回家去吧！你……"

在渐浓的夜色中，走在那荫荫的小路上，我期望着那"夺去一切斑斓"的黑夜或狂风暴雨的到来，席卷一空。到那时，也许，还会留下一个清醒的我来……

华灯初上了，江南这古城委实是迷人的。在我自行车前的三轮板车的主人，吃力地蹬着一车白天做小生意的全部家当往他居家的地方走去，那时不觉凉风阵阵相袭。

心的疼痛病是一时治不好的，为此空着肚仍然去冲了一个澡。有人曾说：当自己烦躁的时候，最好是去洗头或冲凉。然而，当我坐在嘈杂的小饭馆独自抽着烟的时候，心情依然是如烟飘飘。但一想起夜幕里我悠悠地骑着车不知走了多久，在即将到达栖居地的一个急转弯的时候，为避让来车却把左右手的刹车线扯断了的事，似乎已预知到了明天的故事。

　　人生的心路历程，的的确确是由若干个细小的历史顷刻和历史片段组成和充实的。不论如何，我将深深地怀念这个春、这个人、这个地儿的一切和所有……我也努力地去自我医治和调节那颗脆弱和疼痛过的心。

2000 年 5 月创作于金陵·兰园。

《路》(速写)，45 厘米 × 33 厘米，2010 年，梁玖

相　欠

生活中，常会听到"咱们两不相欠了"的话。粗听似乎就是如付钱买东西一样简单。可仔细想来就没有这么简单了。尤其是我在这病床上长期躺着的时候，越发觉得人生是"相欠"的多，"不相欠"的少！

我有一朋友是基督教信徒，"忏悔"一词从不离她的口。我想：无论是"相欠"，还是"不相欠"，都是忏悔的结果。不过，我还是认为：人总是相欠着的。或者说，一个人的人生，总是相欠着些什么！

北京初秋的处暑日午后，家父来电话，本是想告诉我：哪些食物在术后，不宜吃的事情。然而，父亲拿着电话只"嗯"了一声，我就听不到他的话声，能听到的，是他的哽咽声。顿时，我被强烈地震撼了！七十又五高龄的老父亲，为儿的病痛是如此关切而泣，无论如何是震荡灵魂的。为儿子的人，没有把自己照顾好生病了，平添让自己父母操心的事，这不是一种"相欠"吗？就是母亲在千里之外的一句话："要是路近，我马上就去看你！"也是让做儿子的人，心生歉意而相欠了母亲的爱。40多岁的人了，还让父母忧心而泣，是何等的欠孝啊！

在深深感怀中，我隐忍着伤痛，画了一幅题为《鱼在大海》的水墨画。是啊，我们每个人，其实就生活在像大海那样广深的爱中。只是有时，只一心为自己觅食或欢愉的事，休克式地忘了大海的阔深、无边和丰富养料的存在。

人生中，在诸多人生环节和生活细节里，似乎总是相欠着。

忘了即时对帮助自己的人，说声"谢谢"！忘了对引领自己成长的人，寄去一句短短的问候语！忘了感恩抚育自己成长的父母对自己永恒的深爱，忘了对给予自己好心情的阳光、雨风、山川的随时感怀，等等这些都是自己欠着别人、欠着天地的事。

我曾主张：爱要及时表达，就是为了不相欠。可以说，一个自然人和社会人的"我"，"不相欠"是不可能的。重要的是思考如何尽量减少"不相欠"。时至今日，我认为"感恩"是减少"相欠"的有效途径和方法。所以，我给大学生演讲时，就常讲我认为的人生七个关键语句：意义化生存、我很重要、欣赏彼此、忏悔、感恩、有心情就有阳光、以作为求生存。

在自己的生活中，常怀感恩的心，是对那些让自己渡过难关、让自己增添笑脸、让自己勇于前行的人的尊敬、回报和爱！

人生是相欠与不相欠的圆融体。人生的起点和终点都是相欠的。出生时，自己无知，给母亲造成了深深的生理伤痛，欠着母亲了；成长时，多少次的夜哭，连续打搅了父母的休息而生疲惫，又欠着父母了；在自己修习学业的过程中，多少次因没有领悟老师的关爱和教导之心，又欠着师长了；在自己处于病痛深处，或者自己行为不当，对亲人、朋友造成麻烦或伤害时，又欠着别人了；在自己生命的终点，自己无能力把自己那老去的肉身放到该放的地方，而需要亲友齐心协力处理自己的物质存在时，但自己却永远无法对他们说声"谢谢"，这也就如宇宙的"永恒"一样，是永远、永远地相欠了！还不用说，那些爱自己，而自己又无法与之相爱的事项，也是一个"欠"字刻痕。没有很好地履行人生职责，也是相欠啊！不过，人生的意义，也就是在为了追求不相欠的过程中产生的。为了两不相欠，才会努力去学习、才会生勇气、才会去游走天涯、才会去创造价值！那些能真正做到和兑现"咱们两不相欠了"心愿的人，是伟大的！是值得敬意和欣赏的！

2008 年的中国不平凡、2008 年的中国人眼泪不断，2008 年的中国与中国人是伟大的，这一切都可以在"不相欠"中得到揭示。汶川"5·12"大地震后，人们眼泪不断，那是爱和悔的眼泪；北京奥运会时，中国人饱含的眼泪，那是爱与立的眼泪，而这一切都是无数个自己作为中华子民，为了不欠祖国、不欠同胞而长流的泪。

有时候，流泪也是为了"不相欠"的行为。感动伟大、感动别人对自己的付出、感动别人对自己的爱而长泪不止，就是为了少欠。所以，想哭就哭吧！我曾说："当你真诚地说爱我时，我只会哭！"我现在才明白：原来是为不相欠、是感恩、是为了尊重和铭记，才有那样的思想、才有那样的语言、才那样情不自禁地潸然泪下。

相欠与不相欠、忏悔与感恩、铭刻与怀念，是人生的歌、是人生的交响曲、是人生动人和平凡的故事！

尽管，无论怎样的人生，欠与不欠都永恒地存在着。但是，为了不欠、为了爱、为了心之安宁，自己还是该去努力奋斗的！"两不相欠"的人生与境界，是需要花去自己的所有智慧、能量和岁月的！

我的人生，是相欠的！

初稿于 2008 年 8 月 24 日之北京病床上，定稿于 2009 年之清儿生日！今日是雨后天朗气清，阳光普照，北京有了几许秋的凉意。

期 望

为了
看见明天的太阳，
坐火车
去吧！

雾再大，
也少些牵挂，
让您。
我想！

2003 年 12 月 1 日作于由重庆至北京的特快火车上。

由于侄女燕子（1980—2003）于 2003 年夏天不幸英年早逝。从此，父母对我等的每次外出都更添了几分担心。为减轻他们的心理负担，在 2003 年冬天我到北京入艺术学博士后工作站的时候，没有坐飞机而是乘火车前往。故而，于很久未乘坐的列车上，在火车翻越秦岭的过程中罗列了这几个文字，以聊表苦寂之心。2004 年 6 月 15 日于北京学院路寓所补识之。

要有一个理念①

初冬的重庆，寒风寒雨不绝。就在那灰蒙蒙而有些孤寂的时候，我应邀到一所高校去讲几节课。是夜，在那不大却有平原城市建筑感觉的校园里，参加了一个活动。活动主题好像是有点"流金岁月"那样的意味。其中播放了一部电影，片名很直接，也很观念化，它叫《活着》。

的确，每个人的生命是来得巧的！每个人的生命来时都是鲜活的！每个人的生命存在都是尊贵的！何况绚丽的自然界是那样的富有吸引力，人生风景如万花筒般的无止境而有魅力，自我希冀而独有的梦想还未完全实现。所以，每个鲜活的人有万千的理由让自己好好活着！然而，沧海桑田、世事多变和风云不测，每个人在自我人生的中途，都自然会遇上许许多多顺心如意和不遂人愿的诸多事、诸多人、诸多境遇而让人心碎、让人绝望。每每到此等语境时，居其中的人往往是看不到生命的柔美、可爱、唯一和尊贵，容易像赌博似地把自己生命的唯一性押上战场而最终丢在了风里！我想，在这样的情景里，有个"活着"的理念，是多么的重要、多么的可贵啊！哪怕只是为了某个不是自己的理由而"活着"，都是弥足珍贵的！所以，被人牵挂或牵挂着别人，都是人生的幸福和至善的纯美风景。此时，自己具有独立去面对那足以摧毁自己生命的魔力的信心和勇气，又是多么的重要。这种抗争厄运的信心、勇气和力量来源于自己不断地挖掘人生的要义与价值，并像中国民间美术中"女红"文化诉求的"春华秋实"

---

① 电影《活着》观后感。

《活着》（电影海报），1994 年

主题一样深化人生的境界，从而促使自己去笑对人生风雨！

理念固然重要，但要有直接的载体承载才能让人有个细心维护"活着"理念的根。《活着》影片中那"皮影"反复出现的主题，可以说就是"活着"理念的载体。从这里我们不难明白，为什么有学者把民间美术称为"人民心花的外化"了！我想，要活着、好好地活着、有尊严地活着，必须要选择一些载体，一些能够充分体现人们希望和梦想的载体、一些能够充分促使自己获得活着的支撑能力的载体。在这样的认识起点上看，包括民间艺术在内的艺术文化，实在是人们生存的必需和智慧选择！同时，当我们每人在直面观看那缤纷的民间造物品时，也能翻译性读悟出他人活着的理念、途径和美好。

人活着，是要诉求有意义化的活着。要使自己的活着有意义化，唯一而必需的方法与途径是：认知、履行自己的人生职责和创造价值！每一个平凡的人，在如常的生活中，随时要反省和梳理自己对他者、对族群能够奉献什么、又已经奉献了什么！也只有当鲜活的个人认识到或深深明白自己对于他者的价值，才能更好地去谋求和维护活着的理念与可能的途径。

在寒风中，蜡梅花又绽放了，那沁人心脾的馨香哦，只有珍爱生命的人，才有可能更好而精微地领略她的魅力与所有！为闻吸这寒风中的馨香好好地活着吧！

2002 年 12 月 13 日于重庆江北红石支路的高职学院。

自在风中①

因为，我在风中。

在一个明显感觉晨风很有些寒意的早上，不经意又看到我阳台上那两个悬挂小物件的衣夹架，一黄一蓝，黄的略新，蓝的不仅已经褪去了大部分颜色，它的骨架也已经断裂，用起来已经不方便了。正因为如此，才添了新的。不过，因蓝色的衣夹子大多还可用，所以还留着。以往也不曾多想它们。可在那寒风吹醒我的时刻忽然有了个思维："衣夹架不是我用坏的。"有了这个念头便深想起来："衣夹架究竟是谁给侵蚀坏的呢？"答案似乎只有一个——"风"。一个好物件不被利用也会被"岁月风"漫漫折腾损坏，这其中似乎蕴含着些许道理。独自早餐中，这个思维一直萦绕于心。

一切在风中，是自然的人生；在风中自在，是人文的人生；惯听涛声，是平实的人生；凭风而生，是艺术的人生；寄风天涯，是意义的人生。这一切理念，又依于何也？

安顿精神是人生首要课业。精神一安天地宽。不知精神何以安？

成为由己，自我荡涤，文明自在，为艺予人，不仅是平实分享岁月的生活方式。境界、格局乃人生飞行之翼。②

---

① 此文乃专为泽园博士生木姜子树而撰。
② 在清末民初国学大师王国维（1877—1927）撰的《人间词话》（共六十四则，发表于1908年）中讲：（一）词以境界为最上。有境界，则自成高格，自有名句。五代、北宋之词所以独绝者在此。（二）古今之成大事业、大学问者，必经过三种之境界。"昨夜西风凋碧树，独上高楼，望尽天涯路"，此第一境也。"衣带渐宽终不悔，为伊消得人憔悴"，此第二境也。"众里寻他千百度，回头蓦见，那人正在灯火阑珊处"，此第三境也。

自在风中，不是奢望，是精神、是目标、是价值、是风景。
在风中自然有在风中的冀望！
迎风去吧，都。

2013 年 10 月 10 日定稿于北京望尘园。

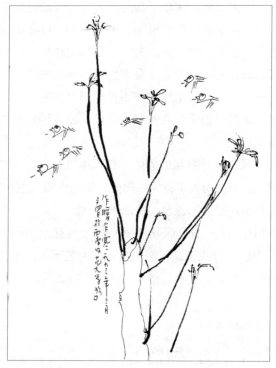

《乍暖还寒》，1993 年，梁玖

分　享

　　深深地嗅了一鼻，浅浅地呷了一口，轻轻地说了一声"真香"！自言自语的，在后山书房。

　　正借着西下余晖翻阅闲书时，你来短信说。

　　兔子噌的一跃，右腿在空中落下了一个有韵致的弧线，你知道吗？

　　一声婉约的鸣叫声划过了廊前，天色暗下来了。

　　不知是哪家勤劳的主人，弄得让人老远都闻到了夜宴的口香。我似乎嫉妒起那能享受夜宴的人来了！

　　会心一笑的嫉妒，有时也是一种幸福，在漫步于归途中，这么想着。

　　宿巢的乌鸦，弄得林间没有了安静，却依然是风景一道。

　　夜空的炊烟味更浓了，在这远离故土的北乡！

　　这是我想告诉你的。

2011 年 1 月 21 日于北京望尘园。

卖鸡蛋的人

还是家居黑龙江巷的时候，认识从乡下来城里做卖鸡蛋生意的那一对夫妻的。转眼已近十年了。我的生活虽有了一些变化，但不大。不知他俩的生活又如何。每次去买鸡蛋的时候，总是先问他俩："今天的蛋价如何？"知道后便讲出要买多少斤，然后就去买另外的菜，只待离开菜市场时去取蛋。如此这样，每次在除了问一问："最近生意好不好"之外，都没有去问及其他的情况。所以，应该说我对他俩还是很陌生的。

又是一年的寒冷时节，也就是在这个秋天，我与娇女相依为命，又因正撰著《欣赏艺术》一书，故无暇常去采购取物。在一个有些霏霏细雨的傍晚，我驱车去实验小学接了放学的女儿后，便急匆匆地去了菜市场。依然先去那卖蛋夫妇那里嘱托称几斤鸡蛋。就在我话音刚落，那老板娘就轻轻地说道："今天的蛋不是很新鲜。家里是不是还有？如有，就过两天来买；如没有就只买几个，先吃！行不行？"听完她当时的陈述，我说："那就只买一斤吧！"

差一点已忘记了那日买鸡蛋的事了。可就在买鸡蛋的次日清晨，当我给清子女儿做早饭的时候，又想起了那老板娘的话。心里的感动与思绪，都是无尽的多。虽说当时在那个空间虽阔大，但空气极端恶劣的禽蛋市场，初听那关怀于人的话，也感怀不已，终因为赶时间，对那老板娘似乎连"谢谢"都未讲，更未多思，就匆匆地离开了。

　　的确，于人生的中途，每个人以千万个绝对有效的理由，在为满足自己的欲求和梦想实现而匆忙地赶着路，也便忽略或忽视或不在意了诸多本是自己感怀于心的——人与事。不仅如此，还时常萌生了孤寂之感或感恨人心不古、世事多舛的怨情。生命中的绿洲，应该说是无处不在的。只是我们在匆行中没有在意和留心！枯死于亲情河流中的人，不仅不是少数，而且也不一定就是无学识或平庸俗为之人。

　　随着时久，我越发思及起那一对从乡村来城里实现梦想的、卖鸡蛋的夫妇来了。他们那不唯利是图、关怀于人的情怀，是我这个博士生、副教授，应该学习的。爱每一个陌生人，真的是不容易的。那对夫妇至今也不知我姓什么。但我真的是对他俩心存感激。

　　笔走至此，我想：只有心存感激，才能触摸阳光和温馨；只有好好地管理生命，才能将平凡变得不平凡，将无意义的变为有意义；只有今天最好，才有未来的辉煌！

　　　　　　　　　　2000 年 9 月 12 日感悟抒怀于北碚望尘园。

童趣与蝌蚪的命运

在窗台玻璃瓶里的三只蝌蚪是越来越瘦了，虽然她们游来游去显得还蛮活泼的。但我老为她们的命运担忧。不知道她们是否会长出小腿？不知道她们在期望什么？不知道她们现在有何困难？一切都不太清楚。我只好不断地给她们上些清水，偶尔还给点青菜叶、给点苹果皮、给点红薯块儿什么的。然而，不论如何，我总是担忧着，担心她们在一转眼间就看不到明天的太阳了！

有时我想，何不把她们放了呢？可是在这个全是高楼林立、噪声连连的大都市里，似乎没有一个蝌蚪的立足之地，不要奢望有一个长满青草的小池塘，甚至是一小片水洼的地儿都找不到。想到这里，不仅仅是哀叹蝌蚪的命运难料了，而且是连人类自己也成了个十足的可怜虫了。

也正是在这样的环境里，我才放纵了念小学五年级的女儿的童趣！小小年纪的她，在这个都市里似乎还不如那几只蝌蚪快活。至少，在玻璃瓶里的蝌蚪有三只，这样彼此是既有了伴，又暂时有了几许安全感。可女儿她就一个人。我时常想她才十来岁，是多么娇嫩和脆弱的一个小不点啊！生怕把她给丢没了。不过，她也挺能干的。她每天都是一大早起床，一个人急急忙忙往学校赶。有时老是等不着公交车，急得不行。因为迟到了要扣班集体的纪律分数。她爱她的学校、爱她的班集体。放学后，也是一个人往家里赶，时常是一个人在家里写作业，有时还写到深夜。不要说是没有时间玩，即便是有时间，也找不到玩的同伴。因为我们的邻居没有与她同龄的小孩。就是她的同学，不是上这个学习班去了，就是上那个所谓的兴趣班去了。久而久之，她似乎也就习惯了一个人的自然生活了。所以，当阳光五月的一天，她随我们博士后春游团，去到北京远郊的山野小溪看到蝌蚪时，很是高兴和快乐。于是，同行的朋友就与她一块打捞蝌蚪，费了好半天的工夫才抓到三只小蝌蚪，并小心地把她们放到饮料瓶里，还在小溪里捡了两个一明一暗的小圆石子放到瓶里陪伴小蝌蚪。你别说，当时还真的是蛮有味道的，大家都争相观看在瓶里游来游去的小不点。就这样，女儿就小心翼翼带着她的小可爱在经过几个小时的颠簸后，回到了我们那听不到小溪水声的都市小屋。

对于蝌蚪的新家，老实说，我并没有过多地去想是不是适合于她们。我只是想让女儿认认真真地观察蝌蚪的成长变化，一则可以让她增加点科学的实际知识；二是从中找到一点乐趣、调节一下生活节奏；三是培养她发现新事物的兴趣与能力；四是进一步培养她关爱生命的爱心；五是，想让她随时联想感受有芳草和鲜花开满的乡村气息，从而觉着生命的鲜活性和惬意。同时，也想让她懂得小生命的既可爱又脆弱的特性，从而体会长大的艰难历程。其实，我原本以为小蝌蚪不久就会长出小脚的。等她们都长出了小脚，那时就把她们放到屋外的草地里就可以了。

《出浴》(纸本水墨)，70 厘米 ×51 厘米，2009 年，梁玖

这样既不伤害小生命，又让小女儿多了一节快乐的乐章，在这个春天。谁知，一天天地过去了，春天也走远了，小蝌蚪的小脚不仅还未长出来，而且她们还越发瘦了。现在想来自己还是自私了些。

看来，在眼前的时空里，要满足小孩的一个小小的童趣还真是不容易的。现在的难题是，继续让小蝌蚪在那干净的玻璃瓶里游来游去，以继续维持女儿那点可怜的童趣，还是捧着小蝌蚪去坐几小时的车，寻找到一个有水的哪怕是一小点水的水洼或水不多的池塘放生呢？我矛盾着。

三只小蝌蚪，还在我的眼里游来游去，似乎很快活的！不知道她们是否知道我正在担心着她们的命运？我想，此时我们彼此都困惑着，也都彼此艰难着呀。这似乎就是一切生命的人生和一切生物的命运，自己又可控又不可控的。

当女儿走过来一看到题目时就大声惊呼："蝌蚪死了呀？"一会儿她用放松的语气说："吓死我了，蝌蚪没有死！"

是的，蝌蚪还活着，童趣也还在！

不过，问题也没有走，那就是：我不知道我能不能都能给予她们快乐和快乐成长？

放，是一个主题。

2004 年 6 月 6 日于北京北郊寓所。

和煦春风来到我的小屋

在经过一个冬天的每天例行推开小窗的那一刹那，一股巨大的热流扑向我，我的脸颊顿时就恰如初恋的热血沸涌一般烫烫的、酥酥的！这时我才充分注意到了，在有我这小屋的小园子里的冬青树是更绿了，那散发着金黄色光芒的绿，让人似乎都喘不过气来。远处的玉兰花和着春风的节拍有序地点舞着，与其相对的桃花也欢快地唱和着，依偎矮矮的围墙而攀援生长的蔷薇花，手挽着手简直就是一垛绿绿的墙，在阳光下显出少有的沉稳和大气，给人以无限的生机和快意，真是"满园春色关不住"啊。

儿时住在遥远小乡村那小屋的时候，每逢下雨天，尤其是在冬日的雨天里，我总是在望着淅淅沥沥下个不停的冬雨时沉想：我是不是一辈子就在那里望着草黄了枯、枯了绿？那时就是十分地盼望自己今后有一个走路没有泥泞，还可以挣钱吃饭的干净地方。时间过得很快，随着社会冬去春来环境的变迁，我和家人都远离了那田野中的小屋，自我上大学后就鲜有再想起小时候的期望来了。然而，今天这和暖的春风却让我思绪走远。

不过，小时候所历的阳光和雨雾，还有童年感知的乡村气息，却是时常被忆起。说来也怪，人的记忆，有时是出奇的好，一些过往的小事都能够长久地记住，使人幸福，也使人难过；而有时想记住的却怎么也记不住。

经过了已记不清的风和雨之后的于人生不惑时候的我，又住进了一个流动性的小屋，一个于偌大京城里被喧嚣声不断侵袭的小屋、一个很少被雨水淋湿的小屋、一个在多数时候只有我独自进进出出的小屋。也就是在这间小屋里，我似乎是越来越明晰地认识到了自己这一辈子所欲求的就是安居于一个少些喧嚣声的小屋，以便在那里放任地自由自在——思想和行为！

于自己人生的中途随时放任地自由自在地思想与行为，是多么地艰难啊，它直如宣言让自己的尾巴呈自然状态一样，是多么地豪迈而悲壮！于目前语境中欲让自己的尾巴呈自然状态，是需要付出惨烈的代价的。我想，明天可能不会的。

其实，多些宁静的小屋，能够让自己的思绪不断放飞的小屋和一个时时处处拥有心香的小屋，也是多么的不易被寻找到和获得呀！所以，此刻在这不管是不是自己能够永远居住的小屋里，只要善美和煦的春风吹了进来，我就要及时而努力地去忘情拥抱、吮吸、吐故！春光不常有、春时不常在也。

我忽地生出无限的感谢心来了，自打温柔而魅力的风进到我这独处和简陋的小屋后，就从未间断，使我本无所谓好也无所谓不好的心情，一直都舒爽地好着！在如常而惯过的日子里，能偶尔获得让自己动心的事，是要言谢的。当然，像在乍暖还寒的早春，收到从润心江南而来的我的老师梁公白泉先生作诗并书所寄——"戏为书房题联博玖君一哂：北里酒局能博凉州一斗，瑯嬛福地何假南面百城"的思想惠泽，那更是要心存感激的了！

在人生的中途能够有机会、有心情、有准备细心地感受和获得一场和煦春风的温柔拥抱、亲吻和叙语、抚慰，是多么弥足珍贵和惬意呀，尤其是在自家的小屋里。

2004 年 4 月 8 日午后于北京学院路 30 号博士后寓所。

《拜见梁白泉先生》，2010 年

梁白泉（1928— ）先生，是我在东南大学艺术学系念博士时，于南京后宰门佛心桥39号三单元711室旁听讲授"中华文明"课程的老师。先生离休前任南京博物院院长，并于历史学、考古学、民俗学、艺术学、诗词学等学科多有建树；为人正直、谦和、友善，时以己之博学，对后学极尽鼓励和扶持；在人们越来越少写书信的时代，先生常撰写长篇书信，言心、言志、言情，并常推荐和复印值得欣赏和阅读的艺术作品或文献，邮寄给他的朋友和弟子，其心宽厚慈祥也。2004年的早春，先生又书一长信邮寄给我，除了诗作与亲自所书的书法作品外，还复印有一篇题为《娘，我的疯子娘》的长文，并附言说："昔人有言：'读（诸葛亮）《出师表》不落泪者，非忠臣也；读（李密）《陈情表》不落泪者，非孝子也。'我加一句：读树儿此文不落泪者，非人子也！"此外，先生还对研习书法艺术的人作了分类："写字有三种人：（1）书法家；（2）名人；（3）亲朋好友。我非书法家，也不是名人，是第三种人，为亲友遣兴而已。"师恩浩荡也！

我喜欢读书

在万米高空的飞机座椅上，闲适散意地看着书，灯光不太明亮，路过的空乘女士自然地给我点按了阅读灯，有些略显强的光洒在书面上。也正是飞机遇上强气流颠簸得厉害之时，突然想写下这句话——我喜欢读书。环视此时的周遭，有一个人在看信用卡、有一人在看登机牌、有一个人自言"飞行真无聊"、有一人在安睡，还有一个人在看一个视频——自己打开的，不知是什么片名。我真不希望在满满的客舱里我是看书的唯一"风景"。

我是一名大学教师，按早先的说法是个"教书先生"。教书的人，自然应该是个读书的人，这不是一个复杂的逻辑运算题。所幸我自己还喜欢读书，虽然至今还有许多想读而没有读的书，也尽管有些书早在我的书架上。其实，有些书原本应是我早年该读的。只是那时看不到，有些书自己也不知道，虽然有些书在先前只不过是在中国发蒙读书的人必读的书。也正是当年缺书而没有读进些什么书，才让我终生有补课读书的感觉。时至今日自己为教授、为博导，"补课读书"的感觉与心理也没有消减。

念到读书，着实是要感谢我双亲对我的濡染。母亲记忆力很好，八十高龄后，还时常背诵她小时候读过的书给我听，"总理遗嘱"也是常背的内容。我在上中小学时，她总是要我背诵那时是简略版的语文课本，好些册数的语文课文，我那时都能背诵，读书背诵的好感觉，就是那时养成的。现在，每次回故乡探视母亲，都要挑选些书给她。因为，每天午后的好长一段时光，她都要在读书中度过。父亲更是爱买书、读书。现今，不时翻看他生前的存书，尽管不少的书已经发黄，书价有的只是几分钱、几毛钱，但都是值得读的书。有一年，清儿去拜见他，作为爷爷送的礼物就是几册书——《新中学古文读本》（上海中华书局印行，此书为 1949 年前做校长的我的爷爷读过的存书）《中国电影歌曲选集》（中国电影出版社 1959 年出版）《李白与杜甫》（郭沫若著，人民文学出版社 1971 年出版）。

庆幸自己不仅是不反感读书，而是很喜欢读书。还特别喜欢书香，真的。说花香，我喜欢，那是一种似乎自然的浪漫情愫。但我觉得，书之香，却是一种超自然的人文香。喜欢书香，便是喜欢一种经典风尚的深沉之香。闻书香，的确是让人有一种奇幻的满足和悠游原野与心灵之乡的醉意与清新，甚至是陶然酣梦。

持书在手，散心于那些智慧排列的字词句间，真的是有很舒爽的感觉。那些为自己不曾见的用语、不曾想的主题、不曾有过的情思，总让我心生别样的惬意，以及天朗气清、无挂无碍、远走异方或潸然泪下的万端气象。所以，我总是深深地感怀那些别样的用文字、图标、音符、肢体呈现丰富、宏阔、空灵、深邃情思的智者，是他们给了人类的太阳之光、给了或如萤火虫之灯塔，让人们在平静中闻奇香、在战斗中有希望、在爱中有温度。如是，我总是主张教师即便是撰写教材那样的书，也要有情韵温度、有鲜活呼吸感、有学术空灵的含量。同时，我也喜欢纸媒书的那份情调与触觉满足感，尤其在一杯清茗清香前。

......

北行的飞机即将降落在北京首都国际机场 T3 航站楼，伴随还可以接受的飞机轰鸣声，草上这些心中想说的字句，也算是对自己独自旅程的和声。因为，手中的书，让我在旅程中获得了他人不曾知、不曾见、不曾享的智慧风景与情蕴。读书，真是一杯现实好茶和闻见一种未来香。

常常在机场书店看某本书标价如 36 元时，有种似乎是后悔的心理——要是不吃刚才的机场里卖的那一碗 38 元的清汤面，不是就又可以买一本书了么！于是，就对比起了"一本书"与"一碗面"的价值来，结果往往是觉得买本书更值当！尽管这种比较不一定对，但是，自己就是会生出惋惜的心理来。我想，有不值得的心理，也无妨也。

> 2014 年 6 月 22 日由广西南宁 16:46 晚点，在飞北京的正遇上强气流颠簸厉害的 CA1512 航班上草。
>
> 又：25 日，时值"泽园"杜鹃花·潘婵获得硕士学位毕业、访问学者戴胜鸟·王斐和戴胜鸟·吕海洋访学结业之际，遂打印予之，祝贺毕业，期许诸学棣能勤掘井得饮，并用自己的智慧统治自己的人生荣誉。

一场春雨一层绿

我还是喜欢西南的春天。在还有些寒冷的夜晚，也差不多就是普通人家将要就寝之时，时常会依稀听到屋外淅淅沥沥的由小而大的雨声。当你推开窗，生发于暗黑黑夜色中的那股特有的湿润味、草土味就直面而入，虽然有些寒，但心中却有种希望的暖流在游动。微弱灯光里，你看那秃儿的树枝在雨中不住地点头。那情景真的是润心厚重。而今在这干旱少雨的北国回想起来，真是让人向往不已和思绪悠长缠绵。

西南的春夜，的确是寒冷的。以至在夜深而有些湿暖的被窝里，是很少去想那惯常的春夜喜雨的。即或是偶尔注意到了，也习惯成自然地不去多想。只是在远离后遥想西南的此时，才特别遗憾地自问：为什么当时能够听的时候，不去更多多地凝神静听呢？人就是这样啊，拥有时或在其中时是不觉其宝的，只有在这没有惯常的夜连夜的春雨之时，才深深地怀想西南那有夜雨之春的日子。

西南的春夜雨，在清晨一定是会停住的。似乎是方便人们的出行和提供人们去感知春消息的机会。行走在雨后的清晨，你会完完满满地吮吸满世界散发出的沁心的清新、纯净和丝丝寒意。此时，要是再看看路边的树枝，你会发现树枝有了些异样。近的有汁绿带点曙红的芽苞，也有浅石绿带朱磦色的芽苞，还有纯粹墨绿色的芽苞。远的更是密密匝匝像音符一般地写意在经纬不分的枝条上，给予人无限的憧憬、希望和满足。而更多的让人只可意会不可言传的景致，着实会使人美美地感觉到春姑娘的魅力、感觉到春意盎然的美好、感觉到自然的神奇。我想我们的心灵是不能缺失自然那草长蝶舞的浓浓暖春的浸润的。

尽管觉着了春意的浓烈、夜雨的洗濯和那份置身其中特有的西南自然之味道。但是，我还是时时惊诧于西南那春天的快行速度。也就是在似乎只有几场春之夜雨后，在不经意间那大大小小、高高低低、疏疏密密的草啊、树啊、藤啊就全绿了，绿得饱满、绿得苍翠、绿得令人爱怜。每当此时，我都特别地敬意和回味那一场春雨一层绿的魅力、味道和深意。

离开西南好些年了，如今这北国的树枝也枝枝飘绿花染头，可就是少了几许的滋润和可人的亲和，更少了那湿漉漉的乡土芳味。

我是多么地期盼这北国也常有美美的一场场春雨一层层绿的光景呀！这样的想着，我更加不能自己地回想西南那可人的春夜喜雨来，那让人永远记忆的春之绿，那令人梦回的乡土啊！

一场春雨一层绿，我的钟爱、我的珍藏、我的回望。

2006 年 4 月 12 日 9：55 初稿于北京寓所，
2007 年 7 月 18 日（燕子忌日）改于京华。

京城初秋

　　京城秋雨，黄叶满地，凉风过身体，思颖急；怅然孤啸，当窗望远，不见归人影，空对野。

　　天数盈虚，海榴结实，何日是归年？梦如初；温润香罗，弄语朝暮，高柳鸣相和，共流连。

2007 年 9 月 13 日，晨起触京城雨景思念远，即兴数语送远在香港的鹊珊。

《天黑家门有你》（纸本），43 厘米 ×45 厘米，2016 年，梁玖

家乡的冬天

窗外不时地飞絮着雪花儿，这是 2008 年北京的第一场雪。满世界白白的，心中很惬意。

我的家乡在南方，那里不常下雪。在儿时的记忆里，家乡的冬天是很阴冷的。家乡地处长江上游北岸的丘陵地带，冬天里昼夜御寒的方法，除了加厚衣被之外，就是烤烘炉（一种用于烤暖手脚的、可任意移动的小火盆，如图所示）。

家乡的床，不像北方乡村里的炕可以生火取暖。家乡的床垫子，是用干稻草铺就的。家境不好的人家，是直接在稻草上铺上凉竹席，晚上脱掉棉衣睡进去，真像掉进冰窟洞一样，寒气直透心底。上小学时，我去一个同学家住过一宿，真正地感受了那份透凉刺骨的凄美，至今还记忆犹新。家境稍好一点的人家，是在稻草上铺草席，这比凉竹席要温润一些。但依旧是寒凉的。如果遇上棉被是大、厚、老的话，更是寒凉无比了。家乡的乡村，人们在概念上认为，棉被大厚就很暖和。其实不然，太厚的棉被，加之是陈年老棉被，总是不贴身，盖在身上正如唐代大诗人杜甫在《茅屋为秋风所破歌》里描述的一样——"布

《烘炉》，2015 年，梁玖 摄

衾多年冷似铁"。南方多阴冷潮湿，在土屋里，屋大窗小阳光不易射照，湿气很重，使那厚重的老棉被时时散发出湿霉霉的冷汗味。如果是遇上抽旱烟的人家，那陈年的旱烟叶子味可让人有些受不了。所以，我从小就不爱走人户（即串门子走亲戚）。条件再稍好一点的人家，是在稻草席子上铺一层或两层或旧或新的棉胎，然后再铺上棉布床单。当然，即便是这样，当在阴冷寒风紧逼的夜里，脱掉穿了一天的暖棉衣裤钻进被窝里时，仍旧是彻骨的透凉、彻骨的冷。这时往往是尽量蜷缩身子，慢慢喘气，心里想着"快了，一会儿就暖和了"的话，慢慢地也就睡着了。直到清晨醒来，懒懒地又不愿起床。因为，那睡前脱下来暖暖的棉衣，孤独守了一通夜后也冰凉了。好在我的母亲很心细，也很体谅我和弟弟幼小的那份胆怯心理。所以，每每在早上，母亲总是会先早早地起床，在生火做饭的过程中，做一两个烘炉，小心地把我和弟弟的衣服连同鞋袜烘暖放到床边，然后才叫我们起床。现在想来那是多么幸福的生活啊！当时只是觉得舒服。不过，也有在睡前用烘炉暖暖被窝然后再睡的。我上初中时，正好是"文化大革命"刚结束。我到一个名叫永丰公社（现在称为乡）所在地上学。由于离家较远，于是便借宿到我一个独身的堂伯父家里。他的住房是落实政策后补还的。他的卧室放在厨房里。床的蚊帐、床头等等都因长年被灶火烟熏而成了绛黑色。堂伯父名桥，我称他为桥伯伯。桥伯伯那时已经六十好几了，身体不错。他一直独身，平时嗓门比较大，身材也高大，但心地很善良，对他的侄儿们很是友善。常教育我们说："如果学不好，没有本事而成为那种'狗屎绞鞭，闻也闻不得，舞也舞不得'的人，就没用了。"也就是说，既不能文，也不会武的人，是没有出息的。他照顾我很细心，也很疼爱我。我在家排行老二。因此，他总是亲切地叫我"二娃"。他的床与我家的不同，除了铺上床单外，还铺上了厚厚的兽皮。

我已经不记得那是狗皮，还是狼皮。只是还记得摸着那皮毛是酥软软而特别舒服温和的感觉。即便是这样，桥伯伯还是怕冻着我，每到我下晚自习回来前，他总是用烘炉把我睡的那一边烘得暖暖的。而且，当我睡下后，他还把我冷浸的双脚放在烘炉上烤，直到我烤暖和后，他才停下。虽然，他总是抽着旱烟，味浓浓的有时让我呼吸都有些困难。但，在那漫长的冬季里，还是很温暖的！遗憾，岁月易逝，桥伯伯在将近九十高龄时，永远地离开了我们。不要说再也烤不上他那温暖的烘炉，就是他那我当时不太喜欢的旱烟味，现在想闻也是闻不到了。

说到烘炉，我的父亲可不喜欢烤它。他说："烤得一会儿暖，又一会儿被凉风吹，容易感冒，病了也不舒服。不如一直凉着，这样还能锻炼身体的抵抗力。"父亲不烤，并不禁止我们兄弟烤火。每当我在写作业时，母亲就把红彤彤的烘炉给我烤脚。这时，父亲也不干涉。在老家，我的祖屋里至今还有一个木框架的方正似八仙桌大小的火盆。在记忆中，很少用。小时候回去，似乎是冬天里只有待家里来了很多客人时才用。当盛满木炭炭火的火盆放在大桌子底下时，不一会儿，整个屋子都觉得暖和了许多。大人们坐在桌前说话，顺便也把穿着布鞋的脚放到火盆边缘上烤着，那感觉很温馨。如今是好多年、好多年都没有见过这样幸福的情景了！

家乡的冬天，虽然很难得下雪，但结冰却是常事。我最喜欢下雪和水田面结冰。每当清晨起床后，总先要去屋檐走廊上看看院坝的小水坑或不远处的水田是否结冰。如果看到了冰，嗨，不提有多高兴。每当那时，便带上我的弟弟，呼呼地跑到水田边，先是用小木棍敲冰。然后，就是去抓冰。冰块很滑，加之透骨的凉，手又小。所以，很不容易把冰块抓起来。一旦抓了一块大的起来，就提着跑、高兴地叫。然后，又把它砸破。有时也用稻草秆管把厚冰块吹一个小圆洞，用稻草拴着挂在树杈上，看它慢慢地在阳光中化掉。儿时没什么玩的，那天然的玩具，伴我度过了一些难忘的童年时光。有时玩冰久了，十个手指头不听使唤，僵直直的。这时，便迅速跑到厨房，把手放到柴灶门前烘烤，或是把烘炉拨得火旺旺的，使狠劲儿地烤，直到把僵直感觉烤得如冰化一般没有了才停止。除了冬水田、水池面的冰外，最高兴的还是看见冰柱子。如果清晨发现屋檐瓦沿上滴漏结着像拐杖一样长长的冰柱，那也是很惬意的事。每到那时，先是去抚摸，觉得玩够了，便把它掰下来，滑溜溜地握着，似剑一样挥舞。童年那时，既没有什么书读，也没有什么上档次的玩具玩，可就是在挥舞这些冰柱子的过程中，渐渐地在父母的爱护下宽松地长大起来了。

虽说家乡不易下雪，但也还是有下雪的时候。有时还下了很大的雪。记得有一年的冬天，清晨起来看着窗外不自觉地惊呼：我的天呀，简直不敢相信，漫天的雪花儿密密麻麻地飞舞，大地、房舍、庄稼看不出一点除了白色之外的颜色，什么叫白雪皑皑的情景，那就是解释。房舍周围的竹林十有八九都被大雪压弯了腰，甚或折断了。院坝里的雪至少也有一尺厚。真是高兴坏了。我和弟弟穿着胶鞋到雪地里跳呀、跳呀，吼呀、吼呀，忘乎所以。母亲看我们玩得高兴，便带我们去菜园砍菜。那一窝窝的青菜全被雪包裹，一排排的像雪地里站岗的战士，一动也不动，让人陡生肃穆感。我们深一脚浅一脚地砍了几棵青菜抱回家，乐得像快乐的小山雀儿一样。就是这北方，也少见那样大的雪。也因为故乡难得下雪，所以我一生都喜欢雪。

家乡的冬天，还有一件快乐的事，就是看杀猪匠们杀过年猪。小时候，家乡杀年猪不是家家都能做的事情。只是家里条件好一点的人家才杀得起过年的猪。杀年猪，一般都在腊月某一天的早饭后进行。杀猪匠来之前，杀年猪的家里，都要事先做一些准备，一是头天晚上家人就不给猪吃东西了，让它空腹，方便到时候好打理。二是要准备好一个杀猪专用凳子。那凳子一方面是要宽，以便于好把活猪顺利地按倒上去躺着；另一方面是要结实。因为，把要杀的猪揪按上去是不容易的事情。那猪会奋力地反动。我老家那个长年放在老厨房大灶前坐着烧饭的杀猪凳子，是祖上传下来的。三是要在户外找一个合适的地方挖个大土灶，埋上一口大铁锅，准备好柴火。同时，还要砍一些翠绿的柏树枝丫，把锅口边沿的大灶台铺满，供烫猪拔毛时用。四是要选好一棵可以挂掉着方便解剖分割猪肉的树。那大土灶就在这棵树的周围挖设。五是要准备一个大盆。在盆里放上少许的清水和食盐，以便宰猪放血时接猪血。当这些置办妥当以后，杀猪匠来了，就让一群有力气的男人把猪从圈栏里赶出来。那猪也许是知道了自己的大限到了，总是不容易赶出圈来。当猪被顺利赶到放好杀猪凳子的地方时，只见那杀猪匠指挥众人，一齐用力把猪强制按倒到杀猪凳子上，这时那猪发出狂急的悲鸣声，人们也顾不上许多，也忘了"猪道主义"什么的，只管听从杀猪匠的使唤。这时，杀猪匠早已经穿上长长的似乎是皮子做的长围裙，右手有力地拿着一把一看就知道是夺走过无数个猪命的不大而长的雪亮屠宰刀。杀猪匠左手向前向上扶抬着猪下嘴巴，右手握刀对准猪的喉部猛用力狠命地刺将进去，只见那猪呼哧了一声，那鲜猪血便从那约寸长的刀口子里泄喷而出，旁边拿盆的人慌忙地去接猪血，往往还是让猪血溅了一身。在猪喷血的过程中，人们还不敢松手仍然按着猪，那猪口里还发出呼呀哧呼呀哧的响声，脖子的刀口处直汩汩地冒血，直到冒出的全是血气泡泡时，那一直在往后抽踢的猪脚才慢慢停了下来，一条猪命在众人的努力下没有了。悲乎！那时年纪小，既好奇，又害怕。尤其当看到有的猪命大，杀了一刀不死，还嗖地一下挣扎起来跑圈，又被抓去杀二刀的情景时，那幼小的心真是提到嗓子眼了。尽管如此，看乡民们杀猪，还是在家乡冬天里一件很大的快乐事情。能杀上年猪，是标志劳碌一年的乡民有了幸福的生活。

当那猪再也不能动弹的时候，杀猪匠便用刀在猪后蹄的一只脚端上划一道约两厘米长的口子，接着用一根长长的约二米的铁棍子（似乎被称为"挺杖"或"挺棒"）插入那口子里，慢慢用力地挺进到猪的全身，也就是打几个通气路径。待杀猪匠觉得合适了，便拔出棍来，然后用嘴贴着对准那口子使劲往里吹气。这时，会看到那猪身体开始变得鼓胀起来了。杀猪匠一口口地吹，直到整个猪身都被吹胀圆之后才停下来，用手狠狠地掐住猪蹄上的口子不准漏气，接着用一根细绳子牢牢地捆扎住那口子至一点气也不漏。随后就把气胀猪抬到土灶台大锅边，等待锅里的水烧沸。当水烧沸后，杀猪匠便用大瓢舀水淋猪身。一遍遍地淋，直到可以轻松地拔下猪毛为止，接着便用一个特制的铁刨子，双手拿着由外向里运动，一刨子下去拉完，就出现一道白生生的干净猪身，猪毛全没有了。就这样不断地刨啊刨，直到把猪身上的毛刨得几乎一根不剩时，才用一个大铁钩子扎进一个猪后脚杆上，杀猪匠提拉着、众人抬着，快步地把猪移送到事先找好的那棵可以挂猪的大树下，杀猪匠一声大喝，猛地就把铁钩子挂到树杈上，让猪倒立悬挂着。这时，众人散开，杀猪匠提来一大桶干净水，用瓢舀水把猪身冲洗干净。之后，端来一个大木盆放在猪身下方的地上，接着杀猪匠就熟练地挥刀划开猪肚子掏出猪内脏放到盆里，随后逐一顺着猪的结构，把一头肥肥大大的猪砍成大大小小的若干块，最后取下完整的猪头，到此，杀年猪的活动才基本宣告结束。砍划猪肉时，主人家一般都在场，主要是把自己的一些分割猪肉的想法告诉杀猪匠，以便日后好安排。比如，家里有未婚儿子的人家，就要求杀猪匠把猪臀部肉割划大一些，好让自己的儿子给未过门的媳妇家送去，表示极大的尊重！还有哪块肉准备送给谁，等等。这样下来，其实主人自己最后真正能享用到的猪肉是不多的。尤其在中国 20 世纪 90 年代以前生活困难的岁月里。

作为小孩看村民杀过年猪很高兴的还有一件事，就是还可以吃到主人家杀年猪后，用青菜和橘子皮混着煮的猪血旺。当小孩子们高兴地吃着主人家馈赠的热气腾腾的猪血旺时，很是开心、很是温暖、很是幸福！此时都还能清晰地记着那新鲜热烫的猪血旺香味呢。不过，我已经有三十多年没有亲眼见过杀过年猪了。欢腾地杀猪过年的场景，永远地留在了童年的记忆里、留在了对家乡的记忆中、留在了慢慢变老的记忆里！

在家乡的冬天还有一件大事，就是到了腊月二十四日的时候，母亲要带领我们全家人进行屋里屋外的大扫除。这是一个工作量很大的活动。据说腊月二十三日的时候，各家的灶神菩萨离岗到玉皇大帝那里汇报年终工作去了（除夕之夜才返回来），为了不让他染尘埃，所以家家户户在腊月二十四日就开始了彻底的做大扫除活动。其实，这是一种民俗活动，称为除尘。家乡叫作"打扬尘"。腊月二十四日一大清早起来，迅速吃完早饭就开始分工进行了。母亲穿上劳动的外套，戴上口罩和草帽，打扫屋顶、天花板等高难度区域的清洁。哥哥比我年长很多，就做次重区域的清洁，我和弟弟就干一些易做的活。就这样努力地干，往往是吃过午饭后还要继续做，直到夕阳满山时也许才会结束。除尘活动虽然很累，但每当看到房舍里外前后干干净净的样子，是很有成就感的，也很开心。因为，打完"扬尘"活动后，觉得期盼已久的春节就快到了。春节时，不仅可能会得到一双母亲熬灯夜战做好的新布鞋，或者是能穿上一件新衣服。而且，还会吃上好东西了！我们童年希望的东西不多，就是希望能穿上和吃上一点"好"东西。比如，我现在还记得一个顺口溜："红萝卜，蜜蜜甜，看

《家乡那山天黑得早》，2016 年, 梁玖

着看着就过年！"也就是说，到了春节时，就可以吃上红萝卜了。家乡所谓的"红萝卜"，就是胡萝卜，而今的小孩是太不稀罕它了。可我们那时，是很珍爱它的，这就是我的童年岁月。

　　家乡的冬天越深，天也就越寒冷。尽管如此，家家户户一般还要贴对子和贴门神画。我们家往往是贴上父亲亲自书写的对子或画的画。贴对子和门神画也是很开心的事情。家家户户的房舍干干净净、红彤彤地焕然一新，小伙伴们也穿得比平时干净或是新衣服，并不停地串来串去地找乐。偶尔还点燃一个爆竹，"嘭"的一声，好不热闹！

　　当在年关的腊月三十日中午狠狠地吃上一顿美餐后很是满足。这也是家乡冬天里最幸福的时候。当大年正月初一早早地起来后（母亲说，正月初一是不能睡懒觉的。否则，自己一年都会发懒而学习不好），就与母亲、哥哥、弟弟们一道包汤圆。我与弟弟争先恐后地做，还在有的汤圆里包入洗干净的硬币，煮以后看谁能吃到硬币，能吃到的人就认为是在新的一年里都有福。等到正月初二，家里就慢慢地热闹起来了。我的姑妈们将带着表妹表弟门来拜年。我们小孩子也就会疯野似的玩耍，很开心很开心。就这样在开开心心地过了一天一天后，慢慢地太阳暖和了些，胡豆花开了、油菜花也开了，蜜蜂勤劳地飞来飞去，家乡的春天悄悄地来了。

　　家乡的冬天是美好的，不仅山青青、水潺潺，而且，亲情浓烈。更重要的是，可以说家乡的冬天，就是在年复年地盼望过年——过好生活—— 的心理中度过的。如今想来，在家乡的冬天时节里，家里虽然没有像北方这屋里有暖气，但家乡的冬天永远是温暖的！

　　此时北京窗外的雪，似乎越下越大了。

　　　　　　　2008 年 1 月 22 日于北京早饭后，突然想
　　　　　起儿时去到老家，在家乡过冬天的一些事情来，
　　　　　遂写下以上文字，以示怀念那个艰涩的乡村童
　　　　　年。
　　　　　　　2009 年 2 月 2 日，正月初八，于养病中
　　　　　检阅旧迹，看到去年所写，不禁思乡情更浓，
　　　　　故于病痛中打印校勘，以铭怀逝去的岁月。梁
　　　　　玖于北京寒舍补笔。

雪花儿正舞

我此刻才注意起了扫雪人的存在。同时也才发现自己是有些不喜欢扫雪人的。

在整个冬天，我都住在京城。来自南方的我，很喜欢雪。故而，自打入冬后，就不自觉地暗藏着盼雪的心理。然而，人们都说今年是个暖冬。不免有些失望。世事难料是常有的事。往往你喜欢的、钟情的，却偏偏变了个岔，不遂心愿。这不仅仅是向右走、向左走的问题。不是也常听到这样的大感叹吗——爱的不爱，不爱的爱着！

独自一人的生活很有些懒散。大上午起床后，先望了一眼窗外，心想今儿没有太阳。当在客厅掀开窗帘时，我笑了。没有太阳的原因，居然是下着雪。我一阵欣喜。旋即给还在南方的鹊珊发去消息说："快带着女儿来吧，北京终于下雪了！"

树丛上、花台上、自行车上……无处不是洁白的雪，空中静静地还在飘洒着雪花儿。我居住的整个小院，行人很少，静谧的，也正恰合了这雪天的那份应有的、和谐的宁静。在繁杂的尘世中，能有这样纯洁一统的景光，是多么难得和润心呀。

我独自儿欣喜地赏析着这突到的景致。然而，在远处的、起初我并未在意的两个身影出现了。不一会儿发现地上的雪面在缩小。这才意识到他们正在清扫道上的积雪。不知怎的，心中出现隐隐的不快和悲情。原来是这不可多得的、少有的沁人心脾的自然的景、自然的雪，被人打搅了、被人破坏了，进而让我生出了无限的悲情。

非常直接的现实功用眼光，时常破坏着人们深沉的心理和精神需求。如今，要保留一点纯情、纯美多难啊。人们忙不迭寻求实用的大脚，总是在踏毁着我们自己的精神风景。

我原本对扫雪人是没有怨情的，以往还深深地敬意过他们。

在快乐心绪受到击毁的时候，我更明白了，人的视点不同，行为就不同；行为不同，结果就不同；结果不同，心绪就自然不同了。这也是一种自然，似乎。

明白归明白，怨还是要怨的。我不喜欢破坏我心中和眼中那雪景的人或事。

我喜欢雪，雪花儿也还正飞舞着。

抒怀于 2004 年北京的第一场雪中。

走过去

清晨的京城遇雨，一路清新，早早地赶去铁狮子坟那个地方拍照，是因本季全体毕业研究生要拍毕业照。

个人能满心欢悦地到达拍毕业照驿站，也就是实实在在地证明自己已经走过去了那些问学幽径的岁月。

望着已经披红袍和着蓝色学位服的自己培养的博士和硕士，我更多地看到了他们的来时路。

"我的学生只能自然地老死。"这是我曾经在面对自认为处于人生低谷的博士后时疾愤所讲的话，而今是每一个弟子都熟知于心的"泽园导师语录"，且由此订下此生彼此的生命保存契约。

"'我'很重要。"是我写给许多位初入门者独自大声读给我听的一个短语。由怀着不解而独立地读出来我听到的时候开始，一个行为约定律就在师生缘中拉伸：既然自己已经当着导师的面宣誓了独立的"自我"很重要，就不要把自己的希望寄托在一个人身上。

其实，君为何而来，才是作为学生自己真正应该回答的命题。如果，你来，不是为了学术，不是为了修养，不是为了自己成长定型尊贵人生境界，而是为了索取它物不成而讨伐导师，进求给他点态度看，给他点沮丧，给他点恶名传，给他前程雾霾。如是所闻，自己又何必在这个驿站上费此心机兮。陷所嘱"意义化生存"于何境地矣？

"自己随时是作品。"尽管这个也是我倡导的、弟子们熟知的规格。但是，当看到有弟子依然着便携式凉鞋就穿上学位服时，剩下的只有感叹了。"有规格＋有作品感＋出场精彩＋有精神＋有气象＋自己有办法"等等训示，还没有走出校门似乎就忘了，教育真的很难吗，在中国……

雨后清新中如潮欢颜的诸硕士和博士，在他们伴着开怀笑声中抛学位帽于蓝天之时，一个念头忽然生出：这个夏季中国由红色博士服组成的红色之墙与蓝色硕士服构筑的蓝色之墙，是中华民族永远可以欣赏、信赖和依赖的中流砥柱吗？其间，会有汉奸出现吗？至少，我面对时局，是不敢保证他们的。历史告诉的事

《泽园的乙未年初夏时光》，2015 年，漆谦 摄
右起为：硕士丁香花·薛琳、导师·莫山、丁香花·郭玲敏、丁香花·杨洁和博士沙枣树·杨梦婉、核桃树·任也韵。

实是：当风云际变之时，打倒老师肉体和心灵的往往就是自己曾用心培养的学生。

一阵夏日清风吹散的乱发遮挡了些视线，这时明确无误的一个事实是：又看见了自己的发丝是白色多于黑色。不过，自己欣慰的是自己也算是走过去了那些早早晚晚挂念和批红繁乱的日时。

走过去，是一种信念、一种执着、一种目标。

过去，是一种实现、一种历程、一种回望。

记得儿时去乡村，走过一种桥：跳墩河桥。这是一种为方便人们过河而放置在河水中的，由一个个间断性连续独立石头墩组成的过河之路。由于每个石头墩相隔半步子的距离，加上湍急的河水声，过河是很害怕的。可是，每次走过去之后，不仅心中生出了些许成就感，而且都要回望那断断续续的"河水间桥"。

"走过去，是绿灯。"这是我每次独自开车穿行在街巷时就有的思想。的确，若干次经验告诉我：当远远望见前方路口是红色禁行信号灯时，不要沮丧、不要急躁，慢慢行就好。因为，在自己悠然驾驶走过去到路口时，已经是可爱的绿灯，任己行。

走过去，是法天，我想。

2015 年 6 月 26 日 13:30 于北京寒舍。

青草香的味道

我是否有些感冒了，
问你，
见不着人，
在那个冬天。

想起了，
故园的青草，
豆花也好黄，
又想咳嗽两声。

2014 年 11 月 18 日于北京，好忙的日子，
暖气来了也不觉得很暖和。

有阳光朗照的日子

无论何时，只要有阳光晃动，我的心情总是朗朗的好。更不用说是在这初春的日子里，在我无辜受伤后疗养的过程中。

清晨后一大段的时间，我都在客厅靠阳台的门边儿看着书。起先总是有一两只画眉鸟儿来到阳台栏杆上，悠闲地练习她们准备演出的台词，也不时地随便飞到阳台上挂的腊肉上，惬意地吃着、唱着，美美地享受着。这景致着实很好，就如欣赏那阳光普照下发着金光的、放着馨香的春日油菜花风景一样迷人。

在欣赏鸟儿的活动后，才发现太阳也洒照得正欢、正足。吊钟花、紫罗兰的投影深深地印在阳台地面上，叶片像皮影戏演出一样在不停地扇动。忽然间，我感觉到太阳也是有气味的。在春风徐徐中，太阳的气息是味甘、醇厚、清新而沁人心脾的。

我懒懒地品味着这有阳光朗照我家阳台的日子，心情也恰如和煦的春风，欢悦而走运。

在生命中，多些这样有阳光晃动的日子，该是多么的善美矣。

2003 年 3 月 3 日于重庆北碚。

我要准备减肥了

　　似乎总是有个想法在心中不时出现，这不，秋日午后的京城里，在太阳一会儿亮又一会儿阴的时候，我正在手机上触键打字，那个想法又疯狂地萌芽了。看来，凡事只要到了感触至深的时候，就会推动自己生出一些不曾有过的想法来。

　　"我要准备减肥了"，这就是那个想法。本来，我向来是不主张减肥的——尤其是为了别人而减肥。可是，当自己常常在手机上本想输入 you 这几个字母时，总是会出现 yoi，即便是连着输入三遍后，不是 yoi，就是 yio 的时候，减肥的想法就蹦出来了。

　　"按自己想胖的方式去胖"，这其实才是我一直的主张。还是回到自己原初的观念吧，平实而意义化生活的思想，不仅仅是自我的生活自信反映，也是自适怡然快乐之源。如是，让自己每次在手机上触键敲字时更细心一些，可谓是最便捷和实用的良方了，如果自己非要用手机发布信息的话。

　　"即便你减肥成为一颗葡萄干那么瘦，估计你的手指也减不到你想要的程度。"这是我心中发出的另一个声音，我认为很重要。因为，它涉及的不光是减不减肥的问题……

　　2014 年 10 月 29 日 14:20 抒怀于北京。时正值给美术与设计系2014 级短暂讲课期间，凡遇有同学通过微信询问问题作答时，自己老因手指不够细小而触到了不该触的字母键，恼人。故而，自嘲曰：我想要减肥了……我总是认为，自己这样一天天平实地生活，其实是很惬意的。比如，在俄罗斯时，我总是在看到有乌鸦（瓦诺娜）的时候，欣赏性专注地看好长时间，并比较着与中国乌鸦的不同点在哪里？俄罗斯的乌鸦，有的品类不全是黑的，是故，那个"天下乌鸦一般黑"的老话，似乎需要改一改了！

你是我的彼岸

有你，
我知道
自己的世界有多大，
哪怕
我身无分文。

有你，
我知道
我的彼岸在哪里，
哪怕
我用肉眼都望不着你。

有你，
我知道
我的胆量有多大，
哪怕
漫天行走也无所畏惧。

有你，
我知道
自己的生活为什么，

哪怕
整天忙天忙地。

有你，
我知道
我的风景是什么，
哪怕
大雪纷飞漫天涯。

有你，
我知道
生命的意义在哪里，
哪怕
自己再也看不到明天的黎明。

2011 年 10 月 1 日 16:20 独过国庆
即兴作于北京望尘园。

别

车
在黄昏的寒风中，
离开了
我的房门；

你
又走了，
在
新年初开的第三天；

我
独自望着，
望不见影的方向
风儿正响。

2004 年 1 月 7 日 01:30 睡下又起而作之。于北国深夜里感怀鹊珊于岁末匆忙来京公干而不得与相叙却匆别。8 日 02:07 定稿于北京科技大学博士后公寓 2 幢 2 单元 101 号。

选　　择

　　独自倚靠着近窗的门廊，自由地望着被朝阳洒满的湖水，想飞、想奔、想游……想什么的念头都一起蹦跳了出来。

　　转身走到被阳光斜照的书桌前，忘了一切地写着眼前的关键词。

　　因为门开着，我得尽快赶去。

　　阳光依旧。

2011 年 1 月 16 日于北京望尘园。

《一刻万年》（纸本），43 厘米 ×45 厘米，2015 年，梁玖

写几个字

"我再写几个字，陪伴夜风……"这是我回复给池鹭鸟·刘君的微信。①

今夜的风与往日不同，它吹生了我脚下这块古老文明土地上两个候任博士，是我命之为核桃树和沙枣树的俩人。②她们于今日黄昏前，结束了各自的博士论文答辩会，并顺利通过答辩。如此，经四五年的植树长，树终于长出了林。趁自己呼吸还在，也能感觉时，写上几个自己知道的字。从语言分析哲学角度说，通过词与词的连缀，是能标识一些东西的。也许是吧！

在深底的夜色里，与一众辞行，独自走回一路，想了些什么，我知道。

有微信来，只见"刚才望着您的背影，感受到您的辛苦，心中一阵酸疼，忍不住流下泪来，一路想着，领悟到您所有的教育思想，以及您对我们的要求，您都是做得最好的典范！卓尔不群！"这些文字，在已经少行人的夜风中，生出了精灵，鲜活人的心灵与属灵。于是，回复云：走路"出一身汗，就是休息。意义化生存，不是知识。"

池君的仁爱是长着翅膀的。

---

① 池鹭鸟·刘君，乃随我访学的刘金华君。2014年秋来泽园时，依据泽园之规格教育——高校访问学者命"鸟儿名"，给她命名为"池鹭鸟"，是故。她是山东人，朴华、勤勉、仁爱者也。
② 依据泽园之规格教育，每一级的博士生，以一种树命名，不分人之多少，也不分男女之别。

人在社会关系链条上，没有马虎的资格。

人生就是在完成中完成的，如是，徒得两字——心安。若不是，难道此刻还要规定两候任博士，照样于这夜风里也写几个字，还要提交来？

茅舍外长河方向的青蛙声，今夜怎么这么响脆，我不知道。

2015 年 5 月 23 日 00:55 于北京寒室。

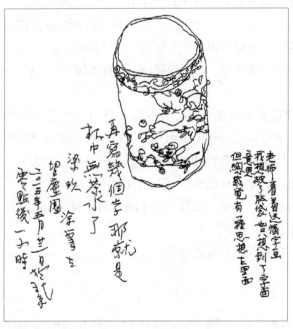

《水杯》(涂鸦)，21 厘米 ×16 厘米，2015 年，梁玖

我给你看路

寒露过了的那个深秋，老城庭院的柿子树，已经是挂满了沉甸甸的柿子，和着风翩翩翔扬的树叶迎着西沉的夕阳，不断传出几许有种道不清说不明的情绪。

就在庭院的视线前方，有一条类似胡同的道儿，道儿上来往的行人、自行车、三轮车、小轿车、板车混杂着喧嚣，让那挂着"老饺子馆"类的古旧招牌的低矮房舍，更显几分秋深的情景。也就在这混杂中，有辆不显眼的残疾人三轮车，缓缓驶过我的身旁，就在三轮车靠近我的那一刹那，我看见三轮车车主右肩旁站着一条精神的狗。尽管，狗儿的两只后脚不停地在抬换姿势，但是，她的眼睛却始终紧紧地盯着车头的前方……

独自步行中的我，顿时被丢进了眼前景象所引发的情绪中。"我给你看路"，这几个普通的汉字不自觉地跳出了脑海。

"我给你看路"，我想，这就是那只无言狗儿今生的感恩宣言吧！

其实，"我给你看路"，也是我想对你讲的话。

一阵寒风又吹过去了，北方这老城的冬天是快来了。

2014 年 10 月 14 日下午，应邀到北京梅兰芳纪念馆出席画展开幕式，说完话之后在返回途中，对所见触景感怀而生"我给你看路"的思想。到家后疾笔录之。在今生，若在自我孤寂中能够养只狗儿来给自己看清前路，在川流的生活中，既是一种尚好的选择，亦是一种幸福。甲午北京的今儿又是雾霾天，于此时整理成文，只为送给——在我生命中遇见的你。10 月 19 日又识。

失火的图书馆

庚寅年腊月二十九日黄昏时的一场不曾预料的大火，把我的一座"图书馆"烧毁了。

失火后的图书馆，空无一物。他所有的藏品一烧而尽，连一个丁点痕迹都找不着了。面对着他的不复存在，我除了黯然神伤，就是无尽的回想与思念。

这座图书馆与我的关系不仅仅是密切，而且是血脉相连。我的人生过程和无数个细节都被他收藏保管着，而今，我却一点办法也没有，找不回来了。有一种最大最深的人生遗憾，就是"找不回来"。

怎么就失火了呢？我常常问自己。为什么不曾想拷贝一份备案呢？事实上，无论多么高级的科技手段都无法复制"这座"图书馆兼博物馆的藏品。

这座在三年前失火的"图书馆"，就是我那受人尊敬的父亲。他在辛卯年春节来临时，突然辞世远去了，留给我无尽的一去不回的空落与寂寥。

在北京这个初冬的夜里，我真想走进昔日那座我从未想过会失火的图书馆。昔日，在那座馨香的图书馆里，想借什么文献，就借什么文献，想查找一个为什么，就会获得系列相关的资讯，想获得一个行动方案，就有一两个方案呈现，不要说不支付费用，连借书证也不曾办理，每次去都是畅行无阻。而今，我只有在脑海深处，默默回想图书馆当年的伟岸和丰富的宝藏了，还有那独有的温度。现实是想找一个可以坐一坐回望他的台阶，也找不到。

今冬北方的风，真大，还伴着彻心骨的寒凉，就真的有种无助的悲伤。仿佛就是家父一生主张"顺其自然"的结果。

在人文亲情的立场，还是遗憾多啊！如果说，和着寒风去问春还有个行进的方向，如今这夜，即便是万倍强力的艺术学想像力，也是寻找不到一点可能的光亮，呜呼哉，呜呼哉也！

2014 年 11 月 14 日夜于北京。

《初秋之歌》（草图），1992 年，梁玖

我总是想起你

没有为什么、没有经意、没有无聊，我却总是想起你！

人生中的牵挂，是为何？人生中的期盼，是什么？人生中的依恋，是怎样？无论为何，我总是牵挂你，独在的日子里；我总是期盼着你，在无人语的夜里；我总是依恋着你，在人生中途的不可计数的所有顷刻。

绝对一个人的世界，真的是苍白无望的；纯粹自我的镜中影像，只有自己那双不太灵动的眸子在动；日复日的独处，是日落后的时进而全无生机。其实，有人与己相处的日子，是一种幸运；其实，有为人付出的机会，是很幸福的事；其实，有人与自己相伴的日子，是最快乐的人生。

风风雨雨、朝朝暮暮、走走停停，有了你，是多么的好啊！

没有你的日子，黑夜很长；没有你的日子，生活老是巅颠倒倒；没有你的日子，生命总是惶惶飘飘。我，想你，在此时、在彼时，在一切没有你的日子里。

那些共生的日子，是多么的意味深长啊！那些不悦的日子，是多么的遗憾啊！那些相依的日子，是多么的善美啊！我深情地希冀阳光朗照着我们未来所有的日子，永远的。

性钟情的我、时生感怀的我、易不禁潸然泪下的我，总是在望着匆行的风时，伸展着悠远的情怀和梦想的振飞。

人间无数的问候，只有你的问候最动人；人流中万千的身影，只有你的身影最牵心；所有人给予的微笑，只有你的微笑最情真。

感谢你，此生有了你！今生与你相约，有了永恒的心情、有了永恒的太阳。

　　感激你，此生有你相伴！

　　感恩你，此生有你沁润——我心！

　　没有办法，我又想起了你——遥遥而无期的。

　　　　　　　　　在 2002 年元旦次日偶去上海前的于梅庵
　　　　　　　　岁月不多的黑夜里抒怀而笔。

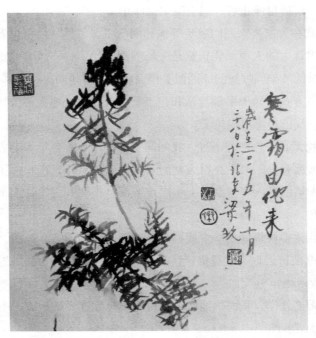

《寒霜由他来》(纸本水墨)，45 厘米 ×33 厘米，2015 年，梁玖

吵 架

夏日深夜的济南机场候机厅，灯光不太明亮，也许是人少的缘故而关了好些灯。因为，此时的机场里，除了我们这个一再晚点没有头的航班旅客，就只剩下零星的机场工作人员了。商店关门了，广播也停止了，似乎温柔也停止了。

就在大家来来回回踱步等候和期盼中，忽然从登机口方向传来了出奇大的人声。凭直觉是一场吵架开始了——旅客与机场工作人员的吵架。吵架的原因似乎很简单：不知是问与答的哪一方，在发声方式上异于平常与亲和，于是声音就出奇地大了，尽管此时的空气已经不很闷热了。

我无心看热闹。不过，我的同伴——一个著名学术杂志的主编，远远看去，似乎在努力劝慰双方。应该这样，夜很深了，幸福的人早已进入了梦乡。一小点声音都会扩展开去，让上帝也休息不好。

我觉得候机厅是一个族群最不应该吵架的地方。其实，此次SC1159航班迟迟不能登机延误起飞的原因很简单——目的地北京"今夜风雨雷电交加"。

无论怎样，我固执地认为：机场候机厅这样的地方，不应该出现吵架事件。

2010 年 6 月 13 日 23:45 于济南机场。

你想抽烟吗

我向来认为，能嗜好抽烟和保持抽烟一生的人，是值得肯定的。抽烟的人，至少是不怕花钱，敢于面对家人或他人的厌烦眼光，也是不怕危害自己身体健康的人。坦诚地说，自己在一生中能找到一个情有独钟的无害的爱好多难啊；同时，又能至终如一地执着，多么不易焉。每当夜深得几乎滚荡到无底时还看到窗外小河边孤守之钓鱼人，我也有如此深深的感慨。

想抽就抽吧，在有太多苦难的人生岁月里，只要自己身体好、心情好、经济好。

在这机场咖啡屋，在我的斜对面，独自有个女孩，又点燃了一支香烟，真的很青春、很有生机、很靓，整个给人的感觉是。她双手托着烟草，眼睛眯眯地若有所思地望着她的右边，不知道在望什么、在想什么、或什么也没什么。这于我不重要，重要的是我在欣赏她的自然造型和给予人的一种气象。我未付费，她就提供给了我这文字写生的模特儿。我在心底里感谢她，也在眼中欣赏她，只是她不知道，有点遗憾。

有时，抽烟真的好。抽的感觉，是与吃饭的感觉不同的。高兴抽使得心情更好；悲伤时抽，令心情更愁。当然，在人群中抽的时候，似乎还可以遮蔽一些尴尬、难堪、不好意思等等情节。

　　事实上，我的导师道一先生也爱抽烟。先生抽烟的姿势很有韵致。在他身边的岁月里，我常常远远地欣赏着。有时，他也会对我这个不抽烟的弟子说："来一支吧！"先生说完便是一串响亮和舒展的笑声。

　　好在，我并不是完全拒绝抽烟。与友朋聚而高兴时，也有抽一支的景观；不高兴时也抽过。平常时，就歇息了。只是我的平常时很多，是故也就难得独自抽支烟草了。不过，多数时间我是讨厌抽烟，尤其是在需要更多新鲜空气时，更是特别厌烦身边那些不顾他人感受的抽烟人，比如在电梯里目中无人的抽烟者。

　　抽烟既然是个文化行为，看来就更需要文明地抽享。

　　弹掉烟灰，留下清香，是一个现实，还是一个理想。

　　"你抽烟吗？"

　　谢谢，不抽。我回答着邻座的友善。

2003 年 8 月 27 日 14:55 于首都机场。

当我吃石榴的时候

又一场秋雨后，我的居所完全没有了热意。时近傍晚，家人叫我吃从九寨沟带来的石榴，粒儿还有些白。

石榴，一个在中国文化中有着特殊含义——多子多福——的果类。不论是在文人画中，还是民间艺术中，都有很多表现石榴题材的作品。明代开大写意花鸟画风的徐渭在其《石榴图》中就题诗说："山深熟石榴，向日便开口，深山少人收，颗颗明珠走。"他所抒怀的是自己怀才不遇之心情。对我来说，石榴是哀婉情物。现在，我一看到石榴，就有一种特别的神伤心绪。

看到石榴或想起石榴，就不自觉地回想起已永远离开我们的还不到两月的侄女——燕子。

她是中国科学院"山地所"的研究生，暑期在她的导师带领下，在被称为彩云之南的云南做科学考察过程中一次意外的车祸离开了这个美丽的世界。我很悲伤。当她的导师韦君于深夜把噩耗第一个告诉我之后，天倾斜中我不能自持，哀呼"儿英年早逝在彩云之南，汝父辈深痛于人生每时。乖女……走好"。她才23岁，很年轻的年龄，也正是怀着诸多梦想的年龄和时节。她在去世那天的早上，于自己的笔记中写下的最后一句话是——"新的一天又开始了"，还画了一朵黄桷兰花写生图，并于图边题写了"黄桷兰香飘万里"的话。然而，仅仅几个小时之后，她就意外地香消玉殒地永远离开了人世间，我心痛不已。

也就是在她初到云南所居住的东川科学观测站，屋后有许许多多的石榴树、枣子树、梨子树。原来，我是不知道这些的。就在她离开我们的第三天，我和她的父亲、幺爸，于极度悲泣中疾速赶去后才看到了。

正对她窗户那满园的果树中石榴最多，且是熟果挂枝，红红的、靓靓的、沉沉的，煞是可爱。在观测站资料室她的阅览书桌上，一边放着她翻看到页码第99页的书，一边就是排放着未吃的石榴……她的导师是时哭诉说："燕子啊，这摘下的熟石榴你未吃，怎么就走了……"其情也甚悲。今，想起那一切、一幕幕，我的眼中总是润湿的，我的心无比的酸楚，我想她，永远！我流泪，为她，我难忘她的音容笑貌。

生命真的很可爱，就像那鲜亮的石榴挂满枝头压弯树腰一样；生命真的很脆弱，似那风中的孤灯飘忽不定一吹就会熄灭的。生命也很靓丽，犹如那斑斓的五彩湖魅力无限。可我侄女的生命之光，正在如日中天之时却迅疾消逝了。悲乎，难以接受、难以承受、难以忘却，多么无情的折磨啊！永恒的折磨。

原本，或者说从来未设计过要我为她来承受这样的惨烈和残酷的伤痛与折磨。因为，她总是那样听话、那样自觉、那样勤奋、那样向上，她获得了作为一个优秀大学生能获得的所有荣誉和奖励。她是用爱、用意志、用希望来面对人生，来度过每一天，来对待她的亲人、师长和朋友的。她也是在追求梦想的过程中，香失于异域他乡的。

她在异域他乡离开了这个她还未完全熟知、分享的美丽人世的那天，当地是阳光灿烂的，她原本也是阳光灿烂的姑娘；出车祸的地方，也是有山有水风景不错的地方，她原本也是有思想、有朝气的青春女孩；可一切都在那天的短暂时间内消逝了、结束了，真是致命的结束。

我老在想出事那一瞬间，她在想什么？想多年来抚育培养她长大的爷爷奶奶、想给她生命的父母、想不断教导她进步的叔叔、孃孃，还是在想喜欢她的弟弟妹妹……

　　她走得实在是很孤独。她远离亲人、远离朋友、远离故乡，在一个大家都不知道的山谷里，就匆匆地离开了她的亲人！没有预约、没有话别、没有叮嘱，就在惨烈和剧痛中，走了，永远地走了，悄无声息，差点连香失在何方都不知道。

　　当我于悲伤中在殡仪馆再见到她时，她永远没有了往昔的活泼、青春与笑容，我好苦、好难过、好无助。她再也不会用那甜美、清脆的声音叫我那为我熟悉的称谓："二爸，我……"她虽然是安详地躺在那个冰冷的世界里，然而，我的心，是那般难以言说的苦楚，是那样地难以承受这大山般的沉重、不幸和万千的无奈。面对熟悉而又陌生了的她，我是多么想掀开那凉实的玻璃罩，热烈地拥抱她，握握她那双手指长长的手，亲亲她的额角……可是，可是啊，尽管当她的父亲、幺爸和我在她面前放声大哭之时，她也不动，她也不应，她也不理，多么无情地面对啊！多么无奈的人生啊！多么伤心的痛啊！在这样的人生中途，我的心真的脆弱、真的很疼。

　　至今我都不知道是怎么才度过了她离开后的这些岁时的，尽管此时我双眼仍泪雨蒙蒙。事发当初，千头万绪的事呀需要处理。

　　公元 2003 年 7 月 26 日，这是燕儿的实在人身体积永远消失的日子，我是多么无奈哉。我原本是十分希望把她的遗体接运回故乡的。想让她慈爱的爷爷奶奶、怀生她的母亲，以及弟弟妹妹们看她最后一眼，作最后的辞别。可是路途遥遥而未能。我原本不忍让她孤寂地在那个叫"东川"的地方离开人世，可我没有办成。最后，我只从"东川"带着她的骨灰回到了她求学生活的故土。一路长泪，一步血。那回乡的路程，太艰难，太苦，太长了！

　　小燕儿，此时，我真的不知道你在干什么？你在想我们吗？

我刚与你爷爷奶奶通电话，她们都不停地哭，不停地想你。你好好地安息吧。你的亲人们永远怀念你。你如果在天有灵，就永远接受我的缅怀吧！我永远永远地点首歌——《星光》——给你听，在朗朗夜空，与星星一道看看你曾经生活、奔跑的大地，以及那些你还没来得及看的一切。

小燕儿，我要告诉你，你在7月18日出事的时候，我在午休的梦中是有感应的。我梦见：我发动了一辆卡车后，不知为何，我不在车上了，但是车却在无人驾驶中依然快速朝前跑了，我害怕极了，担心自己的车会伤人……在惊恐中，我醒了。可当时，不知道其时间是你正在受难中，那是你传给我的呼号吗？好心疼你。

……

燕儿，从小背你、给你洗澡、教你写字、支持你学业、看着你成熟长大了的你的二爸，想念你！

> 2003年9月4日上午，与父母通完电话，把前日未写完的文字写毕。泪流不断，心伤情怀难以尽述，数字言心，权表思之切切矣！
> 补记：于12年前草成的文字，一直未作整理，是因太深痛。今，思虑再三，还是决定把该文载入文集中，故再于泪中梳成，以期自己和闻者，都好好珍惜生命。让自己"自然地老死"，不是一个简单的命题。也是在今年夏天，才在心绪平复中，把她安葬在了名叫刘家田的老家的山崖中，愿她与山川同生。2015年10月3日22:22于北京。

鞭炮声的价值

北京昨日是全天候的扬尘天气，今日气爽无风。然而，在凝望窗外竹叶的刹那间想到了鞭炮，及其鞭炮给予人的某种力量和安慰的主题来了。

七月，在去年那个可怕的、被诅咒的七月，当即将把外出考察遇车祸去世的年轻侄女遗体送入火化炉时点燃了鞭炮，满心期望鞭炮特别的响、特别的长鸣！当面对着被火化后的她的灼热骨灰时，又点燃了鞭炮，我和弟弟俩的悲泣声和着震山响的鞭炮声，是我们对侄女的不幸和自己不幸的悲鸣与对侄女远走的祝愿！

在那种特别的人生悲情时刻，没有一种声音可以代替鞭炮的轰鸣声，没有一种力量有鞭炮的力量强大和温慰人心灵……

人的力量是有限的，从古至今。每当遇灾险时，人真的是需要巫术的力量给予自己信心和安慰。这不能简单地理解为迷信。人是需要多种抚慰方式的。因此，鞭炮声是有价值的。至少它可以慰藉人心灵的某种缺失和极度需要。生者如此，去了者也如此。

我真的想燃放一串鞭炮，在人生的中途，无论是有风，还是无风的日子。

2004 年 3 月 11 日 10:08 于北京科技大学
寓所偶语。

在燕儿离开我们四个月的日子里

午餐的桌子上有一张写着"在新华字典里"的纸条。用餐间，清儿对我说："把它放好哦，是姐姐写的。"我拿起看了一会儿后，清儿又说："今天是 18 号吧！"我说"是的"。我随即一算说："你姐姐都走了四个月了！"话毕，清儿的眼泪出来了，我自己的眼泪也出来了。

刚才还是话语不断的用餐，顷刻间变得静静的、寂寂的。我长泪不止，清儿也是。一块用餐的阿姨也默默无语。我满脑子是燕儿生前的活动画面。无情啊！

今天是 18 日，是燕儿远走四个月后的忌日。在未来人生的存活中，要面对多少个这样的"18 日"啊。每到这一天，心都会更加刻骨铭心地痛，无限地疼！燕儿啊，我们想念你！你的清子妹妹刚才对我说："明年是姐姐的第二个本命年——猴年。爸爸，在明年的 2 月 29 日姐姐的生日时，我们去石桥铺看看姐姐吧！"她说完，又哭了。

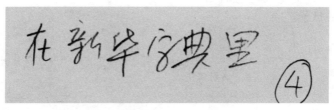

《一张便条》，2003 年, 梁燕

多少的伤痛、多少的回想、多少的无奈呀。燕儿，在你匆匆离别亲人走后的这些日子里——

你的父亲，与日俱增地伤痛着，我没有办法安慰他。一天，他在故乡来电话说："看着燕子留下的东西，想着她应该去北京上学了……这时，我就忍不住地流泪，流啊流。玖弟，真的好想不通啊！"

在这冬天里的漫漫长夜里，我非常担心老年丧子的他——我的老哥，是否能挺得住！

你的母亲，人人都说是变了个人样儿。从前喜笑爱说话的她，至今仍是沉默寡语，吃饭不行、走路不行、干活不行，整天无精无神地数着时光流逝。我知道她的生活失去了目标，内心充满了失落。我不知道这何时是个头啊，燕儿。

你的爷爷，而今也是每天足不出户，怕见上熟人，怕他人来安慰自己，怕看见年轻的女学生。一天哭三回。他每次在电话上重复得最多的一句话是："燕子这件事对我刺激太大了！"我十分担心你爷爷的心理承受力和身体的支撑力，毕竟是七十岁的老人了。

你的奶奶，常常在伤心伤意地哭过后，去大街走走，去你二姑婆家看看，去找一些可以不做的事做。她说："哪一天不想起她吧。除非自己没有了那口气！"你奶奶很坚强。但在那坚强中，一眼就看出她的伤痛有多深。她的头发经历这个夏季之后，全白了。在她和你爷爷的 70 大寿来临之前，你奶奶很"无情"地说道："燕子啊，我说你很不孝。我们把她抚养那么大哦，看到我们 70 岁生日快到了，也不祝贺一声就走了。好'狠心'哦！我好'恨'她哦！"面对你奶奶在电话里这般地哭诉，我真的是默默无语只有泪两行。从中，完全看到了你奶奶那份无奈有多重，那份伤痛有多深，那份思念有多切……

你的幺爸，在听到你离开的噩耗时，顿时失去了知觉，手僵曲而不能动，痛之极矣。呵护着打印你的遗容画像时泪涌不歇，悔无限。急急地与你父亲共赴云南接你回家，爱之深。现在还怀忍着思念的痛，与你的导师——一个具有深深关爱和同情心的学者，与你所在单位的领导——具有浓浓人文气息的群体，与你匆匆离开这个美丽世界之地的云南东川的交警联系着有关你身后事的处理。自始至终，你幺爸都强压着悲痛和愤怒，处理着各种难以忍受的事务，太难受了。

你幺嬢，也总是红肿着双眼，急急地忙这忙那，并不停地后悔着说："我本不愿她去云南的。那天燕子喜欢的试了的那件裙子，虽大了点，还是该给她买了；带她做的新发式，还是该带她去照个像。谁知道……"不难看出，平时与你谈心最多的幺嬢，是多么地无助，真是回天无力啊。

的确，你的成长，凝聚着家族人无限的心血和关爱呀。

今年国庆期间，你幺爸、幺嬢、清乙妹妹专门来我家，一道观看了你清子妹妹在今年六月给你摄录的几个短短的看书、说话的录像片段。看着青春的你、看着对未来无限憧憬的你、听着你对妹妹讲的话，我们哭、我们无奈、我们遗憾。

你清子妹妹不经意的拍摄，竟然成为了一个唯一和永恒守候你音容笑貌的视觉文本。好遗憾当时没有多多地拍摄你几个镜头啊，生活中总是有无限的遗憾存在着。

你的弟弟，在你走后的夏日里，一直陪伴着你父母。20 岁的他第一次与他们相处和生活那么久。他后悔 7 月 14 日上午赶去见你时晚了一点，而你已经乘车离开重庆往成都去了。现在每每一提起你，他那一米七几的个头就矮下来而泪眼涟涟。看得出他那份失去手足的伤痛——永远难以弥合的伤痛，是多么切、多么深。

你的清子妹妹，非常小心地珍藏着你在去云南之前送给她的十一岁生日礼物，以及你平时教她学习时所写下的字迹纸片。她流泪很多，为你！无论何时，一提起她的燕子姐姐，就是泪。每当她贪玩时，说起姐姐，她就会去认真地学习，认真地做事，她太想你了。她总是在伤心流泪时沉沉地念着："姐姐！姐姐！"真的，在你走后，清子儿懂事了很多，明白了很多，自觉了很多，责任了很多。当清乙妹妹十岁生日来临时，她一再要求，要把清月哥哥带着去看看妹妹，去为妹妹过生日。她说："姐姐在时，肯定会是这样的！"意思是说：如今燕子姐姐不在了，她要承担起当大姐姐的责任去完成许多事。所以，当爷爷奶奶七十大寿时，她一再要求我带她去看爷爷奶奶，并给他们祝寿。当因故去不了时，她就主动去电话祝福爷爷奶奶的生日。

你的清乙妹妹，虽然还年纪小，但她想你时，也会独自躲到卫生间去努力地哭。哭了出来，又笑一笑！多难为她啊！

燕儿，你的妹妹们，一辈子都会缅怀你的。

你二嬢，向来对人和善而不发火。可是在获知你原单位推迟处理你的身后事时，埋藏和压抑了很久的悲痛和愤怒爆发了出来，她情绪激动无比而发了很大的火，并亲自给你的导师打电话……从中，我看得出她的悲痛感。在

《六个月的小燕子》（速写），
16厘米×18厘米，1980年，梁鸣皋

她坚强的背后也渗出无限的愤懑与怀念。她是一直不主张你在大学刚刚毕业的这个假日去云南的。

每当我想起这些，我都心疼流泪。

……

许许多多你的亲人、亲戚、同学、朋友、邻居以及好心的人，都无限地惋惜，无言地哀悼、怀念你！清乙妹妹的外婆，为你去做了挽花、挽纱；清子妹妹的外公外婆、二姨、姨父不断打电话表达痛失之意；清乙妹妹的大姨获知不幸时说：是你太优秀让上帝舍不得而把你带走了！清乙妹妹的小姨，为呵护你的双亲而尽心！你的小杰，伤痛着独自奔赴云南与你诀别，与你的父辈们一道并亲手捧着你的灵魂回到重庆——你的故土，你曾经生活、学习、爱、幸福的原乡！

现在，我在给我的研究生、本科生、朋友们讲话或书赠留言时，总是讲出或写下这样的话——"好好爱自己、自己最可爱、好好活着！"

燕儿，你在天国好吗？那里没有冬天吧！你若愿意就常常回来看看怀念你的亲人们吧！

燕儿，在你匆匆离开我们四个月的祭忌日里，你的二爸含泪洒下以上文字，全表我和你所有亲人对你的爱、对你的思念、对你的回想！这四个月来，我们都不轻松地生活着。

燕儿，好好休息吧！你生前为了自己的梦想、为了报答亲人们的养育之恩、为了自己的坚强和善美，太用功、太辛苦了！

2003 年 11 月 18 日（13:10—14:28）百之泪眼蒙眬而悲切地写于重庆望尘园以怀念我那英年早逝的燕儿。

回望慈心惠爱的叔娘

时间过得很快，一转眼，我敬爱的叔娘——张静书教授离开我们快一年了。在甲午北京寒重时，张雄君急急地告诉我，我敬爱的吴叔叔要为张娘出版一本纪念文集，由是，正好满足我的心愿，把昔日张娘对我的关爱之情予以回望和再度镌刻。

在此，我把2013年腊月获知叔娘突然辞世（2014年1月7日）时撰写的文字放于此，让读者清晰地知道：叔娘对于我人生的价值厚度与温度。

敬爱的吴叔：

实在是后悔，没能在张娘她生前，再看看她，和听她说话。每次见她，她总是那样的慈爱和给人母亲般的温度！我深深地怀念她！永远地……

在人生路上，难得有人在自己关键的节点上，帮助自己选择和走路，张娘娘和吴叔您就是这样的人，于我的人生路，给予了不可替代的、宝贵的恩泽！那些年，我的求学和上学，乃至工作、家居生活，都得到她的温暖和照顾，我至诚感铭万端！

如今，唯愿张娘她，此去无病痛，永远安享心愿，如日月之辉！

再次鞠躬于她的灵魂前！

在泪眼中，疾笔挽联以送娘：

淑德静润，慈恩姝泽。

晚侄梁玖痛悼敬爱的静姝娘在腊月鹤行天国时

吴叔：祈愿您节哀保重！

晚生侄儿：梁玖，癸巳年腊月初八泣于北京

现在岁时是甲午冬至已过，但我相信，辞别我们的张娘在天国，那里一定是蓝天丽日、温暖如心的吉祥。此时此刻，我相信，我看到了张娘——看到了张娘那给予我人生路永恒慈爱的微笑。

"张娘娘，我想念您……"

一、初识淑德静润的张娘娘

独步人生路是很不容易的。

就是在三十年前的1984年农历二月初六日（公历3月8日），我首次见到了听说多年的张静书娘娘。

早年求学不易。为了体现自己的求学决心，我特地选择在自己弱冠生日时，告别父母离开家乡——忠县，乘船逆水而上，去到坐落在重庆市北碚区的西南师范学院（今西南大学）求学。因为，家父事先与他昔日忠县师范学校的同学吴应发叔叔联系了，拜托吴叔叔安排我学习生活的具体事宜。

那时的西南师范学院，显得有些地偏路远。次日，当我在重庆朝天门码头下船后，一路志忐转车到达美丽的西南师范学院校园时，已经是下午

《在阅览室的张静书》（1984年摄）

时光了，除了倍感新奇以外，还有就是背井离乡的陌生、不安和孤寂，当然还有期望。

我从壮观的西南师范学院大校门拾级而上到行政办公大楼右侧时，问到了吴叔家的具体行走路线。背着简易的行囊一路问询，去到了被当时人们俗称的"总统府"独栋小院（原为第十二教学楼），就是在那里初次见到了张娘。

惴惴不安地敲响了位于一层楼梯口右侧第一间的房门后，门开了，给我开门的就是张娘。一脸微笑、话语轻柔、热情细致，恰如母亲般和蔼可亲的情蕴，让我顿时丢去了几分陌生感和窘促感，有了人生另样的温暖。迎我进屋后，张娘一边叫我坐下，一边倒茶水，一边说：我们收到你爸爸的信了，你吴叔叔去学校开会了，要晚点才能回来。你吴叔叔把你住的地方已经安排了，给你辅导专业学习的老师也打过招呼了……

和敬爱的张娘就这样看似平凡，却意义非凡地开始了相识以后的交往历史。

其实，张娘于我，并没有义务和责任要为我做什么。然而，张娘在我人生社会化的关键时刻，却给予了我不可替代的温暖、呵护和帮助，这是人生的仁爱、人生的大恩、人生的善美与礼乐。

张娘，原名张静姝，1934 年 3 月 28 日出生在四川省宜宾市李庄镇一个书香世家。父亲毕业于北平中国大学政经系，父母都是教书先生。遗憾的是其父亲在她十岁时就遇船难离世了。但她幼承家训，从小获得了优良的中华仁爱文化的教育，加之后来先后在宜宾师范学校、西南师范学院勤学修养，终成一位贤德贞淑仁爱的长者，并先后在重庆师范专科学校中文科、西南师范学院（后更名为西南师范大学）中文系、渝州大学中文系工作，除教学外，还是国家重点科研项目《汉语大字典》和《汉语比喻大词典》的编委，退休后任重庆老年大学健身部主任，均成绩卓尔不群。

二、深悟张娘的慈恩姝泽

我一直持有以运动求出口的思想。

1984 年 3 月 8 日到达西南师范学院后，在吴叔的安排下，住到了文化村二舍 100 号。这是一个吉祥的在那时也是很激励我努力行走的一个房舍号码，我打心底里喜欢。3 月 8 日晚上，在见过油画家钟定强老师夫人吕德玉老师（钢琴家）之后，吕老师带我去到著名油画家刘一层 (1913—1997) 教授家。70 开外的刘老师和师母池锡权 (1917—2010) 老师，热情地接待了我，并问了些我专业学习的情况。很有感觉的是他们和张娘一样，很有修养，和蔼仁爱。3 月 9 日一早，刘老师就挂着拐杖（他摔伤后在康复中），拎着用衬布包着的静物去到我住在三楼的房间，由此，便开始了我的外出拜师学习绘画之路。

那年时，考大学的美术这些艺术专业，是很难考上的。社会上也没有专门的如后来繁多的美术高考培训班，也没有老师专门设置的培训场所。只有私下拜托有的专业老师看看作品，短时指导一下。

自知学习机会的获得不易，所以自己也很用功，坚信有一扇行走人生的大门会为我开着。所幸，经过专业考试后，获得了美术高考生首届全国文化科目统考资格，于 7 月，我终于收到了西南师范学院美术系的录取通知书，当时是何等的高兴啊！因为，自己深深地知道，自己的人生命运，在那个岁时获得了改变的起点。同样，我也深深地知道，自己获得的这个人生新起点，包含着吴叔和张娘的周全关怀之心、关爱之情、关照之功！

1984 年 9 月顺利入学后，又见到了张娘。自那时至我整个上大学期间，吴叔和张娘，除了一如既往地关怀、关照、关爱外，还时常告诫我，要认真学习，要获得真才实学。还记得有一次，我站在张娘的厨房门口看他们做饭。吴叔语重心长地对我说：自己要学好，这个社会是越来越注重真才实学的，今后是要讲真本事的，不是讲关系。每当这种时候，张娘就会说一句："就是。"有时，也还要举个例子阐释一番。

"晚饭后，在校园遇到张雄，叫我去张娘处。张娘讲了我拜托她找书法老师的事，事已成功。我非常高兴。下周一，将同张娘一道去荀运昌老师家，具体商定学习办法。我想，我又将回到未上大学前学英语的那种情况了。一对一的师生学习方式与关系。我很高兴这样的学习方法。说不定，今后我的一切，是从现在开始的。不过，都有说不准的事儿。但是，有这样坚定的决心，那么，我想，好歹还是要学到许多、许多的东西的。"这是摘抄的1986年4月4日（星期五，阴天）我的一则日记。1986年4月7日（星期一，阴雨）的日记写道："今天下午，我是比较高兴的。2点45分，同张娘娘一道去荀运昌老师家。我们相谈了许久，很是投机。我很高兴，又有这样的好老师。我力争做一名他的好学生，学到过硬本领。这于将来的工作，是大有益处的。不但是我的希望，而且，也是荀老师的希望。我坚信，是不会辜负他的劳苦的。5点多才辞别。荀老师要求我先自己写一篇字：大楷，给他看了之后，才具体决定我适合学哪一种帖。这就是根据书品即人品的心理特征来说的。在谈话中，他说也向我学点画画，这倒令我不安。不过，我还想向他学习一下古诗词，倒是挺好的。他就是带的此方面的研究生。他相信我最终能写出来的。我很久又未与这样的大家型老师深谈什么了。从今天起，我似乎又找到了实现希望的具体之路。因此，我心里很高兴。"对此事，我在1986年4月20日（星期日，晴）给父母的信中也详细地说道："关于书法，我已从师学习了，是张娘帮忙的。他是中文系教授：荀运昌，对人挺好的。每周星期二下午去，把一周来写的字（正楷，临颜真卿《多宝塔》）

拿去看。然后，给我改和讲。我对此怀着极大的兴趣和希望。就像荀老师说的：坚持练习，是能学出来的。为此，我每天至少都要写一两篇。自己觉得，有了些进步。"从这三则记叙当年我能跟著名书法家荀运昌教授学习书法艺术的历史来看，读者就知道张娘在我学习成长路上的又一则实在的帮助之事、之爱、之情、之功、之恩。

荀运昌（1921—2008）老师，时为西南师范大学中文系教授，是陕西西安人，乡音很重，他讲的有些话音，我是要很仔细听才能懂。尽管如此，他和蔼、亲和力很强，没有大教授的架子。我跟随先生学习一路，获益颇多。我喜欢先生畅言与幽默，喜欢他那厚重、自然、洒脱的书风，喜欢与他一块看画作交流彼此的喜好与看法。后来，吕德玉教授让我私下指导音乐系一个职员学书法，后来她还考上了书法研究生，指导她的有些方法，就是跟荀老师学习的。如今，尊敬的荀老师也作古了，帮我联系荀老师的张娘也驾鹤仙去了，我都很怀念他们、想念他们、感恩他们！感恩他们当年不计一文报酬地对我的润泽教育和无私的帮助。这是时下社会价值观无法企及的高级人文境界和为师长者的风范。在世风不古的语境里，才更加读懂张娘等我的师长父辈所具有的高尚品格与人文价值厚度。

其实，麻烦张娘的事，是个复数，数不清。比如，在1986年4月19日的日记中提到一事。"晚饭后，去张娘家找列宁的关于《青年团的任务》一书。找了许久才找着。后，又同张娘、志红妹妹摆了很长的龙门阵。因为，志红妹妹，是很久未看见她了。比她从前的口才更加的好了、内容也丰富了，天真可爱。"志红妹妹，是吴叔和张娘的小女儿，他俩的大女儿吴文嘉比我大，早去四川大学念书了。当年，我们在其家进出，本是多有打扰的，但是，因有良好的家风、家教，所以，对我们这些本不相识的人，也是很礼让的。小妹后来学习了法学，发展很好。

在我上大学的那个年代，大家的生活都不富裕，生活物质还是定量供给制。自己作为离家在外求学的学生，生活也是很节俭清苦的。这些情况，吴叔和张娘当然也是很清楚的。因此，吴叔和张娘那时，常让我周末去家里改善一下伙食，俗称"打牙祭"。那种回家般的亲切感、温暖感与口福，终生难忘。

那时，吴叔和张娘关照的孩子，还不止我一个。吴叔的亲朋与同学比较多，自然请吴叔帮助的晚生后辈也较多。在我的记忆里，张娘配合吴叔都是一一尽心地照顾和帮助。比如，我在1986年5月11日（星期日。晴，暑热）的日记中说："10日上午三、四节去上了《外国美术史》课。中午，到张娘家，给曹红拿书去。"这里的"曹红"，并不是张娘的亲戚，似乎也不是吴叔的亲戚，时是忠县中学的一名英语教师，好像只是吴叔家乡的熟人所托，在西南师范大学进修学习外语，却住在张娘家。这是今日少有人能做到的仁爱与惠助。

要知道，在中国传统世俗里，充斥着嫌贫爱富、居高临下、寡情薄义的观念。然而，在我的可敬可爱的张娘那里，是没有这些俗气文化的。在我人生30年前的那些岁月，寻找人生的出路、寻找求学的路，是很艰难的。然而，吴叔叔和张娘，却给予了像我这样的一大群孩子的超越金子般的可贵帮助。正是由于吴叔和张娘的无私帮助和爱的抚育，才让我等可谓书香也寒门之子弟，有了人生前行的机会，有了人生正途，有了人生成长，有了人生发展，更有了服务于族群的机会与能力。

在自己都年届五十的现在回想起来，张娘所为，真的是难能可贵，淑德齐天。张娘是那样无怨无悔地配合吴叔，先先后后地帮助和解决许多我们这样于彼时渴求帮助的孩子们。时至今日，我与当年获得吴叔和张娘帮助成长起来的朋友们，在谈及往事时，都无比深情地感怀和难忘。

如今如果要让我说，究竟上大学期间吃了多少顿张娘做的饭菜，我真的是说不清楚。只能说，吃了好多次。饭房在一层走道的左侧，是独立的一间。除了朴素简约的家具，屋中间就是一张四方形饭桌和四条长凳子。虽然，不记得吃了多少次饭，却记得不曾洗过一次碗筷。更为重要的是，不曾发生过一次张娘不高兴的表情。在大学一年级时，吴叔因工作关系，调离学校到另一个区所在的一所大学做党委书记。因此，我时常去家里时就只有张娘在家。有时去，张娘在里间书屋忙，也放下手中的事，听我说话，询问事情，帮助我解决困难。有些事，张娘也拿不定主意时，就说："等你吴叔回来，你再来，问问他。"比如，当美术系后来提名保送我去政治教育系学习一事，就是最后由吴叔拍板决定的。因为，当时我很犹豫，没想好。当那个周末吴叔很晚才回来后，我去见吴叔。张娘热好饭菜让吴叔在饭房边吃饭，边思考。最后，吴叔说："告诉你爸爸吧，去政治教育系学习，拿双学位，就说是我决定了。"

在大学二年级的那个秋天，自己恋爱了，后来我把女朋友带去见张娘，那种情景，就像是让母亲把关一样。1986 年 5 月 8 日（星期四，晴）的日记，记叙了当年的相关经过。"晚饭是在吴叔家吃的。是我上完下午的课后去的。吃饭时，张娘提到我的女朋友一事。这是因为，不知是哪一天，她看见了我俩。张娘说：上期末，我就知道了。我说：没给你们讲的原因，是怕吴叔和您责批我。张娘说：只要我俩好，就没有什么可说的。只是要注意学习好就是了。吴叔也已经知道了。张娘说，欢迎小张去耍。当时，志红妹妹也在。因她校开运动会。"

大学毕业后，留在了学校工作，自己也结了婚。就更是常去张娘家走走，汇报一些日常事情。直到后来，张娘也把住家搬到吴叔的单位后，才去得少了些。但是，每次去到家里，张娘都是如从前一样的热情、拉家常，关怀有加。

只是在后来的岁月里，自己忙生活、忙工作、忙再继续学习，加之工作离开了重庆，是故，不要说回报吴叔和张娘什么，就是去探望的时间都很有限了。只是在心里，是一直铭记着张娘们，并时常与家人谈起当年获得吴叔张娘的诸多关爱往事来。比如，在大学一年级时，我给吴叔张娘说起某一门课的老师被同学们不欣赏等杂事时，吴叔就说：说某一老师水平差，你最好是从头到尾听完老师一个学期的讲课后，才有发言权，也才能真正知道老师差在哪里？也才能让自己今后在教学工作中避免出现同样的问题。这些教益真的是终生受用，在大学里，无论是读本科，还是念硕士课程、读博士课程，我从来没有逃过一节课，这也与吴叔张娘当年的教诲有关。

三、深情无尽地感恩回望

在 2012 年春节期间，回重庆去给吴叔和张娘二老拜年，在吴叔张娘搬的新房里，大家其乐融融地谈天说地，并第一次请吴叔和张娘去下馆子，吃了顿山菌汤锅。那时，吴叔和张娘的身体、神情，看上去都很好，还为他们老来的身体康健而高兴。却不曾想，那次竟然是与张娘此生的最后一次见面……

当 2013 年冬天获得张娘辞世的噩耗时，我无比后悔，一是，一点都不知道张娘生病的事；二是，后悔没有在张娘病重期间去探望和侍奉汤药，以尽此生对张娘的深深感恩之孝情……

世间的诸多来不及，也真的是一件万苦之事！

回想当年，在自己身处时局维艰的时候，能够获得吴叔与张娘如父母般的关照之情，总是由衷地感恩于心，只是难报恩之于万一。只记得，有一次张娘动了个小手术，生活不便，她才叫我夫人去帮换了换药，做点简易的饭菜。

其实，张娘不只是帮助了我，还帮助了我的小弟。1988年5月3日（星期二，酷热）的日记记载了一则事。"晚饭后，去张娘处，向她言及珂弟的事，张娘打电话问了罗老师。言：从成绩看，专业复试没问题。这样，我也就放心了。"这里所说的"罗老师"，既是我的老师、我工作后的直接领导，也是吴叔张娘的同学——罗泽勋老师。罗老师为人正直，有着无上的群众威信，工作认真负责，且记忆力超群，更是当时单位的一位模范丈夫，买菜做饭也是把好手。我当年的求学、上学、工作、生活、事业，都得到罗老师许多的入心观照，我也是感恩深藏于心也。后来，罗老师偶居北京他女儿住处期间，还召集昔日学生相聚畅叙那时事。

人生历史，真是一条流淌出山的河啊，蜿蜒曲折，却也总是在向前，一路上有许多动人的风景，让人感动、让人欣赏、让人刻骨铭心。

如果，不是因为多次搬家散落了我的一些日记，会有更多的很翔实的材料，可以勾画出张娘当年惠顾我等更丰满的鲜活气象。尽管如此，张娘的音容笑貌和恩情，永驻我心间！

……

回想自己走过的整五十年历程里，虽有许多的亲朋和师长都给予了我鼎力的帮助。但是，唯有吴叔和张娘当年给予我的无私帮助，才是给予了我人生最关键、最基础、最起点的至关重要的帮助。由是，我深深地怀念我敬爱的张娘。

张静书娘娘，我永远怀念您……

我如今身为名校的教授、专业博士生导师、专业书画者，都凝聚着您曾经付出的一份仁爱心血和无私期待的情。

愿您灵魂的光辉，永远照耀着世间苍生！

2014年12月22日夜，抒怀于北京寒舍。

那个永恒的冬夜

人生是需要证明的，因此，我常常感怀和感恩那些在我人生过往中途能够证明我在那时存在过的人。

同样，我也因为觉得自己还能够证明一些人的靓丽人生片段或厚重价值而有意义。

卢君旭先生，就是一位我可以证明他意义人生风景的人。

那是在 2013 年冬天一个正值北京大雪纷飞时节的午后，卢旭君借他即将返福州去首都机场前的短暂时间，通过万书元教授约我在北京大学的旅社大厅见一面。落座不久，他便拿出几本当年他主编的《艺苑》杂志给我看，并开始讲述他对进一步深化特色性办《艺苑》的系列设想。期间，他真诚地商请我做《艺苑》的编委；在我应答他之后，接着商议《艺苑》有关栏目的选题。当即，确定《艺苑》2013 年的第一期刊发于我国开端性深入研究"美术教育哲学"的成果。由此，可以看到他良好的学术洞察力和果敢的决断力与执行力，以及他努力履行自己人生职责的敬业之心。2014 年，《中国美术教育》杂志也开始专题讨论"美术教育哲学"的议题了。从中国的美术教育学科学术视点看，《艺苑》是最先关注和刊发"美术教育哲学"研究成果的高校学报，这一开创性功劳，应该归功于时任《艺苑》编辑部主任的卢旭君。我作为倡议和首开整体深入研究"美术教育哲学"学科的研究者，深深地感谢他。后来，他还接受建议决定专门组织和刊发"艺术研究方法"的系列研究成果，以及刊发相关画家的画作。然而，持续的选题还正在陆续地完成过程中，却无比震惊地获知了卢旭君辞世的噩耗。痛心悲乎！

现在想来，那天当我们把所议之事确定后，便到了他该起身去机场的时间了。为了彼此再说说话，在北京夜幕的大雪中，我开车送他去北京首都国际机场第3航站楼。坦诚地说，这么多年来我开车去首都机场从来没有走错过路，那天居然是在要到机场时走错路了。也许是我们谈话甚欢而误了路。甚或是冥冥之中的神让我多留他些相聚的时间而有意误之？不仅如此，当我们赶到机场后，我从没在机场因送人停车被警察罚款，那天因执着送他进候机大厅却被罚了款。这都是小事，要知道那夜就是他与我的永别，我一定于心底留住他，留住我人生中途的朋友。

对卢旭君，我深深地怀念他、难忘他、叙说他，不仅是为友谊，而是欣赏他认真负责、思想开放、吐故纳新，为了事业发展而敬业的精神！

值得欣慰的是，卢旭君生前倾力的《艺苑》，在黄云女士等同仁的协力下，如他所愿般地良好发展着。《艺苑》2014年第一期依然开创性刊发了我国首篇讨论"艺术教育社会学"的论文。不仅如此，《艺苑》也加入了"全国艺术学科研究生教育联盟"，并发挥着积极的协力促进作用。

此刻，又是北京的夜晚，只不过是深深的夏夜。这时节的北京，各式鲜花开得满街满巷的，诚愿卢旭君在云游长天路过时，能闻到、能看到、能分享到。也期望他能知道，我——他昔日众多朋友中的一位，在我能正常呼吸的所有岁月里，永恒铭刻癸巳年北京冬夜里的他，以及那为他而降的漫天大雪……

2014年5月26日凌晨2点于北京。

周大爷

我的第一个人体模特儿，时人称他为——周大爷。

周大爷已经死了。

周大爷是重庆人。生前，是我们美术系的临时模特儿，并兼职照看美术教学大楼、做传达，以及做清洁等杂工。

10年前的春天，我怀着求学的热望，毅然地来到了我现在工作的地方求学。一天，辅导我专业的刘一层教授，领我到美术楼底层的一间大大的保管室看石膏像，也就是在那里看到了他，经介绍认识了。当时，他就住在那保管室的一个角落，居住和生活条件，看得出来很是简陋。也许因为是刘老师把我介绍给他的，他对我一直很热情，也客气。

后来在梅园食堂与之常一块吃饭时，知道了他家离学校约30里地，但很少回去。只在系上需要找新模特儿的时候，才骑着他那28圈的高坐垫的破旧自行车，顺道回家一趟。那时，他家里也只有他一手抚养长大早已各自成家过活的几个娃儿。30年前，他妻子因在那极度困厄的岁月里无力度日，独个悬梁身去了。在她走之前，托人给在外地修铁路的周大爷带了个口信。"谁知道，她叫我回去，才是那个样哦！"当周大爷给我讲完这句话，总会看到在他神情静穆中带着凄情的目光。自他妻子辞世后，他便独自撑起了既当爹又当妈的生活重担。那时他全家6口人，他的长子也才8岁，最小的孩子才1岁多。

1949年前，周大爷在时中央银行当过几年的挑水工。20世纪70年代末期才到美术系服务的。自那往后，凡是在美术系学习、工作或到过系上的人，都知道他。举凡需得着他的大小事情，人们都爱扯着嗓子叫他。特别是在上班期间，整个教学楼里喊"周大爷"的声音，是不绝于耳。"大爷周"，便是我在连叫他几声"周大爷"仍没有回音时的叫法。一生和善的周大爷，不管是谁叫他，都应着；无论他在忙什么，只要你找他，便即刻随你去；无论什么季节，他当模特儿，都让人满意。他虽不会画画，却理解画画的人。在教学楼，常有学生因作品未做完要求他晚点关灯，他也从不拒绝。年复一年的，他人缘特好，以致在无数届学生心中，周大爷就等于"美术系"，美术系也似乎就只有周大爷了。在有的班级里选班干部、选优秀学生、选什么代表活动时，在结果名册里也时常会出现"周大爷"的名儿。

每年秋天迎接新生时，周大爷照例都会参与，并不分白天和夜晚地手持"系名牌"在大校门等候新生。周大爷个子不算高，但很有特征。发型也有些艺术范儿，加之胡须长而白，时常会随风飘动。因此，许多新生自认为他是美术系的老教授，往往是跟随他走在去宿舍的路上，还不敢跟他搭话，只管在心里敬佩道："这么有学识的老教授，亲自个儿来接学生，还帮着推行李车。"其实，周大爷的文化程度是只写得起他自己的名字。

有一天，系领导鉴于周大爷在系上服务了多年，商议给他加点津贴，他知道后只说了声："那，谢谢了。"谁知就在给他加薪没几天，他突然病倒了。粒米不进，滴水不思。于是，系上请来了他的儿孙，大伙忙着把他送去住进了医院。生性随和的他，此刻却倔强起来了，药不吃、针不打。与此同时，全系师生都忙着给他捐钱治病。在他的检查结果还未出来的有天晚上，他独自一人悄悄地离开了医院，去到了离医院约40里路的他女儿家，就在次日黎明还差一刻到来的时候，在早已被冬雾紧锁的土屋里匆匆地走完了他不足70的年头。火化时，人们还不清楚他究竟是生的什么病，也不知道他离世时的心情与情状。只见眼前的他是真正的枯瘦如柴。送行的师生，人人都眼圈红红的，他从生病到去世，刚好是一个礼拜的时间。

在料理他后事过程中，系领导问他的长子："周大爷在临终时讲什么要求没有？"他长子说："没说什么。爸爸只是说，把他在系上平时用的东西拿回去，是系上的东西，不要。"这就是周大爷的遗嘱。当时在场的我，听着是默默无语而致敬他。

前些日子，有人提议开一个纪念周大爷的美术作品展览会，把多年来，师生们以周大爷为原型创作的作品和写生周大爷的习作汇聚展出，以纪念周大爷为大家作出的贡献，以及怀念各自与周大爷共处的平凡时光。的确，先后多年来不少的教师、多位同学、不少学生的第一幅真人头像写生和第一幅男人体习作，与我一样，画的都是周大爷。日复一日地交往，他为大家服务，谁又忘得了。只不过，画展终因场地之限而未成，却成了遗憾之事。

今天不是周大爷的忌日，只是早餐时，独自面对山城窗外的点点新绿，不由得想起了他——平凡善良、一生辛劳、勤恳服务却匆匆辞世的周大爷。

他的学名似乎叫周云清，没有多少人知道。

周大爷：您是帮助过我的一个人！

1993年3月18日草于西南师范大学梅园，今日为吾29岁生日。

补记：时间过得真快，当年草写的稿纸都明显变色了。今读该文，依然能够在脑海里映现出周大爷的音容笑貌……时美术系升格为美术学院也许多年了。我离开那里也很多年了。一切都成了过往矣。唯，记忆不老。

2015年10月4日定稿于北京望尘园。

《西南师范学院美术系 1984 级同学全体合影》1984 年，关耐寒（美籍教授）摄

再记：昨夜将《周大爷》转载至我本科班的微信群后，生活在重庆的同学龙享荣君说："玖哥好文！勾起大家对周大爷深深的怀念！记得当年我父亲送我到校，和周大爷摆龙门阵，我父亲问及周大爷的工作，他说，做点杂活儿，当当模特儿！今读玖哥一文，才明白周大爷那深深的眼神，是对其妻深深的眷恋和深深的哀愁！有次油画班画他的素描人体，是一个站着撑竹竿的动作，他一会儿便鼾声如雷，而动作却丝毫不变！凡是画过他、知道他的人，可以说这辈子无法将他忘怀了！他离世后，他的一个儿子来校接替他的工作，大家叫他小周，人没有周大爷帅，但看得出还是老实本分，不知现在还在'西师'（今西南大学）没有。"

生活在贵州的同学李文菊君也说："见梁师兄文章好感动，当时在学校的我还是很懵懂，梁师兄说的这些我都不知道。但，我一直记得'大三'选修杜非老师的服装设计课，因为只有一台缝纫机，有一晚我做衣服做得很晚，记得近 00:40，楼上只有我一人还发出踩缝纫机的声音，周大爷一直把美术楼二楼走廊的灯留着，不时来催我："姑娘已经很晚了，赶紧回去，路上不安全。"那一晚让我终生难忘。周大爷把我送出美术系大楼到路口还一再叮嘱注意安全。愿他老人家在天国安好。感谢梁师兄让我把封存的记忆翻起……"

生活在成都的同学王一丹兄说："玖携旧文，拂尘履稿补缺，并积同窗忆录，可赞善为之举！时光荏苒，风华不再。迄今同窗皆属知天命之年，感念油然而生！如玄潭静池被玖文如投石激起涟漪，怀念逝者亦是如洗涤自己心尘。"

后老学棣曾敏君也讲："老师的文字，让脑海中，时居住在美术楼一楼走廊右侧中间小屋里昏暗白炽灯下，周大爷蹲在门口吃白水泡饭的情形，又呈眼前。"

感念昔日同窗的一起走过和彼此证明的历史！人的一生，真的是不容易的，唯愿好好珍惜、好好过，才会给自己和别人给予些意义和价值。不过，岁月也是不经打折的，往往在不经意中就所剩无几了。对了，周大爷是 1992 年冬辞世的。

2015 年 10 月 5 日晨，百之再记于北京长河茅舍。

最后一片叶

秋渐深了，寓所那狭小阳台上的各色花草，也渐渐地失去了往昔的滴翠，由黄而枯了。起初无甚警觉，直到在又一场秋雨初晴而越发凉意深深的清晨，才惊觉那仅剩点绿意的一盆玉簪花，也只留有最后一片叶了！

我老是觉得，但凡讲到什么什么的"最后"，心情总有某种沉重或悲壮的感觉。我一直忘不了念中学时读过的一篇叫《最后一课》（The Last Lesson）的翻译课文，从那时起，那种浓浓的遗憾与悲壮愁情，似乎一直就收藏在了心底的深处。

我想，人们对事物存在的"最后"岁时的关注和异样情怀，是人类渴望"存在"的思想情怀之体现；是人们对消逝、灭亡和无的恐惧心理的反映；是人类表达深深眷恋的一种人文情结。

的确，当我心里有了这"最后一片叶"的念头时，心情一下子就紧了，似乎有种无助感，有种无奈感，有种失落感。

不过，细心观看就发现，这最后的一片叶，虽不大，在主叶脉顶端的边缘也有了几许衰枯的斑点，却色彩饱和、精神。仿佛在守候什么。守候是一种爱啊！当寒风袭来时，她不住地点点头，也没有害怕的样子；在秋阳中，她还显出灿烂的形象。远远望去，她似乎还给人一种坚毅和力量感，一看到她，并没有生出怜爱的心理，反而是充满了欣赏她、敬意她、祝福她的心情。这么看着、想着，也就为她拥有能够自信到、努力到、守候到、笑到自己"族群"之最后的毅力、尊严、高贵而高兴和歌唱。

此时，真的是要必须说"谢谢"她的话了！因为，在这平凡的日子里，有了她，着实地让我心情好；有了她，着实地让我更有了充实感；有了她，着实地让我知道生命无处不充满纯情、善美、光辉和高贵。不仅如此，她还启示我要随时留意和欣赏在自己生命里、在自己身边出现的一切。这样想着，越发觉得这"最后一片叶"的伟大来了，也不由得谢起送我这盆花的人来了。

这"最后一片叶"和她的伙伴，本是生长在京城一个十分著名的大学的花棚里。在甲申年春天，我一个在康复身体期间的硕士生出资将她转送给了我。于是，春时，看她绿油油、稚嫩嫩地成长，很是快乐；夏时，看她灼灼冉冉地绽放着紫罗兰色与乳白色相间的花朵，很是惬意；秋时，看她黄澄澄、沉甸甸的皎皎轻云自信样儿，很是舒心爽朗。在人生的中途，能时常亲手创造一个给予他人快乐的小事，是多么的伟大和珍贵啊！

北国的寒意是重了。我披上外套于窗前再次探望、欣赏这最后一片叶时，她依然精神着、点着头，一副自在、自乐、自足的神情。当看到她旁边先行退出生命舞台的伙伴时，我更惊讶了：她们不仅没有痛苦感，而且泰然之风姿各不相同，也依然精神地发出强劲的视觉冲击力和润心的亲和力。我忽然领悟到：即便是生命不再，也要依然不失自己的尊严和高贵的品质与风采；也要依然以新的角色启示来者；也要依然传播自己现实存在的魅力与价值。这或许就是"最后一片叶"得以悠然自得的精神之源吧！

不管秋多么深，在我心里呀，这片守候可贵的金色收获和自信魅力的"最后一片叶"，永远精神着、生长着！

2004 年 9 月 16 日抒怀于北京学院路 30 号寓所。

下雨了

今年的北京，闷热少有，直逼南国的热度和江南的湿度。在持续闷热中，人们总是期盼凉爽的到来，而促使凉爽快来的也最便捷的就是那沁人心脾的雨了。

还有两天到今年立秋的时候，北京果然下雨了。苍天还是爱我们的。

随着凉意的到来，愁绪却上了心头。也许是因为雨，绵软而让人思绪放飞；也许是因为雨，洁净而让人丢却繁尘；也许是因为雨，太温润不得不让人陡生爱怜。因此，当友君来短信问询我："（在）干吗呢？"我即刻回复说："下雨了，多心愁思绪爱恋人，想事。"的确，北京的雨也像江南的雨一样，令人愁绪千千结。

我一向是爱雨的。当年在江南生活的时候，最喜欢那淅淅沥沥的小雨，尤其在春天里，漫步其中，整个身心都觉得是透凉透凉的。那时的思绪也悠远。那时的我也年轻。

只要有雨啊，我的思绪总是不平静。也许，我想，因为雨总带着丝丝凉意和可人的温柔，这对于一个渴望温暖与柔情的人来说，雨让他萌生了追逐温暖和柔美的思绪与冲动。所以，下雨了，喜而又怨，情蕴纠结！

窗外的雨越下越大，响动也大了，伴着久违的凉风，以至让人觉着到了秋的意味。

秋啊，也是一个太易于惹动和撩拨人心灵的季节。哦，说完这句话，我突然明白了，是因为爱啊，才有了那么多的幽怨，才有了这几多的情愁，才有了当下这醇美的期许。

下雨了，我想与你去看雨，在今天、在今生、在彼此存在的所有日子里。

下雨了……

2010 年 8 月 4 日于北京雨中抒怀。

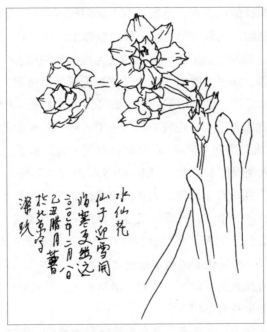

《水仙花》，2010 年，梁玖

潸然泪下

在寒流又起的一个初冬下午的雾幕中，凝望着窗外的一刹那，霍然想起写下"长住杏坛"小文的那个黄昏天。

许多年前，为了一个我们彼此都关注的活动，我与君隔桌而坐在一座古城的大学校园里。很久很久没有讲过那么多为彼此读懂的话——一边写着给别人的语句，一边说着关于自己久远的话题。那是怎样的场景啊，不断地有人来问话或打搅，说话也时断时续的。然而，无数的刹那间，我的心都在潸然泪下。

在心存感激的语境中，思及纯美无瑕细节的以往——如天山深处的清露、如玉龙雪山的雅洁，依恋无尽，潸然泪下；憾年华如水而流水无情，潸然泪下；苦寂如风，愁苦无垠，潸然泪下。

正当我凄苦地疾行在夜幕的行道上，被一阵爽朗的笑声所撩拨而惊。"人类为何有笑声"的问题就跟进了我的脑子，挥之不去。居然和"人类缘何有艺术"相连接起来，幽深而奥秘。

人性，究竟有多深阔？人文，究竟能管多远？巫术，究竟有多神秘？日常的个人，究竟生活在人性的哪一个区域、在人文的什么坐标系中，选择了怎样的信仰内容与信仰程度？一切的一切，伴我消失在有些异化了的城市夜色之中。

在迈进孤寂寓所的那一顷刻，潸然泪下，没有理由似的。

君不知道我潸然泪下。

没有人知道，在这座古老而有些幽意的城市，在这个人世间。

读懂是一个悲剧，读不懂也是一个悲剧，思及至此，不觉潸然泪下——永远是一个没有出息的人。

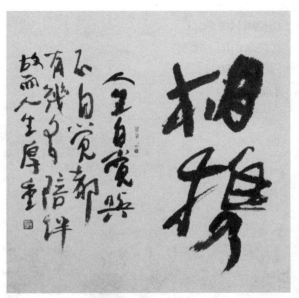

《相携》（纸本），43厘米×45厘米，2011年，梁玖

　　"我随你去天涯"和"等你回来"，有不有一点深意，劳碌的人们。

　　在黑夜中，回想。

　　不过，触景生情，的确是不可控的，有智者曾说。

　　　　　　　　　　　　　　　　辛巳年冬天于金陵兰园。

风映水影

我是那只游鱼，
在莫名山的小溪里，
你没有听说过，
不见了。

2014 年 11 月 18 日于北京，
今天似乎没有雾霾，还有些暖暖
的阳光味道，因为有太阳。

《浅水见鱼肥》（写意画），70 厘米 ×67 厘米 ,2014 年, 梁玖

有个道歉电话打进来

在嘈杂的候机大厅里，戴耳塞听收音机时，一阵杂窜音让我知道手机响了。果然，是一个道歉电话。

不容易的，是一个我原本不熟悉的我弟弟的朋友打来道歉的。起因是他高兴地派车于今早上送我来机场。无奈，因他计划不周，致使车未准时到达机场，误了11:30分的航班。老实说，我也是有些懊恼和沮丧的。从住地打出租车到机场，也不过80元左右。而误机补票费就去了200多元，加之在机场的消费就更多了。所以，从世俗或经济的角度看，这事是划不来的。然而，人生中，有多少事是划得来的呢？父亲常说：人生没有划得来的事，事事得费心力。尤其是于这样的时刻，重要的是让自己心情平和与释然。于人生中多些心灵的平静是有益的、重要的。要责怪，也当是怪自己办事不力。

在人生中，一切烦事皆因己心而起；一切静谧也由己心定。修得不烦宁静心，是要靠意识、毅力、学识和磨难的。

再说，人生中能及时地道歉和及时表达爱，于人的心灵满足是同等的重要。我谢谢那些向我道歉的人。

学会道歉，以及学会接受道歉，才能学会爱、才能学会宽容与欣赏，我认为。人的一生中，哪能一次歉意也不道呢？人无完人，事无全善。人的一生中，哪能缺少爱呢？无爱命枯。人的一生中，哪能无悲欣交集之情呢？顺其自然也是有寒来暑往之性情相伴的。

都及时地表达道歉和接受道歉吧，为了自己和他人的心灵宁静和幸福。

"对不起了"，这是我的道歉，在人生中途。

新的起飞时间，也快到了。

2003 年 8 月 27 日 15:24 于首都机场。

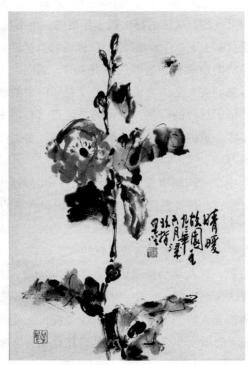

《晴暖故园》(指画)，67.2 厘米 ×44 厘米，
1993 年，梁玖

蜀葵花开

没想到北方的蜀葵花也开得这么好、这么放肆、这么惹人。而且种类也不少,在初夏黎明的霞光中,昂首挺立、弄姿迎风、花容可掬,真是争奇斗艳得很。

终于忍不住了,一大清早送清儿上学后,就急急地跑来看这蜀葵花开,看了又看,摸了又摸,头点了又点,很是喜欢。

高高低低的蜀葵,生长有序,穿插有韵,是既团结有朝气,又和睦有气势的一个大家庭。差不多齐人高的花茎,特别精神。花茎拎着硕大的叶片,自由舒展,特别大气、特别个性;花茎牵着小灯笼似的花蕾,神气十足地望着满天朝阳,像要问什么似的,特别天真,特别乖巧;花茎捧着五角形的或紫色、或桃红、或胭脂、或白色的花瓣,笑迎着、目送着早行的人们,特别亲和,特别内秀。而小不点儿蜜蜂,似乎比我还喜欢这灿烂的蜀葵花开,这边闻闻,那边看看,情之所至,还放肆地吻吻胭脂、亲亲桃红,有时还干脆滚到人家紫纹的怀抱里,那惬意的样子、那自在的样子、那又略带点不好意思的样子,真惹得我眼馋心痒。

我之所以在故土时曾不止一次地观赏过、画过蜀葵,就是因为喜欢她的那份大气和自在。现在她让我心动的却不仅仅是她的大气与芳姿,而是她让我思乡的情思更浓了。

在这远离故土的地方,看到她,就像看到了故乡;看到她,就似乎看到了自己曾经的走过;看到她,就像看到了久别的亲人。其实,现在面对她时,心中是有某种淡淡哀愁的。怪不得许多人都会写各自的"乡愁"。然而，对于我，可能过多的还是心愁吧！我一直在传播自己的"有心情就有阳光"的观点，现在看来，有心情也就有心愁。不过，恰当的心愁，也是一杯纯美甘醇的美酒，也是山野清纯之甘露，也是母亲仁厚甜美的乳汁，既润心，又养情；既给予自己信心，又给予自己随时的快乐；既给予自己人生的充实，又给予自己心知的幸福！

真的，人生的中途，在彼地，在此地，都要是好好的，还真不容易。这好比，既要你爱他，又要他爱你，是不容易的。就像这蜀葵花开，在彼地开好，有人看；在此地开好，也有人爱，是需要各自努力的。开的努力开，看的努力看，如此，才会充实、才会快乐、才会幸福，也才会生出意义。所以说，一旦拥有要好好珍惜，是蕴含深意的。

事实上，安居乐业，背井离乡，都是会有心愁的、都是要付出代价的。通常的情形，只要自己的心愁，不要愁得自己负担不起，只要代价付出的不是自己生命和人格尊严的根本。那么，有点心愁、有点代价付出，也是快乐的，是有意义的。没有这些情感体验的人生，我想，是苍白的。

当我的眼光再次落在娇嫩又有些娇羞而绽放在深处的淡绿色蜀葵花时，才知道自己的思绪又走远了，太阳也老高老高的了。不过，很庆幸，我又看到了蜀葵花开，而且是在他乡。

蜀葵花开，让我又有了几许惬意、自足，还有几许心愁，真好！

2004 年 6 月 9 日于北京北郊寓所。今日北京在举行激情传递雅典奥运火炬的活动。

不知道了

　　躺下了，空荡荡地躺下了，发芽的草，只顾自己长。

　　世纪盈缺无关己，紧要的是，已经躺下了，别无选择，悲伤也随风去了，去得深沉地没有了等待，总算是知道了不知道了，好好啊，躺、躺、躺下了……

　　　　　　乙未初夏，百之在核桃树和沙枣树俩博士生毕业答辩黎明前即兴作在望尘园。持续忙乎着今夏诸位学棣的毕业诸事，是困倦久矣，得躺息，福也。2015 年 5 月 22 日 01:29。

　　　　　　晨起补语：顺也好，有人生的最后一名也很好！2015 年 5 月 22 日阳光起来了！

来了，你

不知道
你
早来了，
在路的那边。

不曾想
头
一抬，
看到了你的泪光。

不晓得
你
发现了，
麦田的流浪狗。

不觉得
风
跳下来，
淹没了心悸。

2014 年 12 月 2 日午后于北京，感怀
岁月，给予那麦田和星空的芬芳与魅力，
还有那些自己不曾想的……

我想得到一本天书

为了谋生的职业，昨天从早到夜深，我不曾有停歇；为了存在的意义，还是大清早的这会儿，就在还有些黎明馨香气息中，开始了思想今天不得不要想说的一些话。

"我想得到一本天书——是神都不知道的书"，这个莫名而来的希望闪念，真的是比早餐来的速度都要快。

那就好吧，希望从无法意料的方向，实现我希望的希望。

2014 年 10 月 21 日草于北京的晨曦中。应邀将于今天下午给来自湖南的 100 余名小学校长及少数各科的骨干教师，作我命题为《基于艺术充权的自我超越》的专题演讲。该班的培训主题是"未来教育家"的"高端培训"。主办者给我的演讲提示命题是——"艺术与人文修养"。在准备的极度静思中，突然闪出"我想得到一本天书"之念。的确，如果自己随时都有超越性智慧闪现，就值如获得了天书。是故，天书者，自我之智慧集成也。其实，人在平实的生活过往中，总是会随时生出些憧憬性的梦想或希望来，这是很好的人生常态。能够不断涌现出自己的希望来，总比时时将自己置身于失望氛围中要好些。只要随时持守"始终有精神"的思想，是会不断生出超越性智慧来的。能让那些超然的智慧陪同自己及其族群淡然而意义化地走过四季，也是自己获得的一种超然情趣的幸福。

我在书房

妈妈每次来电话的头一句几乎都是问："你又在哪里嘛？"等我回答说"我在书房"时，八十开外的老人家好像就宽心了许多。

的确，不那么奔波、不那么喧闹、不那么功利的话，能够多待在自己的书房，真的是人生之福。

不由想起我的导师张道一先生给我讲的故事。先生说："我家那个小阿姨啊，看我天天都要进书房去劳作，有一天，她就问我：'爷爷，您现在什么都不缺，年纪也这么大了，为什么不休息，还要每天去书房把自己弄得那么辛苦？'这时，我就对她说啊：'你们每天不是都要打一会儿牌吗，我去书房就等于你们打麻将一样，就是休息。再者说，我除了去书房，也没有什么会的啊！'"当先生说到这里，就在一连串的爽朗笑声中结束了故事的讲述。就在先生那舒爽的笑声中，可以亲切地领略到先生那浓浓的安适、舒心、智慧、自得、大气的人生神情。

今天是甲午闰重阳节，人家登高，我难得地把书房收拾了一下。在重新坐到收拾利落的书桌前的那一顷刻，心满意足地生出了一个闪念——我在书房。只是，此时老母亲没有来电话。

书房，真的不仅仅是一个可以安心、养心、开心的地方，还是一条让自己可以任意放泛心灵之舟的浩瀚长河。

2014 年 11 月 1 日抒怀于北京。

人生秋来时

在京师大学堂迎来 110 年岁庆，以及北国艺术学院十春院贺之时：首先，我欢迎来自不同社区和具有不同学术历程的三位。真诚迎接三株花儿来与我共同历经三年的人生风雨和问学之路。由此散开去，也许会无边，也许会转瞬无迹，也许会两不相欠，也许永远相欠着！何也矣。

愿你们永远记得各自曾经的走过、努力和梦想；愿你们好好感受和记得北国新的秋色与风霜；愿你们铭记自己所需和能够开启新的需求；愿你们好好充实自己的人生风景和人生历史；愿你们好好把握美术学术的门径和时刻的面对。

其次，谢谢你们在自己人生中途以这样的方式选择了我。缘分即好的偶然性。在我致谢之时要提示你们的理念是：不要把自己的希望与梦想寄托在一个人身上；积极出好每一次场；好好爱自己；"我"很重要；好好厚重和展示自己；以作为求生存；以学术求发展；以欣赏求合力；以运动求出口；自己有办法！

多少有些遗憾，遗憾在你们三人中，有成为"爆米花"之后没有告诉我你的成功。再则是我不知道你们是否已经报到入学？尽管一个漫长的暑期已经过去了、新生报到时间已经过去了。不过，人生的遗憾有很多，这是正常的。关键是自己要能够认识和理解到这一点。如此，才有可能更好自觉自为地前行；才有可能自如沉着地面对各自人生诸多的挫折；才有可能无怨无悔地笑对风雨。对此，可以把"遗憾人生"——当作原理性思维和认识论看待。你们今天的存在和修为，就是要为自己和自己族群的遗憾少一点而作为。

读《钻石藏在你家后院》可知：时刻留心自己身边的存在是成功之法；读《*A Message To Garcia*》可知：履行自己人生职责的价值是成就自己的理想；读"意义化生存"可知：自己为何存在。

最后，秋的魅力是因为秋天不是突然到来的。更何况，秋之所有的内涵都在精彩出场：秋风、秋色、秋韵、秋味、秋情、秋意！你们好好观看今年这个秋天吧——于母校成立110年的时候。再过110年，我们彼此的肉身都不在了，但是，我们的历史、我们的思想、我们的贡献会依然在母校存在的每一个时空里存在着。个人独有的气质、魅力和卓越能力也不是突然就具有的，需要自己随时和坚持地修养而成。以下主旨是入门首要自修的主题。

美术教育硕士研究生教育研究

百之

前言

第一讲 硕士研究生规格论

第二讲 学派性研究生教育论

第三讲 研究生学习论

第四讲 研究生研究论

第五讲 研究生视点论

第六讲 研究生气质论

第七讲 研究生成就论

第八讲 研究生荣誉论

第九讲 研究生价值论

结语

What are You doing for God？

学为人，艺为世。

以上数言，是我对你们——丁香花——入泽园的欢迎与学业的希望！

这也就是给你们研究生教育的开始！

2012 年 8 月 31 日于北京寓所。

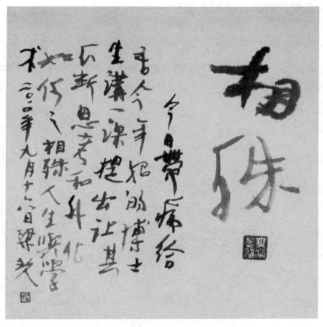

《相殊》(纸本)，43 厘米 ×45 厘米 ,2010 年, 梁玖

丁香花赋

早年在南方，偶过一个校园的大节日，舞台方向传来一首圣洁中略带哀婉的歌曲，止步静听，知道歌名叫——《丁香花》。

辛卯年深秋在塞外匆行，于些微寒意中依然看到了结簇盛开的丁香花，静谧合放引人馨！

2012 年 8 月 29 日草之，寄望 2012 级入泽园的"美术教育研究"三硕士生·丁香花。

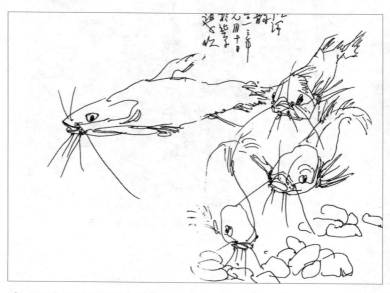

《江河韵》（速写），28 厘米 ×21.5 厘米，2013 年, 梁玖

迎春花

迎春花又开了，金灿灿的，在这北国的校园里。

我以往总是特别喜欢说：当迎春花开满校园的时候，我……这似乎在约定什么，也似乎在期盼什么，也似乎想诉说什么。

也许是有吧。

当寒风还在夜继夜地狂袭大地的时候，那貌不惊人的小不点儿迎春花，就悄悄地相约而出一齐欢呼着簇拥在根根柔细的迎春枝蔓上，那么耀眼、那么艳丽、那么执着。

我原先是很惊诧迎春花的迅疾脚步和意涵魅力。你看迎春花是既有不畏严寒而敢于领先的意识，又有细心探春报春的能力，也有齐心团结出场奉献的美德。而我现在惊诧于迎春花的却是她适时变异的能力。

北方的迎春花与南方的有些不同。就是西南和东南的也有不少的差异。北方的迎春花盛开时，不仅是几乎没有一片树叶，而且花瓣的块头儿大；西南的迎春花吐馨时，不仅有浓而密的叶片，而且花瓣圆润精神；东南的迎春花绽放时，零星的叶片在寒风中紧紧地护卫着颀长娇羞的花瓣，煞是好看。

先前我在观赏东南画家笔下的迎春花写意作品时，总是感叹赞赏他们那过人的艺术创造思维能力。认为他们将我一直见到的和一直以为迎春花就是西南那样的、有些圆润而精神的迎春花画得修长纤细而娇媚，是很有意味的。可是，当我由冬到春都住在江南的时候，才知道了东南画家笔下的迎春花还是客观写实性的表现。这使我愚钝的思维又进步了一点。的确，无论是产生某种特别的认识和观念，以及选择某种艺术创作题材和创生某种艺术风格，都离不开特有地域之风物的影响，并且也是不能忽视这种客观性的润泽性影响的。现在，我是又进步了一点，原来迎春花也不仅仅是一个模样儿，她本身也是在不断因地制宜地变异生长着、惬意着。人对周遭的认识有时是多么的偏狭啊。不知自己在过去岁月的出场中丢过多少次脸啊。也无怪乎，有些学者，都说不愿人们称他这样家、那样家的，这其中除了有盛名累人之外，还有感叹学无止境之意，故而在唯恐自己学识不够广深的自省自律中，生出了可贵的谦虚之美德。

我喜欢迎春花，所以，在我用木棉花称谓我的第一届硕士研究生之后，就用迎春花命之为第二届研究生的名称标志物。我是以此寄望于他们能在学习上有不畏时局艰险而求索争先的拼搏意识，也期望他们能够随时注重和迅速应答陈述传播于学科前沿研究的学术主张，也是企望他们能够珍惜同门同窗之缘，为彼此心灵的愉悦而互助前行。

人生的中途是既漫长而又短暂的，其间能为自己的梦想守候而不懈地努力与奉献智慧都是值得敬意和欣赏的。人生彼此的相聚、相别也都是不容易而应该珍惜的，其聚与别都是有善缘的。中国传统山水画表现题材中之所以常有送别的画题，不也是感叹于此吗？中国传统的诗词歌赋中关于相聚别离的主题就更是比比皆是了。你看王维《渭城曲》中的凄情——"渭城朝雨浥轻尘，客舍青青柳色新。劝君更尽一杯酒，西出阳关无故人。"当然，如果是如高适《别董大》所言——"莫愁前路无知己，天下谁人不识君。"那倒是很美的事情。的确，千百年来，人们总是在不断地追问"别离在今晨，见尔当何秋。"（韦应物《送杨氏语》）

我一直是希望做学生的人，包括我自己，要能明白、理解和研究自己导师的教育思想和整个教育用心与行为。教学不就是帮助学生成长吗？连迎春花都会选择自己在不同地域环境中，向有利于自己变异生长的一面拓展，并呈现出不同于同类和他者的独特风貌，更何况教育也。经典的教育，不仅是要有独特的育人思想，而且要有卓尔不群的教育行为。

教育是思想的载体。教育者就是要有思想、有个性、有勇敢传播的胆量和能力。教育不是作秀，不是表演，教育是用心智润泽心智的行为。

诚然，教育也是不能缺少庄严感和仪式感的。故而，以一个具体物象指代一个研究生年级的名称，是意在揭示思想外化性表征的重要性、一个值得识别和欣赏的存在可贵性以及关爱心和意义化生存理念培育的价值性。

平心而论，我还是喜欢西南迎春花叶的那份纯情之绿和江南迎春花瓣的那份修长娇媚之姿。同时，也喜欢迎春花那互助齐整出场的合力和色泽娇丽饱和中的那股不惧严寒而争先的精神。

看见迎春花，我的心情就爽爽地亮了，在远离故土的校园中。

2004 年 3 月 23 日于北京学院路寓所。

论寄托

自己不要把希望寄托在一个人身上。这就是我讲"寄托"主题的出发点和中心意涵。正在努力社会化的人，更要明白其中的道理和深意。这也是我在回望和梳理自己的所有历程而得出的结论。

尽管，在自己的生命历程中，肯定会有一个人对自己的成长进步和发展，都具有十分重要的作用。但是，从学理上看，无论如何，自己的命运和学养完善，是不能只交给一个人去主宰或决定的。只依附或依赖或寄托于一个人的想法和行为，是危险的、是暗含悲剧因素的。因为，一个人的完善社会化实现与梦想成真，是需要许多营养滋润和支持的。

一个自然人，从小到大、到老，都处在不断地成长过程中。成长是一个人一生的主题。然而，一个人要健康成长是很不容易的。因为，长自己身体的饭只能自己一口一口地吃。所以，不断应答、分析自己随时面对的问题，时常确立或拥有支持自己成长的资源性理念，是有助于自己的健康成长的。

如果译码"自己不要把希望寄托在一个人身上"，至少有这样一些意涵。

第一，在小的时候，要求不要偏食。其实，人生中的任何时候偏食，对身体都是有危害的。当然，有人在医生指导下实施减肥的偏食是例外。这里是强调：人在自己小的时候，就要认识到偏食有危害，养成自己不偏食的习惯很重要。不偏食的观念，不仅有助于避免小心眼观念的养成，而且有助于自己形成宽容、大

《海鸥》（速写），14厘米×21.5厘米，2010年，梁玖

气、生态的积极人生价值观念与文明观念。

第二，在小学、中学阶段，要求自己不偏科。也就是说，自己不能因为不太喜欢某一个老师，就不主动或不积极地学习他教授的课程。否则，就会影响自己一生的成长和进步。同样，也不要因为特别喜欢某一个老师，就只用功学习某一门课程。全面学习、全面进步、全面发展，才是自己上学的目的。

第三，在大学本科学习阶段，要求奠定自己所求专业的全面基础和丰富的人生学养。本科社会化，可以说是一个人的第二出身身份。就是立论一个"本科出身论"，也不过分。它关乎自己今后的发展取向、定位和质量。因此，在本科学习过程中，自己既要不断诉求过硬和坚实的专业素养，还要注重涵养和提升个人全面的文明教养。只有经过了这样社会化的人，至少也才有可能充分享受家庭生活。

第四，在研究生阶段，要求不要把自己的全部梦想或希望寄托在导师身上。虽然，一般情况下，研究生是跟随一个导师学习，并且是应该有"学派"的学习和创立的思想，但这不等于就是要求自己只学导师一人之学、一人之知。导师，也是在不断成长的。再者，自己与导师的人生理想、个性、生存语境、学术兴趣、学术梦想、学术背景、学术悟性等都是不等同的。因此，研究生是要诉求望在高妙、广取博收、和而不同、吐故纳新而圆融地学与思。尤其是美术等含有大量技术与经验内涵的学科，其研究生更是要随时警醒自己的学习诉求目标，避免自己进入只学习一人之法而无自己学术个性与风格的误区。那种在集中展示自己的毕业创作作品时，让人一眼就看出是自己导师东西翻版的结果，是悲剧性的、是应该杜绝的。

最后，在个人生存和生活中，要求有独立面对和迎接风雨的坚强信念。个人的高兴与忧愁，不能总让别人来左右。一个人要有独立信念，才会有任它东西南北风的平静心，才不会老被外物牵引而烦心。人生总是要经历许多事、许多人的。否则，人生就不是多彩的人生了。事实上，一个人的成熟，就是得力于面对和积极应答曾经和正在经历的那些事和那些人。故而，自己是更应该感激那些事、感激那些人的。"不经风雨怎么见彩虹"，是有深意的。所以，在个人生存与生活的任何时候，都不要把自己的所有梦想、希望和前途、幸福，寄托或依附于某一个人身上。自己要确立"我很重要""好好爱自己"和"意义化生存"的人生理念。而且要在提升自信心的同时，不断努力提升自己的应答能力。只有这样，自己才不会把自己迷失在风里，自己才会出场一次精彩一次，自己的人生才会多彩。

总之，好好爱自己和以作为求生存，才是自己独立人生的应对之策，诚愿你我彼此的人生都充实和快乐！

2004 年 3 月 10 日于北京学院路 30 号寓所。

成长的疼痛

早餐时，隐隐约约觉得右侧的大牙端有些不适。为了赶点儿上学，也未太在意。

在这春柳绿的校园清晨里，晨露在朝阳中依稀可辨，鸟儿爽鸣的旋律伴随着来来往往的行人，一派生机盎然。可我的右牙似乎痛得更厉害了。到路边靠着一棵樱花树，我用左手迅速地摸了摸，觉得牙龈有些肿胀。初次离家在外求学的我，此时，越发有些想念老爸老妈了。忽然间酸泪长流，还有些寒意的风也阵阵袭来。

从校医院出来有些阳光晃动，坐在校园假假山凉亭外的石椅子上，虽然拿着书，但看不进去。满脑子全是医院大夫的话："啊，你正在长'尽头牙'①！有点发炎，问题不大，等到牙尖冒出来就好了！尽头牙还未长完就是研究生了，不简单嘛！"想着想着我又悄悄地哭了。

在这远离家乡而陌生的地方，我不止一次地哭过。每当哭过时我又笑自己。"这么大了还想家，还不能好好地照看自己，还哭鼻子！"想到这里，我又笑了。

想想才好起来的日子没过多久怎么又牙疼呢？虽说这所有些名气的学校也是我的母校了，可是，我对她太陌生了，走在校园里认识不了几个人，也没有几个人认识我，导师也不在身边。早早晚晚，晚晚早早，就是与我唯一的一个同门在一块儿，一同上课、

---

① 尽头牙，即医学上称的"智齿"牙，又叫"第三磨牙""阻生牙"，它是人口腔里生出的最晚的牙。

一道讨论导师要求做的课题、一同在有限的时空里读书。似乎事情不少。起初，也能按部就班地做着。可是在我内心就是有种莫名的孤寂和惆怅在不断地升腾着，渐渐地生出了一些担心和忧虑。

忧虑在心中慢慢滋长，令我有了些烦意。起初是睡觉开始晚点；后来就有些睡不着了；再后来，情况越来越糟，有时我开始整天不出门、不上课、不吃东西。有时为排解这种日渐浓烈的心愁，我去逛大街、去暴饮暴食、去山里吹风……我真的不想这样子，可就是忍不住。我也想把这一切告诉别人，可是又不想讲话。最想给爸妈讲，可一想到讲了之后他们会更担心我，于是又打消了讲的念头。对导师也不敢讲，怕让她失望；对同门也更不愿讲。一切都陷入了苦恼之中。我真的不想这样，想好起来，可就是有些不由自主。我知道自己在无法自控下正放任着自己。然而，我盼望着糟糕的日子早点过去。

虽说这样的日子不长，但回想当初的情形仍有些害怕。就在我快要支撑不了的时候，偶然看了一个有关治疗心理疾病的研究报道，于是我试着去了电话，大夫热情地接待了我。在随后的治疗中，起初有些戒备，慢慢地有些放松，也主动寻找原因，渐渐地更加清晰了自己的问题。由"面对陌生"而不能有效调控引起的多种愁绪凝结，让自己情心弥散、身体虚弱，进而也迷失了人生的方向，自然地也就丢失了自己成长的快乐。

值得庆幸的是现在我又能很好地面对一切并愉快生活了。毕竟学校也不再那么陌生了，自己也适应了新的生活和新的面对，应完成的任务也在一一地结束。的确，有心情就有阳光。只要是存在着，即使是没有心情也会有情之心。因为，只要还能感觉到自己此刻没有心情的心理活动，那么说明自己仍然是具有充分感知自己情感和内在思维的鲜活之人。事实上，有情心就会有惆怅。然而，有惆怅也就预示有意味存在。有意味就会有爱，有爱就会有意义，有意义就有希望。一句话，这一切的根本就是要有存在。面对人生的存在，阳光是不会生锈的。而且，阳光是有味道的，只要你用心去闻，阳光随时都会芳香沁心。

在思绪悠远中，这长牙的痛，似乎也轻松了许多。哎，看来长牙的痛，远没有成长的疼痛厉害和凶险呀！人生中途的风雨，的确是有很多。爱的缺失会疼痛，生活无保障会疼痛，失去亲人会疼痛，失去友情会疼痛，无学可上会疼痛，失去工作会疼痛，得不到理解会疼痛，理想和愿景没有实现也会疼痛。但我认为，一切的疼痛，都超不过失去自我、失去梦想、失去努力目标、失去自信的疼痛厉害和危险。

守望梦想、珍惜生命、发现意义、体现价值，我想，这是有效医治和抑制"成长疼痛"的良方。

"成长疼痛"，在每个人的一生中都会遇见，不同的只在于引发的事件不同，发作后疼痛的程度不同，个人对待的态度不同，治疗康复的时间不同。但是，只要认识到人生必然有成长的疼痛出现。那么，就不会太惊慌。知道了成长的疼痛病，自己就可以有效治愈。这样我们每个人就可以坦然面对自己的成长苦痛了。当然，最好是能够及早预防成长疼痛病的引发。即使不小心出现了，也要争取积极的治疗。因为，生命具有唯一性，失而不可复得。人生最大的遗憾，就是不小心或轻率地丢失了自己或他人的生命。每个人的生命只有一次，每个人的人生都会是五颜六色的精彩，每个人对他人都有价值。所以，无论是挫折疼痛，还是困惑疼痛，都不要紧。要紧的是好好爱自己，好好体味父母给了自己生命的那份情意和高贵与伟大，好好享受生命的醇香。在自己的一生中，不怕自己不被别人爱，怕的是自己不爱自己！如果每天把孤寂和愁苦放在自己的微笑里，并通过自己的努力，把微笑带给每一人，让每个人的成长疼痛都消失在轻盈的微笑中，消失在勇敢面对中，消失在耐得住寂寞的坚毅执着奋斗中。那么，不仅可以减少自己的疼痛感，而且还会发现意义。

成长的疼痛不可怕，就像新的尽头牙生长一样，破壳而出时的那点疼痛一定会是短暂的。也只有当自己经历了这样的痛的炼狱之后，才会获得终生强有力的咀嚼能力。我想，人生没有跨不过去的坎，只要不缺失好好爱自己的心灵和勇敢拼搏的坚毅精神。

当我想到无论是对大豆和鸡腿的咀嚼，还是获得米饭和菜根的香，都需要我那可爱而即将生出的尽头牙时，我就默默地祈祷起来了：我愿我的"尽头牙"呀，早早地长出！

一阵风正好轻抚过我的脸颊。

> 2005年3月22日，晨早餐时，觉得自己右侧牙尽头的牙龈有些不适，继而想起了我的一些学生的成长孤寂和迷茫苦痛，故而以散文的方式创成此文，以求对他们的成长给予一定的帮助。当然，我的尽头牙是早已经长过了。不仅如此，现在是到了快要掉牙的年龄了。人生易过啊。百之识于北京望尘园。
>
> 2012年9月又悟一语：岁月不经折！将此送给新入学的硕士生——丁香花。

知道你自己

"导师没有教给我任何东西。"

当你表达了这样的观点后，重要的问题是——你要怎么办？更甚者，还不仅仅是这些——在个人的人生路上、在泽园、在美术教育学科上。

CA1579 要飞去祖国的一个临海城市，在它也许要即将起飞的时候，"知道你自己"的观念，被我注意力所分配着。对于我这个没有什么家财的人来说，准备把这个作为礼物送给你——姜荷花：泽园的秋来人。

生物学，知道吗？最好说知道。自然造化，物种很多，生长选择，竞争生存，生而有异。"与我有关系吗？"但愿这不是你讲的话。

我有一种感觉：你是不会满意的。那么，我只能告诉你，人生遗憾，真的不少。

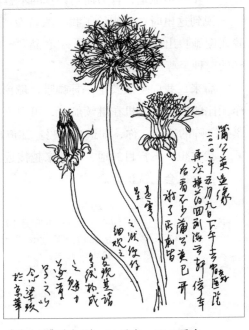

《蒲公英》(速写)，14 厘米 ×21.5 厘米，2010 年，梁玖

难道你比你的邻居认识你的内容多么？随时清理自己的人生债务。"没有"，那最好，这恰恰是自己时时能够闻到农家和田野那浓郁芳草香的秘密。

泽园的姜荷花是什么花啊？中华的姜荷花呢？美术教育学科盛开的姜荷花又是什么样的？有人知道吗。

历史老人也许知道。不过，历史的教训，未必没有秋叶多。

真好，羡慕你，在你即将开始新生活的老城正好有"阅兵蓝"的时候来到北方的秋色里，你觉得明年还有这些吗？

一步一步地走，合力而功，真的不容易，还要自然地老死。

说到这里时，空姐给了我一款名为"航美心品"的小甜点，我谢谢她！出门在外寒风多。"心品"，能为人品的心，那是怎样的一种至尊至贵的心？

后来，我向空姐要了一杯咖啡，舷窗外的山顶，似乎冒着洁净无比的白云，飞机在继续航行，可以忍受的轰鸣声，好似一阵紧过一阵的追问：你，知道自己吗？知道自己的所有可能性吗？

我在想，飞行目的地，也越来越接近了！

找个机会，认识你。

2015 年 8 月 27 日 10:40，于朝阳中飞赴南通的航班上，草予 2015 级泽园美术教育学硕士研究生。

心　情

人生在世，不知要经历多少的风雨。微风微雨都还好，因它有时还是一种可人的风景。可风雨交加时，就难说了！然而，遗憾和不可回避的是：在人生的中途，无论是阳春白雪的人，还是下里巴人，都是要经历和面对的。只不过，心情不同，面对风雨交加的情绪也就有异。比较而言，心情不好的情绪是居多时。而且，心情不好，还时时是没有理由的。

无论如何，人生最难保持的心情是让自己的尾巴呈自然状态。事实上，在尘土飞扬的另类与不另类生活中，随时能让自己的心情呈自然状态的人，是不多见的。环视周遭的人群，不是翘着尾巴装势地在他人眼中闪过，就是夹着尾巴仰望着他人的脸色而没日没夜地度过只有自知的称为日子的人。如此说来，真是怎一个"难"字了得。

心情导致情绪，情绪导致想法，想法导致思想，思想导致行为，行为导致结果，结果导致评价，评价导致变异，变异导致再生，如此循环往复地变化，就是事物的创生和模式形成与演变、传播的全过程。在这些过程中，大气与小气、恢宏与细节、类与另类的一些生活方式或生存方式或群体表现与划分就出现了。贡献与回报的论题，也随之出现并各陈见之。由此产生了高贵与低下、神圣与卑微等价值认识论系统。价值观和价值评价系统的出现，在无形或有形之中，就影响着人们的心情和选择及其行为的取向。

不同的取向，取向的主体自然会有不同的心情，心情不同，情绪也就各异了。世人所认为的多愁善感的人，无外乎就是其心情与情绪易受外物影响和变化者也。

心情，也是成功的先导和促成因素。人们常说"今儿心情好，咱们去喝两杯吧！"这种情形的心情，无疑是很有助于人与人之间的交往、交流和思想、感情传播的。在这种时候，人们不仅会特别的宽容和民主、亲和，而且也易于欣赏人和尊重、信赖人。与此同时，人们的创造力也特别的强。可以说，时常持有好心情的人，是特别可爱的人、是可敬的人。我认为：能随时具有好心情的人本身就是一种创造行为的表现。同理，一个随时怀持糟糕心情的人，多半是不成功或悲剧的人生。这好比持有负身份多的人，表明其有效社会化的水平不高、正面的价值不大。

心情是复杂的。然而，世俗所言的"左手摸右手"的感觉，是因心情本身的不同所致。感觉，是对心情的梳理和延异。可以说，感觉灵敏的人，其心情肯定是灵而复杂的。这里面没有好与坏之分。只要人们对其有积极而正确的认识，就会自觉地矫正而促使自己的心情朝向有益于自己身心健康的取向上形成和散开了去，从而努力创造自己每天都有好心情的人生艺境。

的确，我主观地认为：每天有好心情，也是一种创造行为及其创造成果的表现。愿世俗生活中的每个人，在其人生的中途，拥有更多好心情的创造成果！

2001 年于珂弟家。

有心情就有阳光

在人生的中途，是要时常地问问自己或他人："好些了吗？要好好的才行。"

其实，每个人都曾经那么执着、那么辛苦地去为实现自己的梦想而努力过、拼搏过、成功过、失败过。那曾经的拥有，很重要，也很尊贵，自己更应很好地珍藏——永远的。故而，在自己的心路历程上至为重要的是我们不要让自己一时的情绪或为一个不值得为的事或人，影响了自己最原初的梦想和向前的步伐。其中的为什么，是永远值得自己思考的。

精神的原乡是很美好的！守候精神的原乡，是人生至尊的一种美丽与智慧，也是人生至极的一种魅力和伟大。

人生是一场约会。约会既是一种心情，也是一种欣赏。

有心情就有阳光。

我们知道在广袤的草原上，雨季过后，便是漫漫的干季。生存其间的各色生命物种，都要拿出万分的勇气和力量去抗争生存的压力，要付出难以想象的艰辛去智慧地寻找生存的希望和资源，要有足够的耐心去等待润泽生命时刻的到来。这是一种现实，也是一个过程，更是美丽生灵、生命的可爱之处。所以，自己无论身处何时、何境、何难，都要主动地去应答、应对和能自如地走过。而这一切只要有心情，都会变得容易起来。

赞美那些守候美丽生命的力吧！歌唱那些能够守候生命的力吧！随时。

随时也都请记住吧：有心情就会有阳光！自己的生命和外化的实践行为，不仅仅是为一件事物存在着的。

好好珍惜今天的岁月，无论在何地、何时——在人生一切的中途。

风是一种感觉。

2003 年 11 月 15 日于南京
写给我的研究生们的阅读文本。

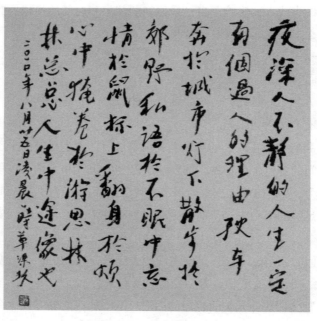

《夜深人不静》（纸本），43 厘米 ×45 厘米，2010 年，梁玖

我在此刻遇见了你

尽管已是仲秋时节了，树枝也还未秃顶，寒风却渐进地强劲了。

在这样的季节开始我们师生的聚首和彼此的面对，无疑是要心存感念的了。无论是因为风的缘故，还是因为别的，我都永久地感念你今天走进我的讲堂！

每过一场秋雨，树叶也便满地了……

时光在飞，岁月也匆匆，希望同学们能有怀着初恋般的激情去感觉和把握你人生中途的每一次面对，并有所感动、有所发现、有所创造、有所奉献、有所成功！

总之，我真诚地希望：在这预示收获季节里相见的、生生不息的、可爱的今日之小伙子和姑娘们，通过在大学里的良好而全面的润泽教育，成为能够在世界范围内随时受到他人——理解、尊重、欣赏、信赖的文明人、中国人！

如此，如此而已矣！

2003 年 9 月 1 日给西南师范大学美术学院 2002 级美术教育专业学生讲授"艺术概论"时的开场白。

你得养活自己

在甲午夏日飞往圣·彼得堡的万米高空上，我写下了给你们——冰凌花的话：你得养活自己。

在中国京城初秋大雨的这个夜晚，我首先以自己的这个人生思想，来欢迎你们以各自社会化的方式来到泽园。自此，或许会与我共同历经三年的人生风雨及其问学之路——知识学问、智慧学问、人生学问，或许会转瞬无迹。何也矣。

人生有些事，不是一辈子要做的。自己得养活自己，却是人一辈子的事。作为原理的理解、记忆和追逐，是对冰凌花的基本学业要求思想。

修养自己的职业能力，尽管是养活自己的保障，却不是泽园诉求的唯一。在泽园，还有些别的人生风景需要创造。人生是一个复数。

秋有魅力，是因为秋天不是突然到来的。更何况，秋之所有的内涵都在精彩出场：秋风、秋色、秋韵、秋味、秋情、秋意！个人独有的气质、魅力和卓越能力也不是突然就具有的，需要自己随时和执着地修养而成。愿你们永远记得自己曾经的走过、努力和梦想！愿你们好好感受和记得中国京城今秋的景色！愿你们铭记自己所梦和需要开启的视窗！愿你们好好充实自己的人生风景和人生历史！愿你们好好把握"美术学术"的门径和时刻的人生面对！愿冰凌花成为引领族群美术教育学科成长的中流砥柱！

知道泽园、知道自己、知道行走，两不相欠。

其实，冰凌花今天的存在和修为，是要为自己和自己族群的遗憾少一点而作为。也许，明天我们彼此的肉身都不在了，但是，我们今天的历史、我们今天的思想、我们今天的贡献会依然在我们彼此存在的每一个时空里存在着！

自觉守候规格经典教育，好好着眼未来，立足当下！不要忽视每一个存在，自己随时都是"作品"。

学为人，艺为世。

始终有气象、有教养、有精神。

意义化生存。

以上数言，乃吾对你们入中国"泽园"的欢迎与学业的期望！

2014 年 8 月 31 日夜于北京寓所。

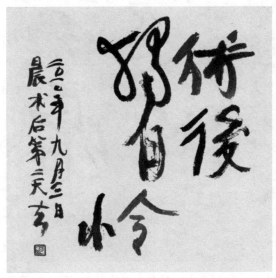

《术后独自怜》，43 厘米 ×45 厘米 ,2010 年, 梁玖

冰凌花赋

　　见过风，见过雨，见过阳光与漫天大雪，却难以见到开在春来漫天雪地高山里始终洁净精致丽泽的你——冰凌花，让人艳羡、被人欣赏、由人赞叹，还有那无尽的传说……

　　　　2014年8月命2014级"美术教育研究"方向的硕士研究生为泽园的"冰凌花"——冰凌花·李存、冰凌花·李逸、冰凌花·洪玄朱（韩国），并期许之。

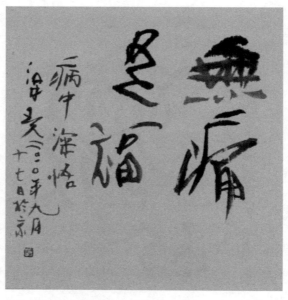

《无痛是福》（书法），43厘米×45厘米，2010年，梁玖

自己创造自己[①]

拐枣树——区昌全

核桃树——任也韵、朴昌远（韩国）

杨槐花——杨洁、杨梦婉

梨花——李到耿（韩国）、彭莹

石榴树叶——赵际芳

毕方鸟——刘贲、胡青华

以及：傅如明（书法博士生、副教授）；徐辉（音乐学硕士生）

大家好！

本着"发掘·交流·互生·完善"宗旨的"泽园行"第二届学术报告会开幕了，作为导师，我对积极组织和参加这次大会的各学棣表示感谢！同时，也热情欢迎书法与音乐专业的研究生参加本次活动，愿大家在这个岁末的历史时空里，赋予意义和创造快乐！

在此，我提出几个主题供大家思考。

一、我们通过讲述我们自己的思想来创造我们自己

"我们通过讲述我们自己的思想来创造我们自己"，是实践泽园一年一度高规格的"学术会议"的基本思想。期望每个人依此而行。

---

① "第二届泽园行学术报告会"寄语（纲目）。

1. 我们每一个人都必须参与对我们"自己"的改造。

2. 如何改造?

核心是:积极社会化。

实践方法的路径是:六靠求。靠求生、靠求职业、靠求意义、靠求福、靠求真理、靠求新我。

二、我们如何能学术地生活在一起

泽园在本质上是"一个学术共同体"和"资源再生场"。那么,泽园的每一个成员,是否做到了"学术地生活在一起"?能够给予彼此价值和希望?能够创造人生意义?这些是你们修业过程中应该持续和反复思考与回答、践形的现实课题。泽园没有差生,也不应该有非君子存在。随时让纯洁的理想处于自己欲望的上位。

如是,下面的主题是需要研究的。

1. 是零乱地各自为政,还是有主导的"静坐生端倪"?

2. 个人或群体如何把握自己的理想世界和现实世界?

实在只不过是事件之河和机缘之流。

自我的偶然性、共同体的偶然性

人性的内涵:

柏拉图说:工匠体现的是人的肉体,武士反映的是灵魂的激情,统治者是心灵的化生即理智的化生。

3. 诉求我们的核心价值观与共识。

知识或观念,是自由研讨的结论。

三、如何认识"尽守师说"与"皆不守师说"的关系

做研究生，要对"师生各自的人生角色及其关系"有明确的认知。导师该做什么？求学者自己该做什么？是不能含混不清的。泽园倡导"两不相欠、学术为上、思想为大"的思想。

1.泽园学术五旨

（1）意义生存

（2）吐纳于我

（3）兴论立说

（4）审艺创生（审艺：乃求吾艺心之约）

（5）润泽成长

2.理解学业本真

明代哲学家王守仁认为：学，为"求能其事"；问，为"求解其惑"；思，为"求通其说"；辨，为"求精其察"；行，为"求履其实"。

3."以我而广书，随处得益。"（明·陈献章）

4."静坐中养出端倪"（明·陈献章）

5."心外无事"（明·湛若）

6."学贵自得"（明·陈献章）

下面简介你们的师爷张道一先生随时出口即思想的案例：

"我是个动物，怎么不动呢！"（别人在给他照相时说"别动"后的应答）

"人生就是找麻烦的，不做这事就做那事。"（应答"忙"的说话）

"好好苦三年，以换得人生的轻松。"（1999年3月对我入学报到后的应答）

"隔行如隔山，但不隔理。"（讲解事理的说话）

"改文就如同园丁修枝，是去掉那些不需要的枝叶。"（应答"博士论文修改"的话）

"谁叫我'老板'我就立马开除他。"（应答"听说有的研究生称自己导师为'老板'"的说话）

"从前被赶出师门的人，还要废了他的功夫。"（应答"劝退出师门者"的说话）

"我会吃饭啊，怎么骂我什么都不会呢？"（应答"全面否定一个人"的说话）

"你们去做，现在是该你们发挥主力作用的时候了。"（应答"问题请教"时的说话）

"我们做事，应该站在民族的高度去思考和行为。"（应答"那些只顾个体单位利益行为"的说话）

"我是搭建一个艺术学的草台班子，然后请神仙来唱戏，慢慢就发展了。"（应答他创建"艺术学系"提问的说话）

"博士生也是个生啊。"（应答"那些自我膨胀博士生"时的说话）

"你们博士研究生做学问不能吊儿郎当的。"（应答"问学不认真博士生"的说话）

　　"人家送我一个种桃理论。你们可不能成为我那棵桃树上的一个烂桃子。"（应答"自我教育成效"的说话）

　　……

　　总之，研究生是创生思想的人，不应仅仅只是知道一些知识的人。

四、送题为《云影》的文字给大家

云　影
百之

无名的高原，云影飘扬；
一山一歌，情长，
回首望见郎。

我的说话结束了，谢谢大家的耐心与倾听。

2010 年 12 月 26 日于北京师范大学。

有精神[1]

"泽园"花开连连有精神。

一年一度的"泽园行·学术报告会"，在此刻又启幕了，实属不易。一则是因为，大家还有这个共识，承袭了泽园这个规格传统，值得嘉许；二则是因为，丁香花·杨洁与丁香花·薛琳辛苦地策划与组织，让会议能如期进行。此刻，我提议对她们的学术劳动与履行泽园职责表示欣赏；三是因为，今年泽园的人是最多，在如今北京师范大学的办学语境中，有这样的一群人聚首泽园，的确不是祈祷能求来的，当是你们各自人生向前的积极结果。不仅如此，还有北京大学的物理学博士生肖聪，以及紫罗兰花·马琦玥与会，所以，对今天能到会的每一位，表示欢迎与欣赏；四是因为，今年的"泽园"师生学术年会，得到美术与设计系主任古棕先生的理解与大力支持，对此，请大家对古主任的帮助与支持，表示泽园人真诚的谢意；五是因为，虽然今年暑假我遭遇车祸，自己的人生还在，并能继续如常地做一些工作，也是值得庆幸的。当然，泽园，已然是大家的泽园。泽园，作为一个精神历史，是会被经历者或多或少地记忆的。其实，最为重要的是，泽园，意味着一种"自己有办法"的精神。

---

[1] 这是我在一年一度举行的"泽园行·2013"内部学术会议上的致辞。因我主张"润泽教育思想"，故，我的门生们就把我们这个师生学术共同体称为了"泽园"。也好，事物总有个名吧。

"泽园"的精神历史，就在于一届一届的泽园人，守候和实践了"发掘·交流·互生·完善·荣誉"之泽园学术理想。这是一个学术共同体，自觉向内的思想建构行为。泽园人追逐由自己心灵催生风开花的艺术学术境界与格局。

《泽》(泽园标志设计)，2013 年，木姜子树·陈昱西

在今天举行的第五届"泽园"师生学术年会上，本着紧扣会议的主题思想——《我的专业视点与观点》，作为导师的会议致辞，我特别地讲一个思想：有精神。

"精神"一词，是我们日常生活中使用频率比较高的词汇。比如说，"看起来你今天很有精神嘛！""你怎么啦，精气神哪去了？""人不能只追逐物质生活，还要有点精神。""你得了精神病啊，这样疯狂。""美术文化是一种精神食粮"，等等。这表明，"精神"与每一个人密不可分。"不可分"就意味着人一旦缺了精神就会生病。这个病，重则会危及生命存亡，轻则让人面容失色无光。尤其，不当心让自己的"精神"得了病，便会让自己的人生蒙上一层厚厚尘土，难以清洗洁净。所以，我在这辞旧迎新的前夕，特别地提示每一位泽园人："要有精神"。

首先，有精神的自己。即，要做有精神的自己。精神，是指有活力性实质的见解成果与面貌和意志力量。一句话，精神是一种向阳的生长力量。这种向阳的生长力量，就是一种思想、一种气象、一种品质、一种境界、一种格局、一种规格、一种建构、一种荣誉。泽园每个人，要有这些人生向阳生长的力量。无论是"满山红花自由开"（杜鹃花·潘婵）、"静谧合放引人馨"（丁香花·杨洁、薛琳、郭玲敏）、"卓然精致怒放"（扶桑花·柴天磊）的花儿，还是"健壮威仪果飘香"（核桃树·朴昌远、任也韵）、"高贵殷实惠苍生"（沙枣树·杨梦婉）、"清凉辛香福万家"（木姜子树·陈昱西、李倩）的树，无论是"静谧山野"（山杏叶·王阳文）的树叶儿，还是"尽职美丽"（戴胜鸟·王斐、吕海洋）的鸟儿，[①]不仅要追逐，而且是都要有各自应有的精神与精神高地。

在此，不妨建议大家学习一下用佛经"五蕴"[②]之"色法"（三种）来加持修习自己的精神内涵。[③]其一，可见可对色法。也就是修习可观看精神气象，如自己的荣光形象等。其二，可对不可见色法。就是修习只能感觉却不能目见的意志精神品质，如自己的过人毅力等。其三，不可对不可见色法。即，修养获得不可对也看不见的思想，如自己的独特学术思维、洞见等。

其次，有精神的专业。即，创生有精神的专业。这是要求自己对所修习的专业有独立的学术建树、主张和气派。既要清晰自己专业的边界与空间，又要明白自己专业的深度与精度，并让自己所做的专业有生气、有力量、有荣誉。

---

① 我对每届硕士研究生以一种花儿命名称谓之，树是对博士生的命名，树叶是对博士后的命名，鸟是对高校访问学者的命名，鱼是对高校进修教师的命名。期望他们都有各自的生命与精神载体。因此，对不同的花、树、叶、鸟、鱼，都要赋予特别的主题意义，如："满山红花自由开"，等等。

② 佛经上把一切法总称分为五蕴，即色、受、想、行、识五种。

③ 梵语 adhis!t!ha^na，巴利语 adhit!t!ha^na。音译作慁媞曩。谓互相加入，彼此摄持。原义为站立、住所，后转为加护之义。密教认为大日如来以大悲大智随顺众生、佑助众生，称为加；而众生受持其大悲悲，则称持。《八十华严经》六曰："佛所加持无有边。"

最后，有精神的大学。即，建构有精神的大学。建构有精神的大学，是指让大学有思想力量。无论你今天在大学，还是明天不在大学，都要力求以自己的智慧与努力建构有精神的大学。只有当一所大学有了自己的精神，才会具有鲜活的生命力。族群的强大生命力和文明魅力，来源于有精神的大学。泽园产生于大学，

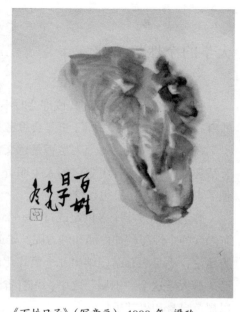

《百姓日子》（写意画），1999 年，梁玖

泽园人有理由、有责任为建构有精神的大学而努力向学。希望我的教育愿景，能够有实效地被你们在今天或明天的岁月里践行。

总之，我欣赏泽园的你们，欣赏来泽园的人们，你们是泽园的风景，你们都是有精神的泽园人，明天也是！

2013 年 12 月 20 日于北京西郊长河岸。

大学的个性与精神

如果一个人 50 多岁了，或许会时不时地想想"我这一辈子"的事。如果是将近 100 岁了，更是会思考"我这一生是怎样过来的"了。在人生的中途，每个人是否是意义化地生存：有理念，活得有情趣，完好地履行了自己的人生职责，给族群或社会创造并奉献了责任、自由与思想、价值。

作为已越过半个多世纪或过了一个世纪的一所大学，又该是有怎样的个性与精神内涵和魅力呢？于此以"大学的个性与精神"为题论，不是想总结归纳出几个模式化的要点而传播，而是因自己久居大学这个"围城"之中，想自省地问问和找找其神所在，以规范自身和得其乐！

在理念上，我总是认为一所大学应该是有独特而鲜明个性的。无论从形而上的"校训"，还是从形而下的校园建筑丛（大校门、小校门、教学楼、大礼堂、教授楼、美术馆、博物馆、音乐厅、路径泉池、校名牌、校训碑、标语陈挂，等等），都是应有区别于他者之个性的。一所大学既是一部专门而有个体品质的文明史和经典观看史的体裁，又是有效激扬和抚慰人心灵的润泽场。

"自强不息，厚德载物"，是清华大学的校训；"止于至善"，是百年老校东南大学的校训；"让自由之风劲吹"，是美国斯坦福大学的校训，它们都简明、厚重而不与人同。具有千篇一律模式化校训的大学，不是有鲜明个性、思想、气质的表征。

大学的个性，是有多方面的体现。有体现在她是否有足够多、供人久嚼而传播的积极性经典故事或雅事或轶事或传说。负面性

　　大学精神应体现在大学人的思想与引领、学术风景与传播、人性有味与亲和、人文魅力与润泽、族群脊梁与文明证明。能否自由地表现履行人生职责的个性，能否自由而创造性地学术演讲，能否良心民主而自由地表陈心性、气理，以及，是否推崇学生的特殊成绩、鼓励师生建构自我学术法则、催生让人怀想的雅事、培育追求真理的热情、给予学人勇毅实现梦想的帮助，都是大学精神丛的内涵与魅力。

　　学生怀着初恋般心情进入大学校园不只是为了死读"书"，重要的是要读"人"，要形成分享自己身心倘佯于书世界的味道与教养习惯。学生不仅是为了获得求职的本领，重要的是求得心灵的润泽和欣赏善美的意识，以及能敬意文明和崇高的意识和创造文明的能力。那么，一所大学是仅有几人可观可赏？还是一大群人可观可赏。一个系科能有几幕独特而亮丽的人文风景和多少可供学子经久翻译阅读的"文本"教授、学者、著作？一个大学，应持续不断地为求学者创造性提供"明明德"、达"至善"和润心、润眼、润手的场所与雨露文本。事实上，只有圆融着学科、人性、人文而有个性、有思想、有趣味、有贡献、有高贵感的教授、管理者、学生，才是大学经典性魅力风景之所在。所以，与人的敬意和尊重、与文明的敬意与创生，对一所欲独领风骚的大学来说是多么的重要而可贵。

　　作为大学的一个教授或管理者，你是否为学生提供过心灵帮助？是否在危机中勇敢地救护过学生？是否让人永恒地怀想与敬意？只有真诚、亲和而创造性贡献给他人以智慧和心灵润泽与帮助成长的人，才有可能被他者经年的敬意与怀想。

　　大学精神的铸造、厚重与传播，实在是一个民族久存与高贵的力量源泉，是一个族群获得幸福生活的再生资源，是一个社会昌明发达的阳光甘露。然而，只有具有了独特精神内涵与气质的大学，才是有活力与生机的场所，才是大气与细节同构的欣赏文本，才是完美与卓尔不群的心香之所。

一个大学，永远是提供人们享受精神、享受文明、享受经典的场所与文本。我愿自己一直供职的心香的"大学"，也有丰厚鲜明而益于族群生存、发展、高贵、辉煌的个性和催人奋进、涵育人性灵的精神。

偶思数语，是为送给我所有母校的新年祝福与祈愿！

2002 年岁末草在西南师范大学望尘园之蜡梅馨香中。

《平安夜闲乐》（水墨），41 厘米 ×40 厘米，2010 年，梁玖

大学入学典礼（草纲）

一、原则

1. 庄重肃穆

正式感、仪式感、庄严感、高贵感、自豪感。

2. 进入心灵

新鲜性、欣赏性、激发性、特色性、思想性、教益性、尊重性、信赖性、荣誉性。

3. 终身收藏

人生、高等、尊贵、大气、艺术、细节、品味、文明、示范、传播。

4. 内容充实

风格突出、结构严谨、内容鲜活、秩序井然、视听丰富、人文景观。

二、会场塑造

1. 艺术性

2. 庄严性

3. 高贵性

4. 大会标语悬挂：北京师范大学艺术与传媒学院 2007 级入学典礼

5. 院徽标

6. 院训

7. 院教育思想

8. 培养宗旨

9. 主席台设计

（1）造型与布局新颖，有大学及学院个性

（2）演讲席

（3）主持席

（4）院长席

（5）书记席

（6）老院长席

（7）教授席

（8）嘉宾席

10. 精选播放背景音乐：或院进行曲、或院歌乐曲

三、出席人员

规格：全体出席者着正装出场，尤其不能穿 T 恤衫、牛仔裤、凉鞋等。

1. 院全体新同学（本科生、硕士研究生、博士研究生、研修生以及留学生等）

2. 全体在职院领导

3. 院前任主要领导

4. 院知名教授、学者、艺术家、名人、名流

5. 院全体在职教授

6. 院全体研究生指导教师

7. 院全体该年级第一学期任课教师、引导师

8. 院全体系主任

9. 院该年级各位辅导员、班主任

10. 全院教职员工

11. 院新进在站博士后工作人员、高校访问学者

12. 院各系老生代表

13. 特邀新生家长

14. 特邀社会贤达名流及校领导等嘉宾

四、大会仪式

1. 主持人（院办主任或院长助理担任）精彩亮相。

含: 自我介绍: 姓名与职务、任务目标、完成任务目标的能力。

同时：播放开场曲背景音乐。

2. 主持人宣布"北京师范大学艺术与传媒学院 2007 级入学典礼"现在开始。

并：

（1）请嘉宾（某某某、某某……）主席台就座。

（2）请院全体在职教授主席台就座。

（3）请前任院长（＿＿＿＿＿＿＿＿教授）主席台就座。

（4）请院全体院领导、系领导主席台就座。

（5）主持人介绍全体院领导、院办领导人、各系主任、专业主任、本科教务秘书、研究生秘书、博士后工作负责人。

3. 院长介绍嘉宾、院全体教授（姓名、学位与社会身份——职称、职务、导师、兼职等）、副教授、前任院领导、全体教职员工、其他人员。

4. 院书记主持奏院歌或代院歌、或请声乐教授独唱一首歌、或钢琴演奏一名曲。

5. 院书记介绍本届学生——本科生、硕士研究生、博士研究生、进修生——情况（构成、特点等）。

6. 院书记介绍学院详细情况(存在、特点、非完善点、愿景等)。

7. 院长训话。包含：欢迎词、感念词、学院理念、教学模式、本年级教育希望、相关命名、其他⋯⋯

8. 教授代表致历史与劝学成长辞。

9. 老生代表致欢迎和求学引领辞。

10. 新生代表致感谢与愿望辞。

11. 全体院领导、系主任颁发给每位新同学的永久性纪念品。

12. 主持人宣布"北京师范大学艺术与传媒学院 2007 级入学典礼"大会结束。

13. 合影留念。

五、招待活动

1. 或招待全体新同学看一场电影。如《人生》《罗马假日》等或具有思想教育意义，或具有经典艺术性，或具有美妙生活方式的电影作品。

2. 或看一场戏剧演出。

3. 或看一次美术作品展览。

4. 或听一次音乐会。

5. 或观看一场舞蹈演出。

6. 或组织一次有情趣意义的全参与活动。

六、附录

1. 什么是正装？

2.《大学的个性与精神》

3.《迎春花》

七、结语

1. 多谢院领导的人文重视与信任。

2. 此乃急就章，请方正。

3. 建议全程录像存档。

百之。草在 2007 年 9 月 7 日。

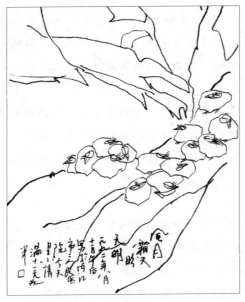

《风月霜天盼天明》， 18 厘米 × 26 厘米, 1992 年, 梁玖

附录:

1. 什么是正装? (摘录)

着装与仪态的规格（节选）

梁 玖

无论是讲究礼仪，还是讲究仪礼，核心都是指人们的一种文明性规范行为。它对人们的行为既具有规范促进性，也有一定约束性。人们遵守它是既能保证和促进特定活动中彼此的交流沟通，又能增进和谐的情景和友谊。所以，礼仪具有智慧性、规格性、具体性、操作性、尊贵性等特性。作为美术学学科硕士研究生毕业论文答辩仪礼的首要环节与内涵是着装与仪态的精心准备和精彩展示。

着装与仪态，是所有仪礼活动中不可忽视的内容。对于要参加毕业论文答辩的研究生来说，不可不知道。而且是应该早作准备。切忌临到要出门时才随意地找件皱皱巴巴的衣服穿和梳理头发、寻找配饰。

1. 穿戴正装

出席毕业论文答辩会的所有人员都应该穿戴正装。作为要进行答辩的毕业研究生本人，也必须是穿戴正装出场。所谓正装，是指符合正式场所穿的服装。在第五版（2005 年）《现代汉语词典》中，将"正装"界定为"在正式场合穿的服装"。严格地讲，穿戴正装包含服装与佩饰两个方面。服装可以分为运动服、休闲服、制服、常服、礼服等内容。

作为研究生参加毕业论文答辩会的正装，是指去除休闲装、运动装、常服之外的一切符合一般公认情况与礼乐标准的正式服装。

男生可选择有一定款式的学生装、西装、中山装、长袖和短袖衬衣等既适合身份又体现郑重与个性的服装。如果是穿西装，一是要上衣与下衣成套；二是要穿戴相配的素色硬领衬衣、领带与皮鞋。切忌着西装而穿运动鞋的穿戴模式出现。西服背心视其情况，可穿可不穿。如果穿了，那么西服上装的扣子就可以不扣了。对男生而言，最忌讳的是穿一件T恤衫、牛仔裤就出场参加答辩会了。

女生可选择有一定款式的学生装、西服套装、衣裙套装、裙装或得体的编织装、长袖和短袖衬衣等适合身份而尽显贤淑、端庄、典雅的正式服装。如果是穿西服套装或衣裙套装，都要穿中长统袜子与皮鞋。切忌穿戴袒胸露背、超短裙、迷彩裙、漏洞露肉裙等轻浮性衣服与佩饰。

对于男女生着装的配饰，都以不复杂、不突兀、不轻浮为宜。

总之，参加自己毕业论文答辩会的着装原则是：正式、文明、整洁、郑重、端庄、协调、得体、精神、气质、高贵和风格。只要遵循了这样的原则，就可以根据自己的实际情况而灵活地选配着装了。避免邋遢形象出现，避免应付随便情况出现，避免与所在场合的不和谐符号出现，尤其是要避免因为自己的不当而出现视觉污染的尴尬局面出现。让自己出场一次精彩一次，是其追求的理想目标。

2.（略）

3.（略）

人生两路

泽园，因学术而立。泽园人相聚，也是因学术而为。泽园来了朋友，依然是为了心香学术 。

泽园是一个动态群体，夏天，有人远行。秋天，又来了新人。泽园学术，更是一个动态，所有泽园人，不仅要有"意义化生存"思想，还要有"你得养活自己"的主义，更要具备尽性践形、始终有精神、随时是作品、浇铸尊贵教养的价值观，这次的"艺术教育动态论"学术命题与讨论，就是泽园学术的自觉动态。

我认为——艺术教育是满足需要的动态性专门社会化活动。

今天的"泽园行·2014学术研讨会"，比之往届有些新的动态。那就是，我们热诚迎来了中国戏曲学院的同行高潇倩女士。为此，我特别感谢中国戏曲学院基础部主任梁建明教授对校际学术交流的积极推动，愿我们两校加强艺术教育学术的互动活动。同时，也欢迎来自中国建设部房地产估价师培训部的杨蕾主任、中国美术馆志愿者付桦女士，同样欢迎泽园毕业花儿——杜鹃花·潘婵回泽园，下午到会的还有我们的本科毕业生——孙洪妍将首次来泽园作演讲，此次会议在原有奖项基础上，还将设置和评选"学术引领奖""泽园服务奖""泽园年度优秀人物奖"。所以，今年的学术会议有了些新动态、新内涵、新气象。此刻，我还要由衷地感谢美术与设计系主任古棕教授，一直对泽园给予的宝贵支持和帮助。是故，泽园人以感怀之心，此刻请一年级硕士研究生冰凌花·李逸和二年级博士研究生木姜子树·陈昱西代表泽园人，给古棕教授颁呈"学术支持奖"证书。同时，也谢谢本次会议的策划与执行——扶桑花·柴天磊，正副秘书长——木姜子树·陈昱西、木姜子树·李倩，本次泽园轮值主席——丁香花·薛琳及全体泽园人的勤力。

在此时刻，我想提出一个供泽园人思考的命题——人生两路。

在我的家乡，有一个地名就叫"两路"，它在重庆江北国际机场附近。从前，随别人也就这么叫着，至今我也没有去研究它的命名缘由和含义。

想想每个人各自的人生来路不止一条，每时每刻想去看风景的路也有万千条，然而，归去之路似乎只有两条——地狱和天堂。这似乎揭示了人生的恒路也只有两路。

第一条路，为自我现实。婆婆妈妈的生存细节、风雪交加的生活节奏、喜欢和不喜欢的客观面对，既是每个人的现实存在，也是自己必须面对回应和抱持解决的事情。逃避不得、放任不得、沉沦不得。因此，无论是孤独、无聊、苦痛、压力、雾霾、冰霜、贫穷、失业、辍学、失眠、失聪、失亲、失意，还是上不了学、上了学——学不走、跟不上、考试不及格、完不成课业、拿不到学位，都不能只顾埋怨，需要积极地去活着、去行走、去找寻自己的阳光和食物。即便是生得华庭、遇得机缘、捡得富贵，也任性不得、自鸣不得、虚度不得。一句话，自我现实需要自己现实。

第二条路，非自我担当。《左传·襄公二十五年》上记载了一个事件。当齐庄公在他的国相崔杼家里被杀害后，崔杼对太史说："你就写齐庄公因疟疾而死吧。""大史书曰：'崔杼弑其君。'崔子杀之。其弟嗣书而死者，二人。其弟又书，乃舍之。南史氏闻大史尽死，执简以往。闻既书矣，乃还。"这里南史氏的"执简以往"，就鲜活地揭示了什么叫"非自我担当"。南史氏没有"为自我现实"而假装不知道、不作为、不执简前去。也就是说，虽然"现实需要现实"，然而，不为现实所囿、不唯唯诺诺于现实、不为现实而悲鸣，是文化人、文明人、岗位职守人的气象底线。有些为价值而不活己命的现实，也是自己要勇敢地去面对和毅然决然地走过的。担当是自己灵魂的支架。理想、思想、价值、精神、智慧、尊严、值守、创造是超越现实的光。泽园人，不能缺失这种光，艺术教育不能没有光，艺术文化也不能没有光，一句话，人生是个担当。

总之，基于动态的人生、动态的社会、动态的文化，去做好动态的自己吧，去创造超越式艺术教育动态满足个体与群体之仰望天空与捡田螺一体化的需求吧，去平实性意义化生存吧。

最后，让大家思考性分享我写的分别名为《山风》和《铁狮子坟》的短语：

山　风

不再见泽园，
那是时光有限，
雪不会
下满整整一个冬天。

再见泽园，
那是有去有来，
即便是
雪遮盖了整个山野。

2014年12月14日于北京，在思考"泽园行·2014"的主题话语时即兴作。今日阳光朗照，咳嗽也还在相随……

铁狮子坟

再雄猛

再是铁

也是坟

也一样不在了。

是另一个

乌鸦

守候满林

任性着方位的黎明。

　　　　居活在这个名铁狮子坟的地方已数
　　　年，不由得想起它的存在和人生两路，草
　　　短句抒怀。2014 年 12 月 14 日于北京，
　　　是时常想起那里的漫天乌鸦……

再次谢谢大家，愿此次泽园学术会议进展顺利，大家有所获。

　　　　　　　　　　　　　　2014 年 12 月 20 日于北京。

《泽园行·2014 学术报告会合影》，2015 年 12 月 20 日

只经过了一个夏天①

在寒风和秋雨拥抱大地的时候，你们还好吗？

今天相聚，我虽然没有像刚到我们学校来发表"土地·族权和文化"思想的台湾著名油画家、诗人席慕蓉先生在她的诗《一棵开花的树》中讲的那样——"为这／我在佛面前求了五百年"，但是，我为期待今天这个能够一睹"北师大"新的一群年轻貌美和帅气的小伙子与姑娘们的青春、热情、智慧和帅气，也是经过了一个夏天的等待！

我认为，等待是一种幸福。还当"北师大"校园里处处开放着迎春花的时候，我便知道了将有今天这个时刻。所以，你们想想看，我多有耐心、我多么不容易啊。当你们各自在奔忙高考之时，浑然不知，在北国的土地上还有一个有了些岁数的男人在关注和等待着你们。

的确，人生的相聚、相别、相念都是不容易的！期望你们好好爱自己，好好感觉和体悟这北国的秋天和在这里进行的大学生活。

我们艺术学院里有一个地方叫——"北国剧场"。开设的目的是让一部分人去扮演角色，演绎表现人生中值得观看的故事，同时让另外一些人去边观看边感动，从而促进表演者和观看者的共同成长。我想我们彼此都应该好好想想：如何才能在自己人生

---

① 2005 年 10 月 28 日，在北京师范大学"大学美育"课的开场白。

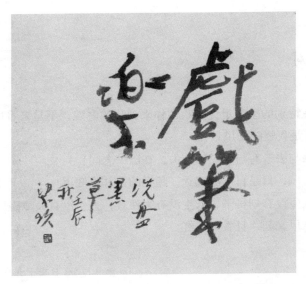

《戏笔乐》（书法），43厘米×45厘米，2012年，梁玖

的这个不长也不短的剧场上，不断表演好自己的连续剧呢？

至此，我不得不说，我要开始演出了，请你们多理解、多支持、多关照，准备好了吗！我亲爱的后学、才俊们！

不知道，此刻的坐席上，是否有"旁听生"？我想讲的是：在我的课堂里，没有课本、没有学籍、没有金钱，都不要紧。只要你有心情、有智慧、有思想、有文明、有尚善的美德，而且不迟到，就是要一个值得人们欣赏、人们敬意、人们爱的人，是一个即将走远路，而且能够走远路的人，是一个真正尊贵和关爱自己的人。有人吗？举手看看，谢谢！

报幕结束，演出开始。

2005年10月27日于北京。

面 对

在特别的季节里，我欢迎你来到我的庭院，不是来看风景，因为你是我庭院的风景！

来与去、有与无、铭与失，在己一念间！

有风，只是自己的感觉，睡觉的人并不知道！

人生没有划得来，人生没有大便宜，人生没有大障碍！

秋风又起，且看柿子红。

2009 年 9 月 13 日夜于北京寓所。

补记：该小文是 2009 年 9 月，写给我的第一位博士研究生区昌全君入门的第一篇读本。转眼五年过去了，他也如期毕业了。按照我的"润泽教育思想"，当年命名他为"拐枣树"，并于当年写下期许之《拐枣树赋》：

——"在我的家乡，高直阔叶的拐枣树，在稻谷大熟的季节，曲曲弯弯的拐枣啊就挂满了枝，远远地都能闻到她成熟的馨香！"

因为，他是来自香港，故，当时还写下两句期许的话给他："祝福我和我的祖国！"以及我攻读博士学位的母校——东南大学的校训"止于至善"。2014 年 10 月 25 日补记于北京，此时，正在给他即将出版的专著《香港初中视觉艺术课堂教学艺术》作序，题为《且看柿子红》，不自觉地回忆起当年他来去的过往，故在昔日给他的文本后，补记以铭不经折的岁月。

看　法①

各位守候自己梦想的人：

下午好！

在人生旅程中，能永远守候自己梦想实现的人，是永远值得敬意的。

我欣赏你们用毅力和智慧，又拥有了产生新的梦想和实现新梦想的机会。只是在这创生和实现新梦想的过程中，需要时刻明白：拥有研究意识和独立的研究能力是多么的重要。

艺术总是在不断地表现它对人生、对世界的看法。所以，拥有自己独立的学术思想、学术成果和良好的人文品级素养，是重要而必需的。

总之，我希望同学们为了完好的服务于自己神圣的梦想、为了走好自己一生的路、为了爱自己的和自己爱的人而珍惜自己今天的拥有，并继续努力和体验成功吧！

2003 年 9 月。

补记：时正值我招收的"美术原理与实践"研究方向的硕士生——命名为"迎春花·李小玉、迎春花·李林霜"——入学。2015 年 10 月 5 日于北京。

———————————

① 在西南师范大学美术学院 2003 级硕士研究生入学时的讲话。

一生会看秋叶飘飘

你看到了吧，又是落叶满地的季节，风还在狠命地刮着。

你看到或看出落叶飘飘的韵致和深意了吗？——艺术地看看或望望，哪怕是极为短暂的一瞬之间。

你感悟到了落叶飘飘中的人生了吗？——路上的落叶被人扫走而烧灭了。

虽然，除了盲人的每个人都亲自看过若干个秋叶飘散的岁时；虽然，每个人也曾走过落叶满地的乡村小道或繁华无比的城市林荫道；虽然，每个人也不止一次地看见落叶被人扫走了。然而，在 21 世纪的初年里，的确是有无数的人，对秋叶飘飘的一切，并不是都有万般激动的心情去欣赏那风动的秋叶而热泪盈眶、去亲吻秋叶飘逝而感怀、去拥抱秋叶异彩的色泽而放飞思绪、追寻自我幸福的牵引飘带。

我想，无数次地想：每一个受过最最基础美术教育的中国人，要是于自己的一生中，都会艺术地观看和欣赏秋叶飘飘的景致，是多么的善美和充实啊！也就是说：拥有一双美术化观看的眼睛，对实现自我人生的意义化生存和获得幸福，是不可替代的重要。

只不过，你若要拥有一只或一双美术化观看万物的眼睛，是需要付出学习的代价的。或者说：美术文化，是每一个接受教育的人必需的学习课程。因为，每一个人都是希望自己是幸福的———辈子。

人类的实践教训也告诉我们：艺术教育或美术教育，是人的教育之必须和人的全面教育之必备。同时，通过美术教育，的确是能够帮助和促成平凡生活中的人们，在自我一生中，不仅主动和能够在欣赏秋叶飘飘之后，自主充分而独异于人地欣赏自己生存环境的一切物和同类。而且，也能够随时地照顾自己一生与永持一个好心情。

为在现实和未来的每一个中国人都生活得有深意、有活力、有风度和高贵、幸福，并为他人所尊敬、欣赏、信赖和对话。那么，每一个中华蒙养之童，都应接受和通过出类拔萃的美术教育而一生都会看秋叶飘飘。

为了一生会看秋叶飘飘而学、而教美术文化吧！

1999 年秋于东南大学。

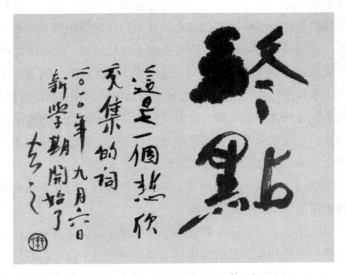

《终点》（纸本），43 厘米 ×45 厘米，2010 年，梁玖

为有味道地活着而寻求帮助

我总是动情闻香地欣赏静谧的乡村、清澈的溪流、炊烟冉冉的乡风；我也总是期望着自由自在地在随意和经意中，于风中、于阳光里、于视线着陆处，发现和获得殊异心动的情致、秉异的人生味道或刹那化成情浓的热泪和向往。

一片秋阳里的落叶、一棵待售的白菜和一丝轻轻柔柔的微笑，都自有她内蕴无穷的魅力和某种艺术的意味。在无限挤拥人群中劳碌的你，能有意、能细心、能有效地感知这一切、体悟这一切和享受这一切吗？

凡受过教育的人——哪怕是只上过小学一年级的人，都应拥有终生的、随时而有意识的、能够身体力行的充分感觉、体验和享受我们生存时空中所有被视觉所感的一切宏伟和细节的有意味之处，从而获得生的快乐、获得自强不息的精神、获得厚德载物的品质与意义化生存的梦想与奋进人生。因此，蒙学的人、蒙养的人、学养晋升的人，都是需要成长帮助的。而在众多的帮助中，美术文化被选择、被依赖、被享受，既是如禾苗渴求雨露滋润般的自然，也是如禾苗希冀阳光朗照般的必需，更是世俗生活中的每一个个体寻求自我幸福而必需的途径与方法。

如何寻求？又如何帮助寻求实现呢？这是"为有味道地活着而寻求帮助"实现的必研课题。

从寻求者来看，一是要寻得学习美术文化的学习方法；二是要寻得有意味和有深意的值得学习而全面的美术文化内容；三是要主动而轻松、激情和愉悦地去实践学习，并获得美术文化对自己实在的滋养与润泽。

从帮助者来看，一是要明白帮助学习美术文化的道理。美术学习，没有固定的方法、没有标准的答案、没有太多或过多的"不行"之为。美术教学即帮助。美术教学之帮助，是全方位而整体的。美术教学帮助的全面性，是恰如春雨亲吻、润泽大地般的全面，或如春风抚润一个春季的花开而灿烂一样，周详而迷人。使帮助，既发展学习者的智、情、心，又发展学习者的眼、手、能。

二是要智慧性地、创造性地、宽容民主性地探索出类拔萃的帮助行为。即，从美术教育学上讲：首先是要知晓美术教育学的"理论教育学"内涵；其次，是要认知理解"实践美术教育学"的知识及其理论体系。这是美术学科的学科内在规定性和不可或缺性的重要体系性内容。

现代社会，是专业化的社会。我们的任何行为，都应是最优效、最出类拔萃和卓尔不群的、最完善的。用美术文化帮助他人易于和能够获得有味道活着的行为，也理应是如此。

活着真好，尤其是时刻都有味道地活着。其实，这不是梦，真的。

2000 年春于东南大学文昌街·兰园。

临　窗

在一所大学的通道边上有四个字的餐馆的窗前，君和我临窗而坐，窗外下着雨，雨中行人匆匆又匆匆。面对隔着玻璃窗的行人，君说：他们中的一些人，若干年后，会成为李政道、会成为吴健雄的！说话时，舒缓的音乐声在餐馆的每一个时空流淌着。

若干年后的今天，又是一个短暂暖日后的寒冬，也是一个下雨天，我匆忙地应朋友之约赶去一个也是有四个字的餐馆共进午餐。忽地想起多年前的那个临窗而进的午餐，真乃是往事如昨。

时光匆匆，当年还在大学里供职和怀着无数梦想的君，不知后来离开学校的这些年来的情况是怎样，不觉思绪悠悠。

那还是君脸上总是泛着红晕的时代。那天，君很是美得惹人。在有些温馨的、西式餐馆里那橘黄色灯光的映照下，君真的是风姿绰约而娇羞。如临清渊而澈的双眸，似述说着善美的话语；始终像飞天般轻盈而舞的嘴角和着红唇，给人以无尽想象的时空，举止有度的行为，总让人们欣赏无限。更让人欣赏和敬佩的是君那关爱于人、善解于人和相知于人的清纯之心灵，让人感怀、让人记忆——久远！

虽已不完全记着那时彼此诉说的话语，也只依稀地记得当时心动、善美与和谐的景致。然而，当时的境遇却挥之不去。那个冬深之季，我正处于遭遇或许可称为非君子算计的时空，加之天寒地冻和苦旅于外，心情是异常的闷烦。君知道以后给予了最为亲和的人文关怀，所以，约我共进午餐，分述着一些关于时局和人生的话语。于是也就有了这个于雨中的记忆与回想。

《鸟去树独孤》（纸本水墨），41 厘米 ×40 厘米，2010 年，梁玖

　　每个人的人生中，的确是有许多的际遇，虽说大多也随时光的流逝而无从再记起，而有的记忆却愈久而珍。

　　一些事，一些人，一些风景，能够编入自己的历史中或被珍爱或被悲剧性地诅咒，的确是有过人的理由。我由衷地感激能进入我历史序列的善美的一切。因为，有了那一切，才有我今日的存在和一切的回想和思绪绵绵，以及，实在地觉着自我人生的诸多乐趣和厚度。

　　人生的丰富，是因为有许多不与人同的经历或故事。那些或经历或故事，是不能用极为庸常的思维去简单地定义或释义为

"好"或"不好"的。存在即体验，体验即意义，意义即善缘，善缘即过程的有意义性体验。"空有两不住"的启示，也在于人生过程的有意义的体验和获得心之润也。

在人生中，能让人无比感怀的，总是有感动或曾经心动之为吧！

我全面感激陪伴我的和所有记起的那些人、那些事、那些风景……

其实，回想也是一种美丽，就如同我再次想起若干年前那个于雨中的餐馆与君临窗的情景。尽管，岁月无情，我也老矣。

"临窗"，不经意却蕴意的人生顷刻之面对，我感怀于你。

那条不算精致的小街上，还有那间四个字的西式餐馆吗？那曾邀我并与我面对的君，还好吗？愿你多多地保重，我梦想着能有那么一天，我邀请你去那间不大而温馨和令人留下长久记忆的餐馆，再度临窗。

可以吗，可能吗，迎面而过的风。

借风而问我平生心系的临窗吧！

2000 年秋于金陵。

时　成①

生命时成，人生时成，风景时成，故，勤善守时，性命各正。②
恒常难住，既济未济，③常与非常，④四时交易，宜慎知之妙。
晨昏相期，灯影相随，触物圆览，事情修成。
中孚豚鱼，⑤赏而合和，⑥飞鸟遗音，跃潜在心，飞龙在天。⑦
泽园又秋，彼此辛忙，春秋物华。

2010 年 7 月 28 日于北京。

---

① 该文是专门草撰给"核桃树"（博士生）入泽园的首篇阅读文本。
② 性命各正：各自端正获得了自然属性、成熟的寿命。
③《易经》第 63 卦曰："既济：亨小，利贞。初吉，终乱。"（"既济"卦象征成功。
柔小的也会亨通，需要坚守正确原则。当前吉利，将来或许会出现动乱或失败）
《易经》第 64 卦曰："未济：亨。小狐汔济，濡其尾，无攸利。"（"未济"卦象
征尚未成功，可能亨通。小狐只能渡过极浅的河流，现在尾巴被水浸湿，一无所利）
④ 阴：为常，本体，永远不变。阳：为非常，现象，瞬息万变。
⑤ 孚：使人信孚。《易经》第 61 卦名为"中孚"。《易经》曰："中孚：豚鱼，吉：
利涉大川，利贞。"（《中孚》卦象征内心诚信，可以感动小猪小鱼，吉祥；利于
渡过大河，利于坚持正道）
⑥ 合：融合；和：和谐。
⑦《易经》乾卦曰："九五，飞龙在天，利见大人。"（九五，龙已经高飞在云天，见
到大人物最有利）

核桃树

《有核桃树的祖屋》（速写），42 厘米 ×30 厘米，1955 年，梁鸣皐（画面居左最高的一棵树，就是核桃树）

小时候，在我老家的老屋边，有一棵很大很大的核桃树，春天长满长长的新叶，接着开出一吊一吊的花，树冠茂密而威。正午阳光炎热时，人们常栖息纳凉于树荫下，自由自在。每当夏夜凉风起，常听到熟透的核桃果掉落地面的声音。清晨，会拾取一大篓，令人心满意足。小心而慢慢砸开核桃的硬壳，嫩嫩的核桃仁，总是让人吃得满口清香，春暖花开式的惬意满满！然而，在不是每个生命都能获得阳光朗照的岁月里，核桃树因我家而遭厄运——被一李姓的贫下中农"自由"强行砍伐了。由此，由小时的心痛，一直持续到了自己将近知天命之年。尽管人生憾事多，但是，核桃树那高大、丰硕、亲和、惠人的品德，还是让我永远怀想的！

今，将其命予为我新一届博士研究生之名，万端意涵尽赋之，祈望健壮威仪果飘香！

2010 年 7 月 28 日于北京，草予泽园的 2010 级"艺术教育研究"博士研究生·核桃树。

深秋的心情①

在这深秋的季节里，与师大新人相见，无疑是人生中的一件高兴的事情。因为，一些故事就会从此刻开始。我期待着、祝愿着和珍藏着人生中途这难得的风景和故事。

我欢迎你们来到我的讲堂。此时，我十分想表达的是欣赏你们的心情。想想看，多少人在从中学生活转换为大学生活还没有适应过来的时候，你们用自己的智慧和激情开始了充实自己美好人生的选择。没有一颗青春的心、没有怀持祈福人生美好的愿景、没有自主自为能力的人，是不会选择"大学美育"课程的。可以说，选择"大学美育"的每一位同学，必将是自己生活的强者，必将是祖国未来的栋梁之才，必将是有品位和幸福的人。我喜欢你们。具有及时欣赏别人的意识和拥有能够及时表达对他人之爱的艺术能力，至少是一个接受当代高等教育的人的必备素养，至少是"大学美育"课程的诉求目标之一，至少是一个高贵人生应该具有的品质。

美丽、多情而智慧的同学们，记住这已有了些寒风的北国校园吧，记住正值青春年少的自己吧，从此开始就以初恋般的激情、以奇异癫狂的想象力、以勇敢拼命的胆识去拥抱自己美丽的梦想，去把握自己生命里的每一分钟，去呵护自己圣洁的灵魂吧。

---

① 对北京师范大学 2005 级选修"大学美育"课程同学的致辞。

《自然表情》，43 厘米 ×45 厘米 ,2016 年, 梁玖

　　自己的有价值的历史，是自己随时之心路历程积极外化的结果，愿你们各自的历史多一些细节、多一些厚重、多一些亮丽的风景吧！

　　我以我所有的热情和智慧，再次表达对各位来到我的课堂的欢迎之情、表达欣赏诸君和美好的祝福之意、表达师生彼此相爱而成长的理念与期望之情。

　　谢谢！

2006 年 9 月 29 日 07：55 于京华望尘园。

说什么①

"在这个地儿啊，我不习惯。"这是不少人对自己新面对的应答。

从前，有一个叫圭的人，被人弄到一个村子当了住持。原因是传说他会一个叫"长河"的武功。说来也怪，自从圭来后，村子里慢慢地不宁静了。村里不断有人被自己人和外人欺负，圭都没有动静。只是整天在口里不断地念叨："榆、鱼、愚，大的、中的、小的，我的。"直到村里有几棵大树接连被人偷了以后，村民们愤怒了。一天早晨，村民们发现圭消失了。一同消失的还有象征这个村子荣誉的草帽。村里的一个混斯逢人便说："后悔啊！""后悔啊！""该死的长河武功"。

"去西北饭店吧，我习惯在那里。"这是一些人的视点。

也是在从前，有一个后来被人称为道貌的人，几乎天天坐在村头的树荫下，看人过路，看人遛狗，看小孩打闹。偶尔有看门狗前去望闻他。一天，陆续来了几个陌生人问他，他总是回答说："我知道啊！"后来，道貌人去了邻村。不久，听说道貌人被那几个陌生人打死了。

无路的原野，探路人动人传说之乡。

2011 年 7 月 11 日初稿于北京阜成门外大街。
2011 年 9 月 8 日定稿于北京望尘园。

① 该文是专门草撰给"沙枣树"（博士生）入泽园的首篇阅读文本。

沙枣树

　　童年时，父亲偶尔领着我去家乡，总是要给我讲些现场的故事。枣树，就是主题之一。

　　我的故乡是一个叫"刘家田"的地方。然而，那里几乎没有一户完整的刘姓人家。只是从前在我家帮工的一个后来被我们称为"刘二爷"的人姓刘。据说，他是从很远的一个我也不清楚叫什么地方来的。单身年老的他在我们家干活久了不愿离开，我那做校长以教书为业的祖父便拿了几间新房给他居住。后来他讨了一个地主老婆，我没有见过。再后来，他也死了。可是房子却没有还给我家。因为，我爷爷早在饥荒岁月里先走了。我也没有见过我那性格开朗的祖父。

　　这样的故事，连同那枣树的故事都是我父亲讲的。家乡的老屋，坐落在一个屋后、左、右都有山，前有水的丘陵里。是我太祖在迁徙过程中发现并选择的。在屋前和山崖边自然地生长了很多枣树。当然，必定是在早年，那高大的枣树我没有见过，知道是茂密而有力量。重要的是那些故事很厚重。父亲当时说：他小的时候，常与伙伴们在果还没有熟的时候就去摘来吃，虽然涩涩的，但很快乐。我父亲是十分稳重的一个人。我想不出他那时是怎样一个快乐的样子！父亲当时领着我在山路上边走边讲，有时会停下来用手指一指某个菜地或竹林，然后说："那里原是三间茅草屋，主人姓唐。后来无子嗣都绝了。居住的痕迹也都找不到了。"尽管那时我年龄小，在那样的环境里，听到这样的叙述，

《自问平生功业》（草图），2013 年，梁玖

还是有一种莫名的寒荒感觉在心中膨胀。到如今，那种情景和感觉还清晰如初。

时光易过，真是遗憾，给我讲许多家乡故事的父亲，如今已远走天国，再也不会给我讲故事了！

枣树，乃先祖黄帝所名，高贵殷实惠苍生，万世茂盛！庚寅虎年的深秋，在老北的地方，远远就望见了那挂满果的高大的沙枣树，在风中风情万种地歌唱，煞是魅力无限。今，将"沙枣树"作为我的 2011 级博士研究生的芳名，万端意涵尽归一，祈望亦如是！

2011 年 9 月 9 日定稿于北京望尘园。

树儿高高

在南方居所六层的厨房窗外，有一棵摇钱树。当年住进去时，就看见她已经长在那里了，不知道她是几时在那儿生根长大的。就是这棵我不知她来历的树，给了我在南方生活这些年的庇护。不管是我困了、累了，还是生火做饭了，你都能看到她不知疲倦地站在那儿一动不动地守候着你。无论是冬日枝纵横斜的交响意蕴，还是初春嫩芽音符似的跳啊，或是夏日茂密浓荫的滴翠，她都给你静谧的温润，处处散发出她的母仪之美。

也就是这棵树的一枝旁系小枝，长在居所的厨房外。起初，她像一个害羞的小姑娘一般踮着脚丫好奇地探望我的居所。不知那时她是否读懂了我做饭的身影和内涵。总之，她的个头儿是不够高、不够高的。我每每要望她时，也要下意识地伸腰探出头去垂望。看到她摇着稚嫩手臂随风玩着，也着实有几多童年的欢愉。

自从那以后每年的春天，她都似乎特意长了个儿地来到我窗外与我打招呼，看我每天的忙碌，时不时还问我又做什么饭菜了。有时好像还听不懂我所说的菜名，鼓着红红的腮帮摇摇脑袋，那模样也委实可爱。在这样静默的交往中，过了好长好长的日子，当我在离开南方这居所远行时，她已经是不用再踮脚尖就可以平平稳稳端端地看满我那不算太大却温馨的居室了。

至今已记不清在决定长久地离开出门时是否与她告过别。当我三载后再次于这居所见到她时，于惊诧中忽地生出了"树儿高高"的概念。随之也生出了对其无限的爱怜之情。真不知道，在那么长那么长不曾见到我的日子里，她是否曾要问问我"去哪儿了？"是否担心过我的不小心走失？是否曾回忆见过我的那些岁日的样子？一切都在不知中，走了那么远。老实说，我在一个她不太清楚的远方的岁月里，也只是偶尔、偶尔想起过她。于此时、于此情中，我深知时光在飞、情韵袭人、欣赏无限。几时不见，她独自长、独自高、独自绰姿娇美，多好、多么好呀！

细细想来，相处是福、相望是缘、相依是至善，独自成长更是绝绝美矣。

我深深感怀那些与之相处——匆忙相处的日子，你用纯美静穆之心雨润慰了我的心灵，而我给予你的，只是相望——当然承认是几许欣赏的相望。在茫茫物竞天演中，能有几时或短短或长长欣赏性的真诚相望，也是善美之境也。然而，这一切的魅力所在却是个体的独自长——关爱、自决、明智、畅达成长。风物最美不过独自长。如今迎风朗朗高个儿的树枝儿，不知经历了多少细细密密的时光，不知应对了多少冷冷暖暖的风霜，不知望过了多少聚聚散散的风飘，才毅然决然地长成现在的模样。满意、满足、满足哉满意也！

而今这短暂的相处，又短暂的对望，愿都权当化着深深的祝祷：继续长、继续长，迎风点头弄风霜，面对阳光平心跳；长高到天外，看看风飘物茂，还有那可数的绝妙……

高高的树儿，你，最美妙！

2006 年 6 月 1 日清晨作于重庆望尘园。对窗望枝抒怀、寄语我的"迎春花"硕士研究生毕业。

草叶鸟

林间有草叶鸟，轻盈婉转。

歌而黎明，高阳翩跹，夕照衔烟，月明倩影，风中俏。

造化而生，和而另类，形随心大，独立寰宇，随寓家乡，翅舒心情。生而造化，俯仰决绝，知时飞止，明志而啼，啼鸣于道，风雨不惧，晨昏自由，历时而厚，越万千而巨。合群而功。魅力永生。

> 2009 年 3 月 6 日命 2009 年春季访学者——林叶薇女士为"草叶鸟"。意在：其一，访问学者的物化载体——鸟，飞鸣而食；其二，命名"草叶鸟"之意涵——永远飞翔和啼鸣，情蕴婉转而悠长。
>
> "草叶鸟"乃吾在 2008 年夏秋冬季之病中所创名与图示外化。实为心化也。

《命名"草叶鸟"的场景》，2009 年，杨槐花·杨梦婉 摄

木姜子树赋

依稀记得小时候，家乡老屋后有棵木姜子树，树干高高的，树叶绿绿密密的，望着她丰硕的果实，口中不自觉地生出了些辛苦香的味道。

对木姜子的辛苦香，初食者，记忆难忘。不习惯者，说味道怪异；习惯者会讲味道爽；背井离乡者，会说那是家乡的味道。不以他言自废，木姜子味就是木姜子味，我想这是木姜子给予人的永恒价值。

不论何者，清凉辛香福万家的木姜子，已是人们悠远不弃的记忆与口福。

今，将木姜子树命为我的 2013 级博士研究生——李倩、陈昱西之名，为之万端意涵自悟也。

2013 年 8 月 20 日于北京。

落叶纷纷

京城的午后，雾气很浓，没有往日秋阳的朗照。我驾着车徐徐缓地走在老走的深巷路上，路上车来人往，行色匆匆。忽然，几许小不点的黄色叶片随微风扬扬洒洒、漫歌式地飘落在我车头的前方，心不由紧了一下，一句话脱口而出："落叶纷纷。"是啊，又到了落叶纷纷的季节了，而且是在有了无限寒意的深秋。

人，一个文化人为什么总是会由外物变迁所牵引而心绪波动不宁呢？万物都有它自在的本性与活动规律。就如这树叶一样，该长芽时就义无反顾地长芽了，该密叶苍翠成荫时也就茂密成荫了，到了如今该洒落一身金黄掉叶时也就掉了。似乎没有为什么，也没有特别之处，就是造物主潜植的本性使然。怪乎，人们常把"顺其自然"放在嘴边。不过，一句"顺其自然"也多少表露了人们对自然神力的崇拜心理。然而，人这个集万物之灵性于一身的活物却又有一个妙能，那就是他会主动地去发掘意义、去欣赏情韵、去拥抱心知的善美，就像创作小提琴独奏曲《苗岭早晨》的作者一样，智慧而聪悟地抓到了"降三音飞歌"的旋律，在意了叫醒黎明的鸟儿声，并用它们来宣泄作者呼吸感知到的苗岭清晨的空气、味道和深爱的情怀。作为共性特征太重的每个人，如果能够善于与主动意识地去感知和情知那如落叶纷纷一样的外在事物所蕴含的情韵和意味，让自己的心灵一直浸润于生生不息的情蕴里，是会获得幸福和善美人生意涵的。

忽地又想起学艺术的好处来了。不论是音乐，还是美术、舞蹈，只要自己领养了她，她就会尽心地如情人般呵护你、关怀你、拥抱你，而且是呵护你心灵的深处。是啊，感知这"落叶纷纷"的时刻，不正是我午餐前，去花一大段时间聆听一位放歌心灵的音乐女教师深情讲授音乐课程的结果吗。"落叶纷纷"，可以说既是美术的范畴事象，金黄的叶片以形色魅力引发人们的视觉感知而生情；

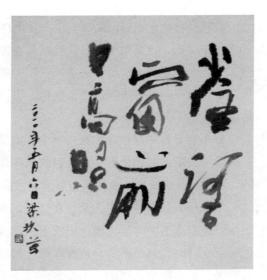

《窗前》，43厘米×45厘米，2010年，梁玖

也可以说是音乐的范畴事象，落叶舒缓洒洒的旋律和节奏，叩响了人们的心音与和声之门；还可以说是舞蹈的范畴事象，金灿灿飘零落叶的身影，恰是飞天的翱翔令人心绪悠远。其实，在生活中，只要自己有善美的心灵和温暖的心情，就会发现和捕捉拥抱到如歌飞舞般朗照的和暖阳光。

落叶纷纷，在京城的午后，令我钟情于她、思念于她、心拥抱于她地走过这深秋，走过这季节，走过这岁月。

2007年10月26日13:05于北京。

望林深处

我总是喜欢走在异域的时空里，自由自在地呼吸。

飞望尽头，这是甲午夏日，我航行在涅瓦河与伏尔加河上时的念头。远望宽阔、清澈、碧蓝河水岸上那密不透风的树木林，我总是在想——可否腾越过茫茫树梢，飞翔去尽望那密林深处的景观和丛林尽头的边疆。

好不容易在两岸连绵浓密树林中，望见了映射着夕阳金灿光芒的教堂尖塔，的确是有一种开窗收获新知的惬意。旅行所憧憬的，不就是开启视窗，获得眺望新天地、满足好奇心的目标吗！

当似乎有住着神仙的云朵，在斯威尔河上那湛蓝天际，纷繁上演着神奇造型的时候，漫步甲板上，迎着带有黄昏特有草香的风任意吹过时，总是不自觉地深呼吸、深呼吸，那份满满的心香与舒展，是不能与人道的。生命之所以还属于自己的根本，就在于自己能不停地吐故纳新，每个人是没有理由不守候的。

漫步在莫斯科红场，满眼所获的，都是不与人同的景致。蓝白相间、绿黄相间、红白相间的教堂塔顶，无论是独立，还是结成建筑群落，都能震撼观者，令人赞叹，何也，卓尔不群。长城如是，吴哥窟如是，人也应如是。

遥远的伏尔加－波罗的海运河的夏夜，来得比北京晚很多，当在船上"全景酒吧"欣赏完钢琴演奏后，独步观景台，天，也还没有到伸手不见五指的黑。一晃而过的航标灯，微微夜光下远处闪动细细波纹的河面，看不清像高墙矗立河岸的密林，以及那独有的异域气息与魅力味道，都那么清新、诱人和销魂。品味存在，的确是能够让自己获得别样的体验和心灵满足的法宝。

北京甲午的秋色更浓了，硕果满枝、层林尽染的美景，自然也是要望林深处，才会获得。

> 2014 年 9 月 16 日于北京望尘园，草予今秋入"泽园"的高校访问学者——池鹭鸟·刘金华君，为导师者的寄望，斯文而已。

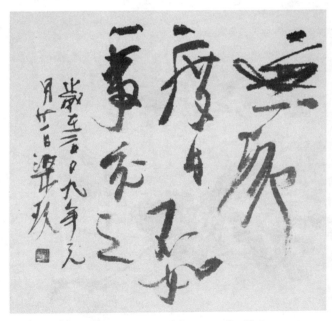

《度日》（纸本），41 厘米 ×40 厘米，2009 年，梁玖

池鹭鸟

碧连天的荷叶，遮挡了正午的骄阳，映着火红的池鹭鸟，婷立精致而昂首地远望着，湖面那些微的异动。

我喜欢池鹭鸟，当你看到她华丽掠过翡翠绿水面的身影，是会赞同我的观点的。

2014 年 9 月 17 日于北京望尘园。

《秋意》（纸本水墨），41 厘米 ×40 厘米，2012 年，梁玖

有 你

在秋天
我知道
该下地干活了
天那么蓝。

转眼间
大暑热
又走了
还走那么远。

2015 年 1 月 2 日于北京长河边的
小屋。感吾主之泽园事象，抒怀之成短
句，想把它谱成曲，独自时哼哼……

马林鱼赋

　　无论是在莫妮卡，还是在迈阿密，金色之光随意洒在那望不到边的蔚蓝里，不知哪是天，哪是海？只有当那一跃成景的马林鱼，带着那长长坚挺的剑唇划出壮观巨浪后，才有了海天的分别……

　　金黄圆融着湛蓝，和着风的节拍，化着岁月那方。

　　　　　　　2014 年 9 月 9 日于北京，草予今年入泽园的高校访问学者——马林鱼·裴朝军。

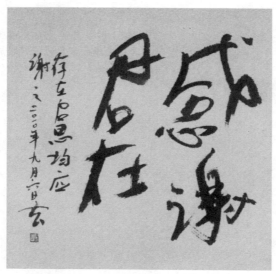

《感谢君在》，45 厘米 ×33 厘米，2010 年，梁玖

春到花开

"春天到了，你就开吧！"

在入春来北京第二场小雨中，知道我在西南的最后一届硕士研究生——莲花——全部就业签约后，我的脑海里就突的一下出来了这句话。

在我的画案上养着一窝小小的不知名的野花，是一天在春日阳光朗照下，发现在一条长长的石头缝里，进出一字排开的大群野花静静地准备开了，看它们含着花蕾的样子，很是惹人爱。我在一次次端详过程中，还是忍不住挖出了带着根须的一株最小的花把它种在了我的画案上。也才几天的工夫它渐次地就开了，开得自由、开得舒展、开得敦实。我也便细心地给它上水，希望它长势茂盛，花开连连。我想给它命个名，就如像给我的每一届研究生命一个花名一样，可是思来想去，至今也没有一个满意的。它虽然是株野花，却魅力十足，不是一般的名就能配得上的。

在春天，缀满枝条或花茎的各色花蕾是忍不住地要开啊，这就是不可阻挡力量的生动展现。人们常说：功到自然成。是这样的，泽园的马蹄莲花届学生去谋职试讲，有得了第一而谋得了工作。这莲花届在谋职试讲中，也得了第一而签了约。其实，自然界也好，人生也好，只要自己努力地经过了恰似一个冬天的力量积蓄之后，当春天这样让万物复苏的机会来临了，不管是野花还是心中之花都是要开放的。一个人能明白自己要不断地积蓄像花蕾那样的厚实力量是很重要的。否则，当春风吹过大地的每一个角落，当春雨润尽每一株芳草之时，那些没有来得及含苞的株草还是开不了花的。研究生入学的三年，也就是像花草植株经过一个漫长而寒冷的冬季一样，只要能够不畏惧严寒，能够在严寒中坚守自己的职责，能够像花蕾一样一点一点地在枝条上扩大自己的身躯。那么，只要春消息一来，你就会心花盛开的。同样，当自己积蓄了无限的力量站在还有些寒冷的春风里的时候也不要犹豫，要像迎春花那样竞相地开，开满整个枝条、开满整个世界、开满每个人心。因为，春天是花开的季节，自己本来就是个含苞待放的花蕾，为什么不适时努力地开呢。我想，"春天到了，你就努力地开吧！"

再下过几场春雨，我的长在西南乡土的"莲花"，也就心花盛开毕业了！作为导师的我，自然是很高兴的。想想我们师生几年的随行在尘世，是个善缘却也是不容易的。在北国迎风、在雪域高原望经幡、在书斋共育心花，一幕幕的情景、一串串的往事、一缕缕馨香在脑海交汇，除了真切地怀想以外，也就是长时地记忆了——在自己有生命而清晰的所有岁月里。

"莲花"的远去，也意味着我在西南工作的历史彻底结束了，这便加重了"莲花"的历史意义。这也是我当初取名"莲花"的动机。"莲花"之前是已经盛开的"马蹄莲花"，紧接"莲花"的是生长在这北国的"雪莲花"。于是"莲花"就成了连接南北我的研究生的纽带和桥梁。人生在世，能够共有一段历史是难得的事、是感恩的事、是幸福的事！所以，临到"莲花"花开毕业之际，我一介书生没有什么相送的，就草撰这篇《春到花开》的文字和于此提出的"春天到了，你就开吧"的理念赠之，期望我的"莲花"在未来所有相别的日子里花开景簇簇，"添得许多香"。

我想再说一遍："春天到了，你就尽情地开吧"！无论是在山崖、无论是在石头缝里、无论是在花房中，只要是在春天里，好好地开！

2008 年 3 月 29 日于北京寒舍，即兴撰赠即将硕士研究生毕业的"莲花"——葛田田、刘青二君。

不一般的人生车站①

首先，祝贺于此刻去掉"生"字的每一位成为了硕士的你们。

其次，感谢各位答辩委员和答辩秘书的通力合作以及与我的配合，让本次长时段的答辩会，得以顺利和完满结束。

最后，期望各位候任硕士好好地按要求去完善论文文本后予以提交。期望各位在未来的人生路、学术路、艺术路上，平实而充实地意义化生活；期望持有永恒感恩母校和导师的心。在即便是个人年收入只有十元的情景下，也有自然主动地为母校捐五分钱的行动。

好好爱自己，谢谢各位！

附：

如何做自己论文答辩的陈述报告

好些答辩者不知如何做自己论文答辩的陈述报告。简言之，应报告如下方面的内容：

1. 自己为何选择该研究专题？（含：个人理由、学业因素、谱系结论、研究价值等）

2. 研究主题内容？（含：展开的分专题、章节逻辑构架、分层结论等）

---

① 这是 2013 年 6 月 5 日，作为河北大学艺术学院硕士研究生毕业论文答辩会答辩主席，于答辩会结束时的讲话主题。

3. 研究方法？（含：具体采用的方法／自己发明的方法、研究思路、技术路线等）

4. 研究后得出的具体结论与成果？（即：应整体条理性叙述自己针对什么问题、解决了哪几个问题，最终研究揭示出的明确观点或看法、或贡献）

5. 评判自己的研究水平和价值定位？

6. 有何不足？（即：说明自己于该研究中、论文撰写中的不足与改进方法）

7. 其他需及时说明的问题？（如：校阅、装订等问题）

8. 表达相关谢意！

总之，学术教育、学术教养、学术能力的形成是一个艰难的事情。需要智慧、耐心、方法和爱！

《又一年》，45 厘米 ×33 厘米，2010 年，梁玖

雕刻夜色

知君难。

古城有野风，于夜。

生之路多舛，然恒明实现，愿尔明，不急于心！

大了，天亮了，己出门行，得风雨、也得食……况乎，卓然精致怒放者也。

专志业于功成，大于俗务。其间助也者，燃高香于每时；未然者也，犹视暮霭山烟，瞬见无痕，何况大风在途。

己存于偶然，知其恩源是重，然冷暖唯内心察一者焉。

思来路，盖深知唯己不可失。花盛于野者万，欣欣然戚戚者一，何也？在余，唯惜乎。想，曾疾染不自其力间，汤水何成？想，老先生后于国乎，[①]亲爱也不及。想，一居二異无助兮，愿景之观乎？奈何疯狂同步者寡。途，自由数步抵愿门。日出时，在侧有谁，当思。

家河冰封化于春，力与时之作业矣。待春归、待黄昏，待到漫雪由心生。

一生一景。生死老病，福情财欲，八点任构皆为歌。不负不欠为之大。

明了、明了，又明了，非人可得意。非生活、真生活，安得与予？好行之。

---

① 老先生，乃对家父之惯称。他于 2010 年腊月二十九日突然辞世。

春之失，不待秋至，夏时已忘，自然也。唯呼吸自然在油尽，伟功，力求也。生命芬芳在村庄，是途，索之平实、精神、高尚、精致、不弃、意义之存、矫情卓趣。

俱闲无他事之度日，余毕生好之，亦奢之兮，唯寄机缘识是耳。肉身裹着灵魂，必散发着意义的秘密。

命运生于智慧，亦然变著形。

呜呼，万千一语：从来如此动人者，环视唯有君耳矣！

己乃己之属灵。己一生之圣灵者，唯长安体之心焉。于天地之底色，艺术裹挟着世俗，实乃大名人之交响。

君知言否。

2015 年 5 月 28 日 11:11 于北京望尘园，即兴语欲知道之门生。让自己活成一副有点可爱的画作、生活成一首荡气和幽婉的乐歌，这样，君不累；这里就是海，如果你愿意，在心上，辽阔无边；我因清醒和空在而看到那些希望和村庄。又：2015 年 5 月 28 日，再梳之，权资礼赠吾在乙未年夏毕业之博士生核桃树·任也韵、沙枣树·杨梦婉，毕业硕士生丁香花：杨洁和薛琳与郭玲敏，以及出站博士后山杏叶·王阳文，访学结束之池鹭鸟·刘金华、马林鱼·裴朝军诸君学棣，表一介书生索志念岁月尔耳。

华榛树赋

那是中华入夏时节，随意长行到了那方不曾见的林间，幽深不见天。

你，显明卓然地就在了我眼里，我想知道你是谁，问问山林劳作人，才知道了你，原是静守傲然王家者。

也是，在那般拥挤的地方，多少生物觅食于裙裾，唯见君迎光而长，状如长口哨的芽果，三两结簇，魅于风里……

我知道自己来早了，一切都还在长舞地长着，一如任由你常青四季的摇曳。

我想，无论我是否于秋再来，你都会散洒上果于世间，还带着绝世的香美！

我欣赏自己，随意地走，就知道了你，真的。

对了，我欣赏你，在我还能表达的时候，我赶紧地说出来。

一阵夜风，在不觉中掠过了灵魂的山岚。

莫山乙未年秋抒怀命予 2015 级博士研究生——梁嫦贞（韩国）、张振东二君于泽园的名号。

就这样过了时间

在不算太北的一个古城里也不算太冷的那个冬夜，我正好三十岁。我冲动性退掉了北返漠河的火车票，目的就是想见她一面。此刻，她就坐在我的左侧说着话。

还真有说不出的欣喜，我的想见她并与之说话的愿望是真的实现了。

一见面，我就谈自己的一系列想法。什么自己学过的专业、眼下想做的研究方向、读书方法、佳木地方美术史，以及还想"考博"和人生与职业生涯规划等等杂多的事项。不间断地讲啊说啊，她主要是在听，不时也用笔在那十六开的草稿纸上写几个字什么的，就这样，时间在飞。

似乎是在我把自己的想法全部倒腾空了之后，她递给我一张草稿纸说道："你把这张纸裁成八张二指宽的纸条吧。"我有些犯晕，不知道她要做什么。虽这么想着，却认真地照办——把十六开的纸对折后裁下一半，取其一半又对折，很认真地裁下，纸片越来越小，直到差不多全部裁成是二指宽的八张小纸条备好之后，我才小心地递给她。

有人说过"反正这世上没有任何东西可以让我快乐"（太宰治，1909—1948）。但，我不是这样的想法，我总是有些好奇心，总是想人类，不，认为甚至每个人都是很神秘的，都是有让我去接近、探问究竟和值得学习的奥秘，包括那莫名其妙敌视自己的人。认识别人的越多，那么个人孤独的气味就会少一些。所以，在我睁开眼的任何时候，我都会用企图发现和学习的眼光去留心新异的一切，结果总是会有回报获得性快乐。其实，我总是有些怀疑，怀疑那些说法的真实性。比如，一块做事，有的人没有过多久就说"我真的是累了"，一会儿又说"真无聊"，或者是就以"我明天因要什么什么"而请假，更有甚者直接是说"啊，这个，这个我没有觉得有啥"。每当那时，我还真想说"你不是与大家一同存在着、呼吸着的吗"。

天色是有些暗了，她拿过纸条放在了左手边，然后，对了，她总是建议说话者，不要满嘴"然后""然后"的表达，意思是自己讲话应该有逻辑秩序性地清晰表达。这时，她取一张二指宽的纸条给我，之后说道："来，你拿起笔，待我宣布说'写'之后，你把在自己脑海里第一时间涌现出的那一句话，或那一个短语，或那一个词写在纸条上。"尽管，我真的不知道是要做什么，这样做有何意义，但是，我还是跟随指令忠诚地做着。作为学习者是应该要有忠诚心的。"开始"，她说后，我认真地写了，真实的情形是我写下了带逗号的一句长话。在我已有的或者说是习惯的教育中，"规格"二字及其意思往往不是思考的重点。说好听点，就是重点是要去思考"老师要什么？"或者说，我怎样才让"这个老师喜欢我"。欠缺置身其中的分享意识、欠缺无功利的好好度过自己的生命时光的思想，这些就是我所受教育的遗产。所以，此刻我想得最多的也是在猜"她的意图答案是什么"而没有我自己的情思。我写好后交给了她，可她并没有马上看，而是直接将有字的一面朝下，放在了她的右手边，接着说："写下你看一眼窗外时出现的一句话"。这时才发现天已经全黑了，屋内什么时候开了灯，我似乎都没有印象了，因为我太专注于自己的说话了，其他的观照面似乎等于零，准确地说，我心中压根就没有什么观照的概念。可是她却说：人一生应该形成包括观照力、亲和力、出场力等多种类型能力与关键能力。

我本来就是面对窗坐着的，我顺势望了一眼居于六层楼房间的窗外，似乎只看见了黑，随即我就写了三个字的一句话交给了她，她依然没有看就放着了。接着她又说:"现在静听，写一句话。"老实说，说话间一直没有觉得还有其他什么声音。我只是如前一样地照着做了、交了。随后，又连续写了几个主题的一句话。要求写出什么——"试想自己乘坐上高铁时想到的一句话"、自己"此刻想说的一句话""对此前参加的一个学术培训活动结束后想说的一句话""评价自己的一句话""自己任意想说的一句话"，听着、写着、提交，心里却一边老是在想"有完没完哦"，一边又是觉得"苦差啊"。因为，从坦白的角度说，这些问题自己是没有什么话可说的。但是，既然在没有什么退路的情形下，还是持续地写完了算是"八句话"的活儿。当她说"就写到这里"时，我可算是"写完作业了"的想法涌了出来，不免心中轻松了些。尽管自己做教师也好几年了，没有人给自己"布置作业"了。补充一句，她总是要求她的所有类型的学生，皆"确立'作品'概念，去除'作业'观念"。理由很简单，只有自己拿得出手的艺术作品，才有资格被观众欣赏与品评，乃至被公认。更为简便的理由是，自己没有资格让别人为邈遐的自己花费精力。

在我真的是不知道她终究要干什么、目的是什么的疑虑中，只看到她把我刚才分别写的八句话的八张纸条，如洗扑克牌一样的任意反复叠加抽插齐整，待停下后便对我说:"来，你告诉我，是想从这一叠纸条的上往下依次抽取，还是从下往上地依序取出?"我想，"随便不就好了嘛"。心里想着，没有讲出来。我迟疑了一会儿，还是不明就里地说了句:"那就从下往上取吧。"

人生的快乐来源也是一个复数，有时是在已知中获得快乐，有时却是在未知到来时，此刻，我就处在第二种状态中。正在这么想时，只见她用右手从拿着纸片的左手中把最下面的一张拿出来了，并叫我："记下你刚才写在这张纸片上的这句话吧，'认识不够'。"我工整地写下了。随即她说："你现在开始作诗吧。你刚写下的那一句话就是你这首诗的第一句，接下来你该用什么话去接才好呢？"

平素说的像什么丢脸啊、缺乏想象力、没有创造力，或者说脑子一片空白啊，说真的，这些话就是那时我的真实写照。还要什么"出场一次精彩一次"呀，简直就是实实在在地"出场一次丢脸一次"。我当然知道，后者是她力主丢弃的思想。用她主张的"一句话"思维和观点表达方法说，当时我"怎是在她面前没有憋出半句话来"。

她看我实在是无话可说，便讲："还是取纸条吧，这第二张上面是'孤独的没有人'，另起一行写在刚才的'认识不够'下面吧。"

当我疑惑地写下后，她说："你看，当'认识不够'之后接上了'孤独的没有人'，想想看，二者间有什么关联？又有什么寓意没有？情韵呢，有吗？第二句承接第一句的思维是不是很开阔？已经离开了线性思维。由此，你可以好好去理解什么是打开思路、什么是超越、什么是艺术想象力、什么是艺术创造力，以及空灵是什么等等这些常说的主题。"当我正在费力地想她怎么会说这些之后，她又说："不急，你看，在'孤独的没有人'后边该说什么才是你现在应全力要思考和做的事。"这不是要命吗，我还没有跟上她的思维和行为，又要让自己想词儿、想出好句子，还得是一首诗的不可替代的那一句，我只能说一个字——"难"。

我从没有做过诗，真的，以前读古诗，或者是现代诗都是为了考试，压根儿就没有去想过自己还要写诗？正因如此，此刻也不敢放胆地去尝试尝试像挤牙膏一样的挤出一句半句来。所以，那时，自己除了窘态，就剩下难为情了。好在，她也不是以我的难为情而取乐子的人，毕竟那时已经是快午夜了。

她看我说不出句子，就依然依序取纸条来读那上面的话，我也依序一一记下来，写完最后一句话后就看到了这个样子的一些句序：

认识不够，
孤独的没有人，
求，
学习的时间；

水声不断，
黑天了，
时间会改变你，
有时。

出现这样的结果，委实是大大地超出了我的预想。还在我的惊讶之中，她说："你喜欢自己的诗吗？给它取个名吧。"天啊，在难以置信这居然是自己刚才写的诗之困惑中，取名？无从下手。在反复看了被称为"自己的诗作"之后，还是说"想不出来。"只听见她说："来，写下自己在此刻的描述感觉的一个短语吧！"我拿笔便写下"随意的快乐"。她拿着看了一下，说："你这首诗，就叫《随意》吧。"我把"随意"二字写在刚才那首叫"诗"的前面，待我写好后，她说道"现在，你就朗读一下。"这时，自己真是在欣喜中轻松了许多，于是，我放开嗓子朗诵了起来。

当我还在自适悦然心境中，"你觉得活动结束了吗？"在听到她这句话之后，我想，还要干什么吗？只见她又如洗扑克牌一样地，把那八张纸条反复前后叠加整齐了，随后问我："这次，你想怎么个取法？"我随口就说："那从上面往下吧。"这样，依旧是她取出一张读那上面的话，我也就逐一记下每一句话。最后，还让我写下"想想自己下火车去到母校时想说的一句话"，结果，一首被称为《地方》的、我的第二首诗就出现了——

地 方

黑天了，
水声不断，
求，
学习的时间；

孤独的没有人，
时间会改变你，
有时，
认识不够。

"意外收获"，我是真的明白了。从小及大，真的是第一次遇上这种方式对自己的思维、想象力与胆量的训练。其实，若再把那八句话的纸条任意排序后，还会出现新的主旨意序与意趣。想到这些，我便对她说："原来，自己是可以尽兴尽情地做有不与人同的一些事情的。我本来一直是个用功的学生，可没有让自己独立地去做些课本以外的事情。自己的学术规划，还得完善。"看她点头的样子，好像是赞同我的意思。

夜在滑向深处，我们的谈话还在继续，就在那样不间断地被开启而获得兴奋中，似乎逐渐清晰起了自己的灵魂将安放何处。当把两个观念或两个以上的词语相连接时，的确会发生一些新异的情形。

　　我在想：要是自己随时能够写下自己的人生感知，及时的发现与生活体悟，随时创造性地生活、工作和学术，那么，一路连接起来的不就是自己人生的多彩诗篇吗。这样想着，竟然忘记了飞驰列车窗外的寒意。原来，这东北平原早已是皑皑白雪的景观了。不由心里一惊之后，下意识地拿出写有昨夜辞别时她特意给我的几句话的 A4 纸，当时她说："送给你过年吧。"说到这里，有句话必须得说：自己接下来是要好好做些梳理性反思的工作了，像昨天专门去见她也没带个笔记本之类的事，往后就不应该再发生了。我以往批评那些上课不带笔记本的大学生是没有主动性和自我关爱性的表现，说起来自己也是其中该被批评的一员也。再看看她说的话，我得好好理解、体悟和实践。她说：

> 好好爱自己
>
> 自己有办法
>
> 见人类情怀
>
> 彰国际视野
>
> 建极大思想
>
> 恒智慧族群
>
> 度安适人生
>
> 光高贵气象

　　我真的谢谢她，一位不是我的制度内的老师，她让我着手分析历史的教训，开始了自己文明化生活的思考与行动。

　　列车也走得好快。

2015 年 1 月 16 日 09:40 于北京。

狼　鱼

　　我不曾住在海边，就是去过，也是匆匆一别。好生羡慕，那些朝朝赶海的人。

　　遥想那茫茫、幽幽宏沉的深海世界，你是懂的。

　　看着那辽阔得不敢想的越来越暗的壮阔，再也望不见晚霞给每一丝浪尖洒满的最后一抹金色的时候，你武装着牧猎出了家门，只能说你接下来所历的那些风景、那些险浪、那些收获是嗜眠者无缘的财富。

　　搏击安乐一生，成就了你是你。

　　生的秘密，更是你的魅力。

　　冬的初阳，还是暖暖的感觉，在那依然湛蓝无比的海上，我的心上也是。

　　　　　　　　2015 年 9 月 20 日抒怀。草予 2015 年秋来泽园研修的孙劼。

梓树叶赋

那年极寒兮北风行，见君不知名。

回望流年兮念念君，释怀今秋。

誉得著文音妙兮一朝珍。

大音起兮九州鸣，万籁寥寂。

杖乡漫园兮闻叶娑籁，畅然远行。

　　　　2015 年 9 月 9 日抒怀予乙未年秋
来泽园做博士后工作的宋君克宾。

《勤不匮》，45 厘米 ×33 厘米，2015 年, 梁玖

有你他就活着

一个老师，
把他的肉体，
从高处扔下，
灵魂飞走了，

一个学生，
自己在最青春的年纪，
有幸当面聆听他的教诲，
"七月的阳光在额头上打铁"。

作为老师，
我对她说，
有你的记忆，
他便活着。

《在水之湄》（草图），8 厘米 ×28 厘米，2013 年，梁玖

我一直讲，

"我的学生只能自然地老死"，

一生遵守，

灰烬之中还在想。

　　补题：2014 年 11 月 1 日于北京，在这个新俗称为"小光棍节"的日子里，看到一年轻朋友在微信中怀念她那突然辞世的昔之老师，我脱口送去"有你的记忆，他便活着"的语句。发出后，让我思绪不宁，故，草成此章。其师为诗评家陈超先生（1958—2014）。朋友的微信说："在最青春的年纪有幸当面聆听陈老师的教诲，那挥洒自如的神情、举重若轻的批评，以至于我们每次上课都如痴如醉的，还有那句他自己写的诗，始终让人印象深刻，是形容酷暑的'七月的阳光在额头上打铁'。"（秦佩）

敬爱被褐怀玉者[①]

　　正好三十年前的那个金秋，我走进了郭克教授主讲的书法艺术课堂。那时，我刚以兴奋的心情迈进了大学校园；那时，美术专业也刚刚恢复了书法课；那时，先生还是不到"耳顺"的"风华正茂"之年。转眼，我们敬爱的先生，就到耄耋高寿之耋年了。真是岁月不经折啊！

　　祝福郭克先生九十大寿是我们的心愿。此刻，学生我等虔诚地为他祝寿、为他高歌心曲、为他祈福添芳华。

　　我的确是一个爱流泪的人，当我在圣彼得堡就开始落笔写这篇序言之时，看可谓"大师兄"的、身为中国美术家协会副主席、鲁迅美术学院院长韦尔申教授的《记郭克老师》一文，潸然泪下。尔申教授细叙了自己"成为了他的入室弟子"、获得绘画启蒙教育的情景，也自然地笺领作为门生的我们各自释放着在郭克先生那里获得教养的点点滴滴，《一生的导师》（徐芳教授），这样饱含感恩的题目，就是表达受惠恩德的证明。

　　本著名为《见丹心》。如问其意，可引用韦尔申君那朴实、深情、深刻的鲜活话语作答——"（郭克教授）他作为我的启蒙老师，正是他当年真诚而有效的引领和教诲，我才走上了这条我愿意为之奋斗的路。郭老师为人真诚朴厚、具有良知和责任感，可以说他是一个真正的知识分子，对我日后的成长产生了重要的影响。"这不仅是表达了作为弟子对先生的感恩与敬爱，更是对郭克教授

------

① 《见丹心》序。

人生品格的精准概括与结论。作为当今"真正的知识分子"的郭克教授，的的确确是圆融彰显了他的——仁爱之心、丹青之心、赤诚之心的品格。品读先生所作《咏菊》一诗——"红颜春尽老，白首见丹心。素艳秋风里，傲霜不染尘"，足见为师之上品。一言论之，郭克先生是披粗服而身怀宝玉的可敬之人。

周观起来，先生对学生之爱，是无私的、仁慈的、引领的。"郭克先生是从一支铅笔引领我进入绘画领域的第一人。先生当年激情飞扬的教学风采、严谨治学的态度、精湛的绘画技法，至今仍历历在目，定当铭记弘扬。如今57年过去了，春风梳柳，时雨润苗。那一幕幕往事让我记忆犹新，且充满感激。"从作为老学生也勤奋求索的方凤富教授的话语中，知道先生的为人师之格。

《见郭克教授》，2013年，罗兰 摄

先生对艺术之爱，是由衷的、喜爱的、求索的。无论是先生自释勤奋守候丹青之理由："我是苦惯了的人"，还是先生自己的诗言志："结缘翰墨明心志，宽怀丹青群芳艳"，都揭示和证明了先生志于丹青求索、创造与成就之赤心、气象、格局与境界。

先生对他者之爱，是真诚的、深厚的、坦荡的。看看著名学者吕进教授的评价就会理解其质，"郭克的画品和他的人品密不可分。他品格高尚，诚实坦率，乐于助人。每遇不平，总要仗义执言，因此为人所重。"

在中国文明中，作为独立的个人，"为人所重"地成为了他人眼中和心中的"一个真正的知识分子"，是无悔的、无愧的人生，是值得骄傲的、是值得高兴的、是值得铭刻的。同时，作为学生，能获德艺双馨之仁爱好老师而授业，是三生有幸的。因此，编辑这本《见丹心》，以及举办诸心意表达的活动，不仅仅只是学生、宾朋、亲人等为郭克先生祝寿——对郭克先生深深地感恩与祈福，而是意在寻求、发现、结论先生的人生精致贵气之内涵，获得启示、学习、研究、承传、创造、作为的目标与可能。

"见丹心"，也是人生这个复数与艺术这个复数中的恒定价值理念。于此，我也谢谢所有为《见丹心》之面世，献心出力的参与者，也谢谢所有阅读和传播《见丹心》的读者。我祈愿至圣至明的中华神，护佑你们所有人：都华生而厚。

最后，我再一次以深深赤诚致意的鞠躬礼，叩谢先生给予我一生的情意，叩谢先生恩惠我一生的教诲，叩祝我们敬爱的郭克教授高寿万福……

2014 年 9 月 19 日，于北京师范大学。

只为了看您①

一、只为了看您，我们才来到这里

1. 能够亲眼观看和欣赏到"相濡以沫"的人生风景、人文风景，我高兴。

2. 能够置身"武林门"欣赏"桃林风景"，是我人生之幸。

二、只为了看您，我此刻的心情才如此虔诚

1. 从吾师乃幸。

2. 吾爱吾师。

三、只为了看您，我将铭记您一生

1. 师恩浩荡，我铭记永远。

2. 德艺双馨，我永远珍藏和学习。

四、只为了看您，我永远为您祈祷

1. 今天为祝福您而聚会。

2. 为您的福寿安康，永远祈祷。

---

① 参加绍武、会林老师金婚纪念会感言。黄会林先生，是我的艺术学博士后合作导师。先生是北京师范大学资深教授、全国影视学专业的第一位博士生导师，创办"大学生电影节"、创立"第三极艺术文化学说"，艺术与传媒学院首任院长。

　　总之，是因为有缘、是因为有牵手、是因为心中有，我才说了这么多话。

　　我们将永远传播"武林门"的风范与精神。

2006 年 6 月 24 日于北京师范大学。

《相伴——绍武先生与黄会林先生》

共同度过

　　于庚辰初夏的金陵，在一场酷暑之后的小雨中，获得了少有的沁人心脾的凉意和快适。走在雨中，走在校园里，走进了梅庵……一切都似那么顺理而不经意！

　　历史，不仅仅是一个个事件的累积。历史是一种希望和要求。当凝视那穿越了久远时空的"六朝松"[①]时，感悟到的不仅是她已有了些喘息感的一棵树。而是读悟到了"六朝松"对观者的历史性陈述——于风雨中，曾有多少的贤达、显贵、游子和心地善美的人审视过、看过和问候过它。然，昔不今存——和历史性期望：只有怀持梦想和努力的人，才能于多艰之途迎风雨、顶瑞雪、抗酷暑。幸，老也卓姿。受润于百年将近的"东大"，深为感怀与其一同度过的朝朝、暮暮。不曾刻意，却留下了经年记忆的印迹。

　　人生的中途，将会在在意或不在意的顷刻，遇上诸多事、遇见很多人，既有心动，又有感伤。不过，心存感激他们与自己的共同度过，也心绪悦然。因为，人生的许多经历和许多的世事，既是自我人生的第一次，又是最后一次。无疑，亲菁的"东大"，给我永恒记忆的"东大"，藉予我无尽润泽的"东大"，是我人生之旅的一个重要驿站……

[①] 六朝松者，实柏桧也，相传为六朝之遗株，是谓。其树高 9.58 米，围 2.65 米，古劲苍笔卓姿，位于母校东南大学校园西北隅的梅庵（原艺术学系）之旁。"主干笔挺，外皮斑驳，像一个历经沧桑、饱经忧患的老者；枝干遒劲，葱郁苍翠，更像一个雄姿英发的年轻勇士。六朝松现已成为南京市一著名景点。"（参见东南大学网 http://splxq.seu.edu.cn/3982/list.htm）

《六朝松》，2005 年，梁玖 摄

　　梅庵，先生的谆谆教诲；北平房，同门的欢悦；大礼堂，纷呈的"交响曲"……以及那风动中的风景，都在蓦然回首中更加风姿卓越，予人铭心刻骨和永恒。正是因为有了你，多少的学子或故事，才携力走天下。

　　感谢你——于世纪之交共同度过的我的母校：东南大学。

　　不曾忘记，也就无从忆起！"

原载《东南大学报》2000 年 5 月 30 日。

在东南最后的日子里

迎春花早已开了，在这春里的江南，只是心里希冀的花还未开，连花期也还不知道。在人生的中途，的确是有不少的时刻或顷刻，自己不知自己将何为或能何为！

我一直希望去很江南很江南的地方看看，在春雨的江南。四年了也未成，不知为什么。该或应该的事，往往不随所愿。好比这金陵的梧桐树，本是很让人喜爱的。然而，因她在这春里不断地抛洒下花粉，不时地飘进行人的眼里或口里，让人好生怨言。

不会感受和会感受自己时刻的面对，似乎都是有某些悲哀的成分。人活着是需要有无限的勇气和智慧的，如此才能独立风雨或欣赏彩虹！

去冬那"寒冬孤怜无人问"之时希望的"春临吐艳惹行人"的事象，也终随春里寒而不见了踪影，在江南。

2002 年 3 月 31 日 0:20 于东南文昌寓所。

一

广播里正在讨论着男人的"因性而爱"和女人的"因爱而性"的话题。人啊，在尘世中，受着多少的事而困、而惑啊。自己周遭的一切，都需自己去认知、辨析、处理和行为。关键是不要轻言放弃和心智不要被蒙蔽。

明日要去"东大"的"春晖堂"听一听小提琴家盛中国（1941—）的"生命与艺术"的演讲。然而，不是每一个现实中的人，都能够或主动去听听关于人生的另一种实现意义化生存的思维、方式或眼光的——艺术。特定的生活事象，是特定的视点支持的结果。

于太烦的人生中途，失却了艺术，真是不可想象的。因为，艺术至少可以养人的眼睛和耳朵。何况，艺术在根本上是润养人的心。所谓"心安理得"，也表明"心安"才能得"理"的。

我真的是希望世人都能在艺术的雨露里少些烦、少些困、少些惑、少些怨。

2002 年 3 月 31 日 0:47 于东南文昌寓所。

二

午夜的钟声即将敲响了。真是有意思的一天。其实，我们每天所面对的，都是很有意思的，哪怕是遇上很倒胃口的人或事，或者是不称心的天气。

学会感动和学会欣赏，如同要学习态度一样，是每个人学习的重要的内容。不会感动的日子或生活，是难过的人生。

当我在午饭后看到导师于病中亲自给我设计的博士学位论文封面——"心润之策"之时，一股感动和感激的心绪油然而生。封面取中国传统花卉平面图案，以二方连续式构成。图案黑白相间，线条匀称精细，以黑底衬托，整个统觉和氛围，都有一种润的感觉。总之，我喜欢、我感谢！

作学术导师是件不容易的事。不误人子弟，当是基本要义；能有效地"开而弗达"和智慧启迪受教者的思想与学术，提升其人生的品位与创造能力，当是第一要义；能够较全面地润泽受教育者，使其心身都受到随时的感动和滋养，当是核心要义；让受教育者具有不尽的探求动力，有较高的视野和服务意识与能力，当是其终极要义。不过，要修得做导师的这四义观，不是短时所能修得的。它是终身的修炼课程。今日题记于此，当随时之自省矣。

仁者说：导师应给予学生一个放飞心灵与思想的天空和奔跑的大地。

2002 年 3 月 31 日深夜于东南文昌寓所。

美女真的就像一辆很名贵的自行车，始终是让人一直不放心吗？娶了美女的男人，真的是要短寿吗？看心理医生，也真的是娶美女男士的必须行为或课业吗？——这是南京音乐台今夜的一个话题。不过，我认为"美女"的内涵，是值得探讨的，宜很好地探讨。

2002 年 3 月 31 日深夜于东南文昌寓所。

三

我的朋友通过电话在和其夫人说着难以陈述的话题——很难很难说的话题。压根儿就说不清楚的、原本也很简单的话题。

……

"告诉他，我快要死了！"非常不耐烦而有几许厌弃地说道。

电影里或文学作品里如此的对白，是常会听到或看到的。因为艺术作品，本是与生活有着千千结的嘛。只不过，要是你在人生中途的某个顷刻获得此语，可就是另类的生存状态了。

一切都会改变。

有朋友曾对我说，"只有真情永远"。

文化多元，是源于生活的多元。多元文化又指令着生活的非单一性选择。

古语云："太一生水""道生于情"。然而，古往今来，成于情和毁于情的事却比比皆是。

不说也罢了。

回头一想，"玄学"，也用不着讨论了。不过，今晚在一个报告厅听北京大学教授汤一介先生的讲座和读他的有论玄学的书（《昔不至今》："释'魏晋玄学'"），还是很有意义的。因此，我主观地认为，一个人，停止了思考或没有自己的见解，将是最可怕的事情。

2002 年 4 月 4 日 23:30 于江南寓所。

四

先生的评语，在春雨中下来了。学生我从心底升腾着许多的感动和心语的宣泄。

先生说："在校的三年，表现很好，品学兼优。"这实在是先生对于我永恒的鼓励！同时，先生还把他对学位论文的评语，很正规地打印一份，并签名和盖上印章。说给我们存念。

"先生"，是我们同门对导师的称呼。在满校园称呼自己的导师为"老板"的语境里，这也是一道凸现人文的风景和有异于他者的闪光处。这既符合中国优良的师道之尊，也是我等同门努力实践人文精神的一点小小心智外化。

当下，是一个势力和崇尚极度功利的杂乱时代。许多值得人们崇敬的恒定价值观被消解了。在校园里，对导师称"老板"就是一例。我赞同和欣赏先生的观点与勇气："谁叫我'老板'我就立马开除他。"①

学校，实在是有别工厂和公司。社会越进步，人类的文明程

---

① 1999 年 5 月在成都出席第五届全国美学会议期间的谈话。

度越高，人们就更离不开学校。一句话，称自己的导师为"老板"的人，委实是可悲的。

2002 年 4 月 4 日夜于东南文昌寓所。

五

我想听收音机，可是没有了。因为，在这个博士生寓所里，就在昨天，我那个不太值钱的收音机被盗了！

可爱的音乐声，被偷走了，这才是最可悲的事。恰如人的欢笑被人硬性地剥夺了一样，是人生最大的悲、最大的痛。

只是遗憾，我，一个平凡的人遇上了。

塞翁失马也，也于此而多了一个独自思考的机会！

是为祭。

2002 年清明节 00:40 于东南文昌寓所。

六

从黎明起就有些胸闷，因缘一个烦人的梦事。整个人是无精又无神。不可言说。

午后，朋孙说：咱们去作吸氧运动好不好？本备写一个小东西的我，毅然应承。

我们相约去登紫金山。在宁的三年间，还从未去过。如此告人，他者还不信。人间的有些事，的确不是按逻辑发展的。高文化遇上低文化，有时是令人苦不堪言。而正常遇上不正常、有序遇上无序，也是会让人苦不堪言。人性与人文，是时常要打架的。有时，所遇之人或事，无论是法律，还是伦理或习俗都无能为力。所以，俗信或宗教或巫术，的确也能帮助人们获得像受伤的孩子获得母亲那样的万般温柔和爱的抚慰后的舒适感和欣慰感。

金陵的春，也自有她的韵致。对于长期生活在南方的我也早已是习惯了。不过，对于紫金山的春，倒也是很想仔细地看看。还好，不太失望。游人也仅仅是三五人而已，静静的。

一行四人，抛开索道，沿小径话语而行。虽未遇上"春日游，杏花吹满头"的景致。却也是绿原苍苍春风疾，满山小花任自在。

在绝顶之崖，放眼环望，虽是暮色苍茫，仍是心清气爽，一身轻。拍照、唤风，倒是自在绝尘。

在不觉中，山色渐暗光恍惚。深知山神催我还。

可还在山半腰，已见山下万家灯火放。在疾急中，一好心的师傅用他那精致的不大的车，把我们带入了温馨的夜城中。就这样在心存感激中结束了不长的春日放足。

2002 年 4 月 8 日 23:50 于文昌寓所。

七

"历来是人人尽说江南好，在我看来，东南大学的春天才独特而美好，精神的美食是一餐接着一餐，有此风流的东南，想必母校明天的春天将更加美好……"这是我在东南大学应邀主持的第二场学术讲座——《汉文化的分裂与重心转移》开场时讲的话，陈传席教授的演讲于 19:00 时在成贤街的东南 103 开始。上一场做主持是在去年冬天，主持南京博物院前院长梁白泉先生讲演的《中华文明一万年》。

今年是东南大学建校一百周年。从去年开始的人文大讲堂，已经是一百多场了。全国的各路方家大多应邀前来展现了他们的智慧和学术、思想、才情。我们也有幸能目睹他们的风采。这对恢复和积淀东南大学的人文风貌是极好的行为。遗憾的是至今不少的人还是看不到或认识不到这一点。一所大学的厚重，的确不是靠它的大楼和一般的人头数多少而决定的。大楼，是要有深沉记忆的大楼才有分量；人头，是要有卓尔不群的大家才有生命力。这些都不是一朝一夕所能够速成的事情，但是要消亡它，的确是很快的事。

提起讲演，也是很有讲究的文明行为。顾名思义，讲演，是既要有讲又要有演。那种连转折词语，都以照本宣科的方式表达，不是真正的演讲。

2002 年 4 月 9 日 23:50 于文昌寓所。

八

这两天不断地有考硕士研究生的人来询问或请求转至我的名下去上学。坦诚地说，大家都难啊。将近四十年的人生体验，是深感这人世，还真是没有不难的事情。比如：主张研究哲学不必或不能用唯物和唯心的模式去套用的观点，也会带来无尽的麻烦；强调人性论，也会惹事；倡导和实践公平与民主，会获得无限的烦恼。生活中，用正常的方式去行事，有时也会招致无情的打击或杀戮——至少在心理上是如此。爱的执着与疯狂和爱的缺损都是人间的悲剧，好像。

说起带学生，从我自己来说，一个学生也不想带。不为别的，只是觉得自己还不够。

2002 年 4 月 10 日夜于南京文昌寓所。

置于历史荣誉的高兴与感谢①

尊敬的、魅力的母校各位领导、师长、学长、老师们、同学们

尊敬的各位与会学者、专家与朋友们

亲爱的我的各位同门们：

上午好！

在此历史时刻，我想以"置于历史荣誉的高兴与感谢"为主题讲三句话。

第一，高兴在今天与各位贤达共同证明东南大学的又一个新历史时刻。

我也由此为再一次参加见证母校及其艺术学科成长、承传、变迁的历史而倍感温暖。

为此，

感谢王廷信院长、王和平书记。

感谢东南大学艺术学院的记忆与盛情邀请。

感谢各位与会者，让我们能彼此证明于甲午年初冬看到了东南大学的新景观。

第二，高兴在15年前那个还有些寒凉的早春，我荣幸地走进南京四牌楼2号的东南大学成为了梅庵的一员。

---

① 该文是在"国际视野下的艺术教育高峰论坛"和东南大学艺术学院建院八周年暨艺术学科全面恢复办学二十周年庆典上的致辞。载《建筑与文化》2014年第12期。

由此，让我今生与东南大学息息相关，让我在心灵深处珍藏着艺术学圣地的梅庵。作为东南大学的一位老校友，也建议没有去过梅庵的先生或女士，前往梅庵参观与体悟中国的艺术学学科的温度与厚度。

在此，

我特别感谢我的博士生导师、在中国高等教育体制中第一个开创艺术学学科高等教育化的创立者——张道一先生。

虽说世界给每个人都敞开缘分的大门，但是，只有被自己的恩师留下，才是真的缘分、才更有人生的价值与厚度。所以，由衷感恩张道一先生当年收徒于门中施教的深深情谊。我的审艺学思想、润泽艺术教育思想就产生于梅庵。昨天下午拜见先生，先生还带着病痛殷切地告诫说："对'中国梦'的讲法，我很欣赏，跟洋人睡在一个床上，别人的梦中没有我们。中国特色社会主义思想，对于建设中国特色艺术学意义重大。我们要有自信，要有出息。"这些教诲是受益终生的。

感谢艺术学学科给我一扇眺望艺术学术高地新景观的视窗。

感谢母校东南大学给予我人生的温馨与不可替代的价值和意义。由此，让我能够自豪地说：我永远是"东大人"。

第三句话，高兴昔日初生于梅庵的艺术学学科已经长发及腰，成为了厚重卓姿而被欣赏的另一棵"六朝松"。

由此，让我能够时刻地欣赏到东南大学艺术学学科建设新的学术风景。

在此由衷地——

感谢梅庵给予我的人生记忆。

感谢今日艺术学院艺术学学科新发展创设给予我们的专业学术境界。

《拜见先生与刘铨师母》，2014 年，李蓓蕾 摄

感谢在座的以及没有到会的各相关者对艺术学学科成长的大力支持与智慧贡献。

总之，祝福我心香的母校东南大学、艺术学院、艺术学科，更加厚重与卓越；祝福我的人生与学术导师——张道一教授健康长寿、学术青春永恒！祝福母校的曾教过我、关心过我的老师们永远健康、幸福！

2014 年 11 月 8 日·南京。

艺术教育的"永恒三重点论"①

好，我现在想给大家讲一个主题是：艺术教育的永恒三重点论。

前提是——我最近的一个艺术观点：草不总是绿的。

艺术教育的永恒三重点论核心讨论的就是，"变不变"的创客。

创客，是当下的一个流行概念，事实上，在美国出现这个词是强调参与的人是勇于创新，努力将自己创的创意变为现实的人。也就是说创客是强调具有脑洞大开的人。

在这里边我讲三个话题，或者说三句话。

第一句话是：类型状态成长论。

这个命题强调的是——成为有限完人。

宗旨是：强调找门成人。

策略是：修行互生成型。就是互相形成一个特有整体形状的人。就是将这三类人合一：社会人（——正）+专业人（——精）+生活人（——会生活）。这三类人，也就是艺术教育永恒三重点论之一类型状态成长论的基本内涵。

培养成型意识＝成为一个良好的社会人、有艺术家素养的人、会生活的人应该有的态度+性格。无论如何，作为社会人来讲、作为艺术家来讲、作为生活人来讲，核心都是要会创造。所以说，在"类型状态成长论"这个里边是特别强调修行——独自的修行成长。

---

① 该纲目是 2015 年 2 月 19 日下午在"泽园行·2015"师生学术年会上的演讲主题。

第二个话题是：基于艺术史的想象认识论。

这个论题的命题是什么呢？就是寻求"后子门"。这不是世俗中常说的"开后门"，而是指基于专业指导之后的，开启心得之门。

宗旨就是：强调开门，也就是要开启独有的天门，就是开天门。所以说，艺术教育永恒三重点论中是要特别强调确立与开发想象认识论。在认识上沉入与超越上想办法。一句话就是"开无知之门"。

策略呢？就是让自己大脑引领行动——动手＋动口＋动身体＋动思想。没有高贵思想的寄托，只会陷入无事生非地做作，矫饰地画一地、吼一气、晃动一身肉……一句话，不在大脑支持下的艺术行为是贫血无力的。

第三的一个话题是：生成能力的自我方法论。

这一个的命题，就是我常说的——自己有办法。

宗旨是：尝试最近的可能。也就是说要实验自己最近的可能性，今年特别强调的有一个词叫"获得感"，那么，自己只有实验最近的成功可能性，才会真正得到获得感那种成就的快乐。

策略就是强调"开法门"。以下几个方面就是实际的行动规格与路径：

其一，给另一种吸引；

其二，置入萌芽环境土壤规格；

其三，进入类型成长状态；

其四，可见鲜活成长线；

其五，供给特别系统有限编码知识与能力；

其六，专项转换个人禀赋。

　　总之，如果用一句话来看生成能力的自我方法论，就是"开己门铸五力"。哪五个能力呢？就是"思维力＋敬畏力＋修行力＋反复力＋成就力"。

　　这几个内容，如果从考虑生成能力的自我方法的角度来看，可以举个例子来落地的讲。比如，分析《一个素描课就这么多》的内涵。

　　怎么讲？

　　首先，我们是否要引导学生思考为什么要学素描呢？学习素描有什么好处呢？如何学习才叫学得好呢？

　　素描，我们都知道它是从整体着眼、从局部入手刻画，然后再从整体系统上去收拾、完善，最后成为一个作品的绘画表现方法与模式。那么，我们能否深入地思考或者从一个体系与深度去思考素描学习与教学的一些问题，让学习者在人生、专业基础、专业空间上获得更丰满一些？

　　具体说来，我们从学习素描艺术训练中可以获得以下至少十二个方面的素养与综合能力。

　　其一，宏观整体大局认识论。

　　其二，明察秋毫洞见能力。

　　其三，成为刻画深入精致高贵的人。

　　其四，转换灵动机敏能力。

　　其五，明白行为有方法。

　　其六，认识成型推进环节方法与能力。

　　其七，理解存在系统道理。

　　其八，懂得环境影响力。比方说，我们在画室画色彩的时候，是要讲究环境色光源色条件影响因素的。虽然，画素描没像色彩那样太有讲究，但是，光源色与环境色等环境关系还是要充分思考的。

其九，体验本身价值论。素描是要讲究观察表现对象的质感、体感和空间感等实在因素内容的。

其十，养成体系性收拾调控意识与能力。也就是说，让一件素描作品在最后得以完善，就是要慢慢收拾——该亮的亮、该灰的灰、该深入刻画的刻画，这是一种整体的系统性的收拾调控，这些调控意识与能力，要在这教与学里面有所思考深入。

其十一，从素描概念形成朴素原理。我们要说，为人质朴、素面朝天是一种气质，绘事后素也是中国绘画的质地，这些都应是艺术教育师生自己应该明白和探索的道理。

最后一个应该获得的思想——绝对的民主很难。在调子素描当中，如果处处是讲平均，不讲比较，不强调虚实对比，不讲结构关系，那么，不仅画面是平的，那么这个丰富的世界也是平的，最终把人也扯平了，如此，生活、世界、艺术就没有趣味了。

为此，要充分认识和理解、实践艺术教育教学"三环节论"——要特别注重——"训练＋变＋成"这三个环节。

训练，这个不必多说，大家能理解。

变，那就要追逐教学后有变化。

成，就是生成——更好的或另一个好的成长、成才、成功。

总之，要引领学生以一个正常社会人的"态度＋意识＋思维＋思考＋方法"去创造美妙生活方式，以艺术家的"态度＋意识＋思维＋思考＋方法"去创造艺术作品，这样才会让师生都有收获。所以说，艺术教育永恒的三重点论，是需要揭示和要强调的。

我是那株枯萎的花

要不是那些花蕊还亭亭的有些姿势，早是断然地被扔掉了，这是窗前那株花的境况。

委实，昔时娇嫩纯明的花瓣，已然失去了仅有的水色，卷残着自己未曾想过的容颜，几乎连勉强也算不上地努力挂在已衰的枝干上，仅仅是说，不，仅仅是表示自己还存在。还在，是用仅有的一点点存在，让那花蕊精神着，精神着一些回忆、精神着一些愿望、精神着一些精神。

望着她，"我是那枯萎的花"的一个意想闪现了。已然枯萎的花，留点别样的造型，也算是尽力了。似乎，事物要这样，才好。

"我是那枯萎的花，如果你还爱我，就带着我一起走！"

风，果然来了。

写到最后一句，突然想起乙未年夏毕业、做了北京交通大学师资博士后的沙枣树，期余也依循泽园惯例，给她这个非泽园的博士后以一树叶名之。然，它园之林不可枉觊觎也。又想，做个故事记忆也无妨，便起兴曰之为"风叶"。真真好的"叶"也。

2015 年 6 月 11 日早餐后，伺花后草思语于北京寒舍。

启　迪

有了个意想不到的概念，让自己兴奋了很久。

我想，是那个时刻的存在意义。

2011 年 1 月 20 日于北京望尘园。

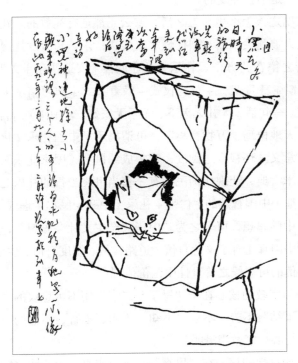

《小黑在旅行》（速写），18 厘米×26 厘米，1991 年，梁玖

一片半面包的能量

京城周末，晨光一地，映着葱绿，诱人思山野。然，在吃完一片半面包后，有了几个新生定想。

宗教是否也要与时俱进的创新？如今，凡事似乎都在追逐"创新"，是故，人们的普世性恒定价值观缺失了度高。其实，如礼乐之故，是不宜多变的。

文明之人怎么生、怎么活、怎么死都是有礼数的。礼，乃管控调度人彼此关系而节制任性之仪式法；乐，乃激发抚慰宁心安好和谐之德音药方子。礼乐＝秩序调控＋安适快乐＋文明思想＋精神习惯＋尊贵荣誉＋行为仪式＋教育方式＋演习暗示＋社会性别文化。一句话，无礼无天下、无乐无安好。《中庸》所言的"致中和，天地位焉，万物育焉"，可谓揭示了中国礼乐文化的核心功能与意义。环视今之国度，宜集成编撰名《国家礼乐》的中华礼乐艺术大典，让现代国民拥有一套当世之当行的礼乐之范。事实上，基于中国智慧的"仁爱＋礼乐＋中和＋民本＋理气＋大同"内涵的中国思想，可名之为"中华共产主义社会思想"，如是，才可谓中国真正有了文化自信、道路自信、制度自信、生活自信、理论自信的可守候之普世性中国价值观。

一切宗教的核心在于"思了"二字。用不可思议的"思想"方式"了结"不善、不乐、不知、不明、不智、不愿的一切想了断的事与心。宗教当澄明。

一切哲学的核心在"思真"。远思求真，穷心明之智为，故得世间纯明玄思妙理。的确，哲学给予人的无上价值和快乐，是在于能够揭示清楚事理关联的那些无穷道理。

一切科学的核心在"思技"上。用心求成事之技，获得伸展人之自然外力而安其愿。人类是基于冷兵器的教训，才有了发明热兵器的想法与技术。

一切艺术的核心在"思妙"。即，运思求妙。妙者，乃常人想象不到的绝妙，获得美艳绝伦、惊世才情、奇思绝想、巧夺天工、无与伦比、气随理之释观者也。艺术是心狂净眼耳之物。"艺术涅槃"是艺术的特质。①艺术是既创生，又无创生之变与不变的圆融情趣达意文化。

一切教育的核心在"思长"。即，运思让人成长和建功业。美术教育就在于思长妙心，让学习者获艺法而心狂生净眼物之意识与能力。不润人的美术教育不是教育的真意。凡教学让学生获得"明了其家所归道路"的成效，是上绩。一言之，思长妙心乃美术教育之光。由是，美术教育哲学旨在建构清晰、自证完好、具有拓展引领性的美术教育形而上学之道理与结构空间的光。安立艺心，远诸烦事。

艺理学是艺术学的基础、学理体系和精神家园。易言之，艺理学者，乃言艺术所以然之学说也。以理升气方得艺术之绝华。

为了人类而新生是学术之旨。学术乃造不曾有之佳有的事业。

人伟国大哉！

世界无需拯救，要拯救的也是自己。

2015 年 5 月 16 日于北京。
乙未年国庆节居家再校定稿。

---

① 林语堂在《涅槃为何物》序文中讲："我们读到涅槃是'既无有，又无没有'。"（林语堂.印度的智慧［M］.西安：陕西师范大学出版社，2008.）

茅 屋

你给我了一顿早餐，
我也给你一首诗，
一年年，
在那长河岸的草屋。

岁在 2015 年 5 月 29 日于北京。生活如常，
岁月如歌，矫情入理，外化度日。

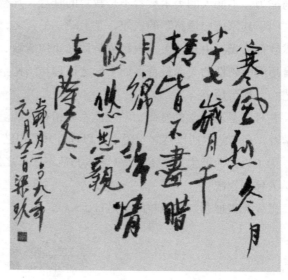

《寒风》（纸本），43 厘米 ×45 厘米，2009 年，梁玖

蚯蚓之死

我不是生物学家，从根本上就不清楚蚯蚓的一生是如何度过的，更不知道她是如何老死的。然而在这里我不得不讲一条蚯蚓之死的事。

那是在甲申初夏北京的一个清晨，下了一夜的雨还在继续，雨不很大也不小。蔷薇花也洒了一地的花瓣在雨中。在一个缺水干燥的地方，作为南方人的我总是喜欢下雨的，何况是在临窗凝望那丝丝不停的雨时，又总是不由自主地要想起南方来，雨雾般湿润润的空气真的是别有滋味在心头呀！忽然，生起了去雨中走走的念头。

雨中行人不多，空气却异常的清鲜而沁人心田，我一边走着一边不自觉地不断深呼吸，惬意无比、自由无比、自在无比。也就在我放任的呼吸和享受那份难得的雨中湿氲之气时，我看见若干条蚯蚓在雨中的路面上爬行——也似乎是在自由自在地散步。

我真的是惊呼于蚯蚓的灵敏和数量。他们或许也是感觉干燥的时间是太久了，身心都需要雨露的滋润才会再有生的希望和信心，于是乎在闻到雨露的气息后便不约而同地、蠕蠕而行地来到被雨水直接拍打的路面尽情地沐浴、尽情地歌唱、尽情地享受。雨路上到处是她们的身影，让行人都躲躲闪闪地走着。老实说，当看到那大大小小、长长短短、粗粗细细的蚯蚓散队行进时，我全身都紧张而戒了严，且不自觉地在雨中打了几个寒颤，对蚯蚓那异质的身躯真是有几分怕的。

　　还在颤怵之意中，便也惊讶地发现一条约有一根筷子粗细长短的蚯蚓卷曲扁平地躺在雨中任雨水冲刷而无一丝动弹。我意识到她已经死了，是被行人或车辆在不经意中踩死或压死的。我的心不由又是一阵紧地打了一个寒颤。这时倒不是怕了，而是有几许惆怅心绪了。

　　好端端的就死去了，就再也看不到雨中奇景了，再也不能在雨中歌唱了，再也不能……本来，蚯蚓是怀着激动的心来雨中沐浴、来雨中歌唱、来雨中相会相约明天的，然而却意外地丢失了生命，而且丢失得是那样的快，几乎没有多少人在意她静静的离去、永远的离去。也只有像我这样的既闲又不闲之人，才在意起了她生命的丢失和一切希望的结束，并上了心地去想去思！好在还有她钟情而又润泽万物的雨，为她作最后的抚慰和默语祈祷。不过，蚯蚓本是奔雨而来的，在她生命结束的刹那和身后，有雨守候在她身边和亲吻她的灵魂并为之祈祷，我想，蚯蚓也许能得以安心和笑着上了新路吧。因为，终归是她渴望得到的雨陪伴和送走了她！

　　把生命丢失在自己希望和追求的地方，也许比把生命无谓的丢失在风里好；把生命丢失在自己纵情歌唱的地方，也许比把生命丢失在粗俗争吵中好；把生命丢失在心香之所，也许总比把生命丢失在肮脏之地的好，这样想着在雨中，也就为蚯蚓之非猝死之死，找出了一个宽慰的理由、一个放松心情的理由、一个不太难过的理由。

　　然而，初夏古城清晨沁人的雨境、那蚯蚓生命结束的视觉记忆场景，还是让我的心绪久久不能平静。蚯蚓为什么不多一些小心、为什么要那么不顾生命地抢行人的路、为什么追求希望会付出生命的代价……我似乎又责怪起蚯蚓来了。

这种矛盾的思绪，一直萦回在我的心上，不知这个夏天结束后，是否会好一些。

雨似乎有些小了，另外的蚯蚓还在不停地爬行着，风却特别的凉。

已远离这个缤纷生命世界的蚯蚓，你知道吗？愿你多保重！

2004 年 5 月 16 日抒怀于北京科技大学国家博士后寓所。

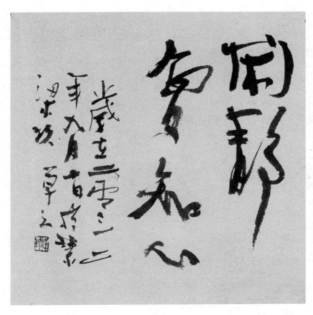

《闲静复知心》（纸本），43 厘米 ×45 厘米，2012 年，梁玖

红了的山楂

他
已经死了，
在朝圣的路上，
倒得是那样的迅速
再也没有起来。

我们
确证他已经死了，
心满意足的
一动也不动，
只留下了一颗山楂。

2015 年 10 月 12 日 23:55 于北京，
夜正在滑向深处。

夜　雨

又是夜雨送人凉，
何故吾君奔正忙。
天边雷公断心肠，
借得清风问短长。

　　2004 年 7 月 8 日入夜后，忽然下起了雷阵
雨，临窗迎风，凉意悦人，无比惬意，继而思
及雨中忙碌者，故而作之，于北京学院路寓所。

《黄昏回家路远矣》（纸本），43 厘米 ×45 厘米，2014 年，梁玖

辞　行

感谢上帝，
我在此刻遇见你。

在阳光朗照的日子里，
我想，
请你坐下来。
如果，
你要离我而去，
我将用心灵的歌，
祝福你。

好好爱自己，
感谢上帝。

2003 年夏于北碚。

又见炊烟

那年，
荷叶清鲜，
欢颜在草间；
一晃，
流年，
南北天。

如今，
山翠水清草更长，
白鹤映老墙；
你可知，
狗蛋我，
又见那乡亲炊烟忙！

2013 年 3 月 28 日于重庆巴南
区文联之"巴地听雨"沙龙，即兴咏
句予诸君。

我是你的雨滴

我本是随风而飘的雨滴，只因你刚好路过我飘落下的地方，才遇巧而短短地停靠在你的身旁，你也才知道了我的凉意。你试图用玉脂香温的手捧住我，无奈风太大，无奈我太小，无奈你情蕴浓，你随风而遇的雨滴，就那么化了，没有叹息、没有悲情、没有昂扬。然而，却成化为了你手中的雨迹。

或许是因风的缘故，或许是因情的缘故，你在意起了那可怜的、生命短暂的雨滴来。化着雨迹而无生的希望的我，深深地于你不知不觉的当儿，也为你——你的芬芳和柔情与善良——心动起来了。起初，我想还是不要梦想吧，若太阳升起来了，雨迹也将被很快晒干而无存的。谁知，善良的你啊、心灵纯美的你啊，越发悲怜起我这个本已无生息的雨迹来。不曾想到的是，温柔多情的你竟然掉下了香泪来正好滴在雨迹上，渗透了我这即将干枯的雨迹。也就在朝阳升起的那一刹那，被你润泽的我——那个随风而飘、而逝的雨滴，居然又有了感知新生命的生机和可能……

心存感激啊！即使是沧海和桑田。

重新感知和体悟存在深意的那个时节，正好是花香四溢的春季。那如歌的春色，那秀美的花季，那多情的时光，你带着我游历了心海和情山。一道道河啊，一座座山，看不尽的仙色，听不完的泉声，我这滴于你随时可遗去而枯竭的雨滴，感怀至深。也梦想着回报你的纯情和好意。

世事艰难啊，彼时还是阳光万里，草长蝶舞，此时却是风卷残云，雨下如织。在你还未来得及收藏好我的时候，我已被同质而异时的雨水掠走化入了泥土中。未曾告别，未曾报答，未曾给你润泽……请你谅解吧——令我曾那么感动、那么幸福、那么不知了天命的香羽！

我是你的雨滴，可你别忘了我哦，无有香羽神。明年的春天，我滋养的那块泥土，定将会生出一朵灿若仙子的花朵，那是专为你——我那柔情似水的有七个角脉的香羽——而开的。那时你会在哪里？你会去摘那朵为你而开的花吗？

不过，真要是到了那时，一切的一，一的一切都已不那么重要了，我想。

忘却的好，还是。

2000 年 4 月 22 日作于六朝古都。

《似有祥云》（水墨写意），43 厘米 ×45 厘米，2016 年，梁玖

知　觉

八月十二日上午十时许，医院里穿着翠绿色卫生服的接送员告诉我上卫生间小便，准备马上手术。那时，没有多想就照着去做了。当时，身边没有一个亲人，熟人也没有，也没有一个照顾的人，似乎这世界中的我，就是一株自生自去的野草，只有风知道他的存在。

远离故土，也是要付出代价的。

随着走进四层的手术室，来来往往的人不少，许多台手术都在那里同时进行。我随同引导员去到了一间不知是几号的手术屋。房间狭小，设备一般，有三五个人在其间。他们叫我脱掉上衣平躺到手术台上，随即就给我打上针管，贴上心电图的线、血压带，一阵忙碌后，让我左侧弯身，是在朝腰间打麻药了。麻醉师姓张，四十岁，似乎是个性格开朗的人，他与我说着话。我提示说：别做错了。他说：没有效果不收钱。随着药的注入，腰身一下子感觉是一阵热流穿过，慢慢地下半身的知觉就开始失去了。而后，他们又把我翻了个身，让我匍匐着，接着就开始在臀部那些位置进行消毒的一些手术前的准备。

这是我自小来的第二次进入手术室。此刻，特别希望有亲人在旁。

也许是在十点四十分左右，主刀大夫来了，说着话就进行手术了。没有一点知觉。只听他们讨论从这里开洞、挂线什么的。总之，是在无知觉地任由其使。约在十一点手术结束，把我推出手术室时，是十一点二十五分，也看到鹊珊来了。

《何路无痛》（纸本水墨），41 厘米 ×40 厘米，2012 年，梁玖

　　还是由送来时那位张姓的接送员送我，速度很快。到电梯时还停了电，打了电话，才用成了电梯。

　　推我到病房，在病友们齐心协力下，才把我费劲地从运送车上抬到病床上。谢谢他们的帮助。失去了知觉，真如废人一般。

　　持续平躺六小时是一个艰辛的事，只有上半身可以有限的活动，下半身无知觉。此种时刻，是真切体会到了瘫痪的滋味，多艰难，也宜多体谅是好。

　　还是有知觉的好，还是好好知觉的好！

　　　　　　　　　2008 年 8 月 17 日下午于北京休养中。
　　　　　　　　　补记：遗憾是这次手术失败了，接下来的三年中，又在另外一家医院做了大大小小四次手术，苦不堪言，进而生出"无痛是福"的感悟来。2015 年 10 月 13 日识。

终于成了宠物

望着
那些东行西走的，
不知道，
自己到何处。

走过菜田
被你，
看见，
终于成了你的宠物。

2014 年 12 月 3 日于北京长河边书屋。

假定命题

　　望着南去的领头雁，想起"假定命题"来。

　　领头雁是跟随雁行为的方向。假定命题是自己的领头雁。自己不仅需要有寻求假定命题的意识和观念，而且还必须要寻求到——不止一个，在人生的中途。

　　成功是假定命题的实证结果。不论是软的思想体现，或者是硬的实在体现。

　　寻求到相殊的假定命题需要心力。专业的心力是主客观锻造的结果。忽视锻造的历史，人生的悲剧往往是一个接着一个。

　　领头雁，也是一个概念。假定命题，既是一个概念，又是一个方法。自己有了明确的行为命题和行为的方法，就是希望，就是财富，就是幸福！突然想起晚唐五代著名词人韦庄的《思乡帝》了："春日游，杏花吹满头。陌上谁家少年足风流。妾拟将身嫁与一生休。纵被无情弃，不能怨。"

　　自己的存在需要有的放矢。任何一只狗的主人总是有一个说服了自己的理由才养着它。就像我在虎年里养着两只兔子一样——被小女规定着，其中一只很是凶悍霸道，也很有些派头气势，不过它也给了我一个创作的命题，尤其是在这兔年里。

　　原野的尽头有个红人走了过来，似乎……

　　北国的风的确是有些寒凉了，我自觉地用力关紧了门窗。

　　回吧，只要知道去哪里，尽管路途遥远风雨多。

　　又一行人字形南归的大雁消失在天际。

于庚寅年大寒北京望尘园。

主动应答问题的超越论^①

当下中国是处在一个需要创生中国本土思想的时代。只有具有了自己的思想及其思想体系，才可能有力量、有视点、有方法去主动应答问题、发现新问题、解决系列问题。诚如胡锦涛"在庆祝中国共产党成立 90 周年大会上的讲话"中所说："在新的历史条件下坚持马克思主义，关键是要及时回答实践提出的新课题，为实践提供科学指导。我们要准确把握世界发展大势，准确把握社会主义初级阶段基本国情，深入研究我国发展的阶段性特征，及时总结党领导人民创造的新鲜经验，重点抓住经济社会发展重大问题，作出新的理论概括，永葆科学理论的旺盛生命力。"

只要有思想，就不怕黑暗来临；只要有思想，就不怕黑夜漫长；只要有思想，就不怕肉体之伤。

处于中国现实中的每一阶层的人，一是都应该充分意识和认知自己的社会角色与存在价值。二是要具有和能够主动而超越性应答面对问题的意识与能力。因此，确立"主动应答问题的超越论"，有重要的学理与现实意义。

一、一个现实命题

纵观当下的事象和需要，应该提出和确立一个命题：主动应答问题的超越论。

---

① 该文是参加"2011 年第七期、第八期北京哲学社会科学教学骨干研修班"结业时的专题报告。刊此时有删节。

当今中国，俗常，可以说已经成为了一个普遍事象。比如说，东北某地为了媚俗讨好性吸引有的日本人去投资，居然把 20 世纪日本人侵略中国的行为当成光彩的事情予以纪念，竟然无人格、无国格、无耻地在当地修建了"日本开拓团纪念碑"。同样无耻的行为还发生在近日的安徽。安徽某地的一群无耻中国人居然在红色旅游活动中，让游人穿上 20 世纪野蛮侵略、侮辱、屠杀中国人的"日本鬼子"的军装，手持日本屠刀押着捆绑的所谓"花姑娘"——中国女性进入村庄，这类问题在中国还不是个别问题的出现说明了什么呢？没有是非观念、没有历史观念、没有文明观念、没有正确的价值观、没有纯美的心灵、没有崇高的精神灵魂，这样的人、这样的族群终究会被人奴役的。忘却历史的教训，必将再一次受到历史的惩罚。再比如，笔者在 2011 年 8 月 4 日给新疆建设兵团骨干美术教师来京参加国家级培训学员的开班演讲中说：刚才在听情况介绍时突然产生了"三个不容易"的观念。一是祖国不容易。在祖国全面建设发展过程中，为了可持续培养好一代一代优秀的国民，还特别制定政策分批、分次培训各级教育机构中的教师。二是承办培训的学校不容易。三是来京参加培训的学员不容易。之后，有学员便提问说：你为什么要讲"祖国不容易呢？艺术要为政治服务吗？"坦诚地讲，面对该问题真是思绪万千。难道一说到祖国，就一定是政治吗？祖国的主权等仅靠艺术去坚守吗？再者说，难道艺术不可以为祖国服务吗？难道政治就那么恐怖吗？事实上，说一个人应该具备艺术素养中的艺术素养内涵里就包括艺术及其存在语境关系。艺术与它存在环境的诸多关系中，就包含艺术与政治的关系。我当时就讲，别把艺术人为地搞得那么所谓的纯洁。艺术不是孤家寡人。艺术是因人的需要才产生的。此外，再看看我们的周遭，无数的人除了极端的利益行为、金钱观念、利用关系，还剩下多少的人类文明风景？

还有多少人生品位境界？还有多少宽容和爱的灵魂在我们生活中游荡？一句话，当下中国需要正常的人的生存和生活理念，以及正确的思想与思想体系。

"胡锦涛总书记在庆祝中国共产党成立90周年大会上的讲话"中智慧地指出中国共产党目前面临的四大危险之首要危险是"精神懈怠的危险"。的确，无论是个人，还是群体，一旦在精神上失去灵魂、失去力量、失去前进性，必将变得懈怠。如此，人的主动性也就会逐渐消失。失去主动性的个人或群体，是难以取得事业的成就的。换言之，如果没有主动性、没有超越性，一是不会或不容易发现问题。二是面对了问题也不会积极处理或处理不好。所以，"精神懈怠"与"能力不足"都是一种危险。要主动、要超越地面对问题、解决问题，就需要有思想、有理论、有方法。总之，中国当下需要有——主动应答问题的超越思想。

二、核心任务目标

确立"主动应答问题的超越"理念后的核心任务目标是——"如何超越？"

当一遍一遍研读"胡锦涛总书记在庆祝中国共产党成立90周年大会上的讲话"文本时，这个"如何超越"的意识越来越强。比如，胡锦涛说：中国共产党和中国人民"经过90年的奋斗、创造、积累，党和人民必须倍加珍惜、长期坚持、不断发展的成就是：开辟了中国特色社会主义道路，形成了中国特色社会主义理论体系，确立了中国特色社会主义制度"。那么，"面对风云变幻的国际形势，面对艰巨繁重的国内改革发展稳定任务"，如何坚持中国的既定道路、理论、制度？如何"在新的历史条件下提高党的建设科学化水平"？如何让中国共产党"始终代表广大青年、赢得广大青年、依靠广大青年"？等等这些重大的理论问题和现实民生问题的解决，是需要新生的思想、新生理论、新的超越。

当然，主动应答问题的超越是不容易的。比如，关于"马克思主义中国化"问题，究竟是怎样一个中国化？如何中国化？又如何再"大力推进马克思主义中国化时代化大众化"。^①我一直认为，当下是到了将"马克思主义中国化"命题予以一个明确的、一句话表述的时期了。否则，会影响中国共产党的凝聚问题、会影响中国社会建设与发展问题以及影响中国核心价值的确立。

面对"一句话表达'马克思主义中国化'"的问题，以及面对西方的民主、博爱等社会核心价值观念问题时，中国应该有自己明确表述的核心价值观念外化关键词和思想语句，这些的确是需要我们有超越的意识、思维和理论。比如，是否可以这样来"一句话表达'马克思主义中国化'"——"求是和谐社会观"，或"求是和谐文明幸福观"，或"求是和谐社会发展观"。因为，"胡锦涛总书记在庆祝中国共产党成立90周年大会上的讲话"就高度概括地讲道："总结90年的发展历程，我们党保持和发展马克思主义政党先进性的根本点是：坚持解放思想、实事求是、与时俱进，以科学态度对待马克思主义，用发展着的马克思主义指导新的实践，坚持真理、修正错误，坚定不移走自己的路，始终保持党开拓前进的精神动力；坚持为了人民、依靠人民，诚心诚意为人民谋利益，从人民群众中汲取智慧和力量，始终保持党同人民群众的血肉联系；坚持任人唯贤、广纳人才，以事业感召、培养、造就人才，不断增加新鲜血液，始终保持党的蓬勃活力；坚持党要管党、从严治党，正视并及时解决党内存在的突出问题，始终保持党的肌体健康。"

---

① 胡锦涛在庆祝中国共产党成立90周年大会上的讲话。

三、可能的有效方法

的确也需要认识到："主动应答问题的超越"揭示了：主动不易，超越更难。那么有没有可以探寻的路径方法呢？从学理上看，有两大基本方法：一是要不断创生独立思想；二是要随时有心创造。

首先，创生独立思想。主动应答问题，超越性应答问题，离不开特有的思想。思想是人们的一种经典理论。一个族群、一个民族、一个国家、一个社会、一个政党，如果没有这种经典理论性思想，如果不能持续不断地创生独立的新思想，那么是危险的。创生独立思想的重要性，在"胡锦涛总书记在庆祝中国共产党成立 90 周年大会上的讲话"中是阐述得比较充分的。如他说"理论创新每前进一步，理论武装就跟进一步，这是我们党加强自身建设的一条重要经验"。同时，他还指出"事实说明，不触动封建根基的自强运动和改良主义，旧式的农民战争，资产阶级革命派领导的革命，照搬西方资本主义的其他种种方案，都不能完成中华民族救亡图存的民族使命和反帝反封建的历史任务。要解放中国发展进步问题，必须找到能够指导中国人民进行反帝反封建革命的先进理论，必须找到能够领导中国社会变革的先进社会力量。"

总之，中国当下是到了一个全民应该努力创生思想的时代。如此，我们才有前途。没有独创的中国思想，中国的文化软实力就永远不会有。比如，对于"中国特色社会主义"这个表述，是否是完善的终极形态？对其是否有另外的简明表述。如果更自信一点，其可以直接表述为"中国社会主义"，并进一步建构"中华共产主义思想及其理论体系"。因为，"以毛泽东同志为核心的党的第一代中央领导集体团结带领全党全国各族人民，夺取了新民主主义革命的伟大胜利，确立了社会主义基本制度，为当代中国一切发展进步奠定了根本政治前提和制度基础。"①也就是说，社会主义的中国所实践的社会主义内容与形式就是一种特色。说中国，就表明是特色。当然，这是需要集体智慧去研究的重大课题。于此，仅仅是从学术角度列举阐述学理之为。

其次，随时有心创造。当下中国的许多方面职业化倾向明显。然而，很多事情的处理，许多问题的解决，不能仅仅是职业化就能解决的。也就是说：主动应答问题的超越，是需要随时有心创造的，如此才能真正面对问题，才能解决问题，才能发现新问题并解决之。有心创造的基本要求是真诚原创。

为什么中国在近些年里，不断出现信任危机、不断出现学术剽窃行为、不断出现坑蒙拐骗事件，原因在于众多行为者缺乏起码的社会伦理底线、缺失良心、精神懈怠。最近有报道说：中国民众现在患上了社会真相饥渴症。其实，这致病原因多出在行为人的无心上，即不真诚。比如，有报道说：云南一位自愿捐赠骨髓的人在即将手术时反悔了。而导致其反悔的原因是医院出现了机械故障，致使捐赠人对手术成功的担忧而毁约。结果导致受捐人出现医治危机——出现了生命危险。想想看，如果那家给骨髓自愿捐赠者做手术的医院是"有心创造"的工作，能出现这种危局吗？

一句话，随时有心创造，不仅会创生出经典的思想，而且会获得超越性主动应答问题的方法。

2011 年 8 月 5 日于北京。

---

① 胡锦涛在庆祝中国共产党成立 90 周年大会上的讲话。

明白演讲的根本（纲目）

一、主题明确

清楚自己要讲什么？为什么？结论是什么？

能够讲出——针对的问题 + 发现的问题 + 力图解决的问题 + 自己的看法 + 自己的观点 + 自己的态度 + 另一个引导 + 结论正向明确 + 逻辑层次明晰。

自我观点要鲜明。

具有学术性。

信息量要大。

一句话，有自己明确的独立宣示内容。

总之，演讲是指具有独立思想的人向特定听众激情发表特定主题之独特见解，看法和观点的张力性传播活动。其核心规格是：鼓动性强、观点鲜明、态度激越、分析目标、凝聚力量、实现目标。

二、让人能分享所讲的内容

自己讲出的东西，要让人获得点东西、有值得分享的价值，包括获得：

① 新鲜的事实。

② 一些别人有可能不知道的知识、领域、方法、思想、问题等。

③ 给人诸多的启示——思维上的、生活上的、专业上的、人生上的，等等。

④ 促进听众主动思考。

⑤ 传播令接受者态度改变。

⑥让听众能够逐浪性推进成长。

一句话，让人觉得难得一听。

三、讲述逻辑清晰

全场演讲是——怎么开始、怎么过渡、怎么深入人心、怎么结束，都要讲得清清楚楚、明明白白。

一句话，让人听得清晰，易于理解和明白。

四、现场感鲜活

①切入当下和现场。

宜有大事、小事和身边事，这样让听众觉得鲜活，离自己很近。

②揭示自我真性情与专业特点。

③讲究演讲语言与肢体语言的强表达力。

沉稳别急＋以关键词方式串联讲＋一个意思＋一个意思地说＋吐字清楚＋适当手势＋语句清晰＋声音有节奏＋幽默风趣＋注重肢体语言的设计与运用……

一句话，让听众有身临其境的强烈呼吸体验感。

五、亲和力强

具有自然亲和力与专业幽默感。

让人觉得演讲者可敬、可爱、可亲。

要有身份和角色意识。

一句话，让听众有快乐感。

六、演讲艺术鲜明

有场控艺术。

有特别的视点＋有预料之外的新意＋有独特趣味＋有个人风度＋可欣赏＋有价值。

演讲者是表演艺术家，不是演员。

一句话，演讲者要有"演＋讲"的特别意味与风采。

七、力求有历史性

揭示自己出场的价值。

让听众有荣誉感、印象深刻、有回忆性。

一句话，自己"本次演讲"这件事情应该有历史的厚度与温情。

八、结论

总之，演讲者要清楚地让听众轻松地——知"道"＋"为"：存在与非存在之道＋理、事＋情、价值，与思＋想、行动可能的希望等复数性内容。

九、附

1. 自己出场演讲的原则

让人飞过有风的麦田

自己始终有精神

一齐走

随时是作品

出场一次精彩一次

给人仰望天空与捡田螺的思想与方法

自己有办法

演讲前有预设

集中注意六点的思考和表达：

① 预想听的人在想什么和要什么？

②自己这一次的演讲风采是什么？

③自己能给出什么样的引领？

④ 这一次讲演的一个自己的新意思想或说法是？

⑤ 这一次的口语表达新意是什么？

⑥自己对本次演讲设定的总体期望水位在何处？

2.及时应答"三三式报告法"

"三三式报告法"，乃余主张的学术及时应答报告的3+3报告法，对其训练掌握后有助于提升自己的演讲能力和自己每一次的及时应答报告表达效果。

3（主题→方面＋层次）+3（意图→成效＋技巧）

① 主题＝标题＋核心（有意义＋供分享价值）

↓＝情怀、态度、思想、
观点、价值、方法、
其他

"主题"，即自己"这一次要说"的内容。当然是能够给人欣赏的内容。

主题生成方法：自己"善超诸有"。即善于——洞见、发现、总结、反思、概括、抽象、关联、超越、定义、结论、远离、原理、智慧、经典……

② 方面＝类关键＋关系

↓＝已有事项的分类＋开窗式新的分类

"方面"，即自己所讲"主题"的构成分块内容。

方面生成的方法：善于确定——分类关键词＋互动关系链。

③ 层次 = 结构时空 + 系统 + 逻辑

$$↓ = 先什么 + 后什么 + 为什么$$

"层次"，即自己所讲主题的某一"方面"的内容区分性关系状态。

层次生成的方法：即自己对"本次"报告所说心中有数。

④ 意图 = 针对 + 态度 + 情感 + 观念 + 责任 + 思想

"意图"，乃自己本次演讲的逻辑起点与终极目的。

意图生成方法：综合圆融——现实对象 + 自己的理想 + 语境 + 未来等因素。

⑤ 成效 = 预设听众感觉结论   +   自我感觉结论预设

$$↓ \qquad\qquad\qquad ↓$$

= 反应 + 态度 + 变化度 +   = 自我价值证明 +
评价结论水位   获得欣赏度 + 载誉度

"成效"，即自己对"这一次"报告的实际效果达成的预设。

成效生成的方法：最大化满足听众期待与引领。

⑥ 技巧 = 礼仪文明度 + 观照力 + 亲和力 + 表达力 + 传播力

"技巧"，即自己用于本次报告的思维技术及其外化技术路线系统。

技巧生成的方法：有清晰思考和表达——理想 + 目的 + 目标 + 针对性 + 整体性 + 顶点 + 不曾有的有 + 超越预期 + 宽度 + 新颖性 + 深度 + 精度 + 亮度 + 人文度 + 耳目一新。

3. 评价学术演讲的规格

（1）评价学术演讲的原则

① 整体性——整体关照

评价者对演讲者和演讲内容都要给出整体性概括的评价结论。

尤其是要揭示出和推介值得欣赏的内容。

②学术性——学术审视

辨析演讲主题设置与传达的价值。

揭示出演讲内容最具有的价值及其价值水位。

发现不足或补充性、或批评性、或校正性建议等。

受启示的延展性话题等。

③个体性——展示自我

坦诚评价者自己的相关观点、意见、看法、剖析、批评等。

④风格性——评点艺术

评价者在评讲过程与语言运用和表达、礼仪上是有价值与个性的。

（2）评价学术演讲的审视要素

①肯定方面

②生殖方面

③欠缺方面

④建议方面

⑤总体结论

2015 年 6 月 11 日于北京·望尘园，草予清子阅。

巴南宣言①

巴南，承载重庆文化 3 000 年的一块古老而广袤的土地，在如今全新的人类发展理念和新的发展环境里，巴南领导集体群策群力提出了完善发展建设新巴南的美好愿景，创造性确立了"文化让巴南走得更远"的建设思想，我们参加"巴南文化与形象建设高端论坛"的专家学者、社会各界代表，在广泛论证的基础上，达成共识，一致给予完全肯定和支持。希冀巴南建设成为具有自己的思想、精神、模式，以及新成长路径和更适宜民众享受生活、体验人生的福地。

紧扣巴南而发展

在完善性建设巴南的每一步，都要好好思考和追问：巴南是什么？巴南有什么？巴南魂是什么？巴南文脉是什么？巴南缺什么？巴南不缺什么？巴南新的愿景是什么？把巴南作为重庆的社会博物馆来建设，升华巴南的城市组团与乡村社区组团格局、厚重巴南文化、提升民众生活品质、充实重庆生命内核。世界大同不等于世界雷同，诚愿巴南的完善新发展不雷同别处而有巴南个性、有巴南气质、有巴南魅力。在此观念引领下，梳理确立巴南人的精神，缔造巴南的信仰，建设巴南本土文化，积聚巴南的财富，分享巴南的价值观，传播巴南的文明。

---

① 因我是巴南区政府聘请的"重庆市巴南区文化顾问"，故应约草之，并被采用。

形成巴南社会模式

巴南本来有性格，未来巴南的性格应该更有魅力。从现在起的任何时候，宜全面思考"巴南社会模式"是什么？建设巴南社会的依据是什么？巴南社会繁荣昌盛的内涵是什么？巴南独树一帜的幸福指标是什么？巴南悠久的族群历史、山水相依的自然、呼吸共生的城乡、朴实魅力的文化、兼容同构的经济，构成了巴南自成体系的生态之乡——巴南的自然、精神、思想、价值、信仰、创造、民俗、经济、文化，教育、产业、服务、城市、乡村、市场、流通、个性、品牌、学术、艺术、品位、细节、荣誉等生态。巴南的所有社会因素如何统合性有序和谐发展，是构建巴南社会模式永恒思考和问策守候的根本。

构建巴南持续空间

宜居的巴南不应该是天天非常规变化的。要有允许巴南有相当长时期的稳定不变的生活内容、社会因素、人文因素和自然存在。和谐的巴南不等于每天有新的"折腾主张"。冀望巴南是不折腾而有发展，不懈怠而有进取心，稳定而有新生活，变化中有不变，开放而有坚守，发展而有空间。巴南的建设不需要今日吃完明日饭的观念和行为，需要制定和颁发"区域发展法"等实施技术路线与保障制度。

巴南是生生不息的巴南，巴南是忠勇厚德的巴南，巴南是巴实厚重的巴南。把巴南完善建设成为可爱、可居、可游、可读、可品和富足、大气、幸福的和谐社会、温暖之乡，是我们的期望！

2011 年 8 月 26 日于龙洲湾。

手艺乡亲①

　　所谓"手艺乡亲"，是指手艺是自己的同乡亲戚。生活事实告诉我们：有手艺，就意味着——有温暖、有亲近、有根、有依靠、有智慧、有香火。所以，任何时候，讨论任一族群的"手艺"话题，都是有意义的。

一、有生活就有手艺

　　（一）生活在手艺中
　　（二）手艺长存

二、手艺不仅是昨天的故事

　　（一）知道族群昨天的手艺
　　（二）更要知道族群今天的手艺
　　（三）开启智慧创造自己的手艺

三、手艺是一个复数

　　（一）不可数的手艺
　　1. 手艺是一个海洋
　　2. 手艺是生态的存在

---

① 本文是 2014 年应邀在北京联合大学举行的"第二届北京工艺美术学术论坛"上的演讲纲目。

3. 手艺是不断更新的

总之，生活多样性需求创生了不可数的手艺。

（二）清晰"中国"概念的所有手艺

（三）研究手艺的视点与方法也是一个复数

四、亲爱手艺的惬意生活

（一）基于知道的更多分享

（二）基于证明的自信生活

（三）更自觉地品味生活

（四）作为一个研究的对象领域

（五）转化为造物教育的有机组成部分

结　语

——认识手艺，要有基于周全理解的新视点、新思维、新方法、新取向、新生活、新创造。

（一）更自觉地亲爱吧

（二）更有办法地知道手艺的秘密和魅力

（三）更美好地生活

2014 年 9 月 27 日于北京。

对世俗"吆喝"的认识与解读编码[①]

上篇 吆喝原本解读

一、"吆喝"存在与价值

1. "吆喝"：就是大声喊叫。这里特指大声叫卖东西的声音。"吆喝"往往很有韵律和地方特色。它在有的民歌中有体现，在一些文学作品中有反映、在影视作品中有展示。易言之，吆喝不是一种一般意义上的大声，是有特殊味道的大音量喊叫声音。

"吆喝"在本质上，不是一种"吵闹声"或"噪声"。

2. 在叫卖领域的"吆喝"，实质上就是一种广告。一种有声、有乡土意味的民俗广告，是一种谋生手艺的组成部分。"吆喝"是族群乡土生活的有机组成部分。如"南方芝麻糊"的电视广告语："芝麻糊——喂"。

"吆喝"不仅仅是人声的喊叫，一般有四种形态：

（1）人声吆喝。

（2）器物吆喝。

（3）人声与器物的混合体吆喝。即混声吆喝。

（4）录音吆喝。这是近些年来的新吆喝表达形式。

---

① 本文是基于木棉花说"驻地每天都有吆喝声，烦得很！"而引导如何面对现实事项与转换为做专业分析的谈话纲目。

3. "吆喝"是族群生存时态的反应。

（1）"吆喝"，让人认知族群生存状态，具有人类学意义。

（2）"吆喝"，能够促进族群认同，具有社会学意义。

（3）"吆喝"，能够充实族群生活细节，储存乡土文化记忆，证明人类行为方式，具有文化学、行为学、艺术学等综合揭示意义。

二、以学科触点认识"吆喝"

1. 学科视点的介入。不同的视点，将从吆喝存在里获取不同的内涵与意义。

广告，一种广告学视野的形式。

语言，一种语言学视野的表达方式。

音乐，一种音乐学视野的音响形式。

影视，一种影视学视野的声画中的音响语言形式。

行为，一种社会学视野的人类行为与生存方式、互动仪式关系。

手艺，一种设计学视野的工艺美术构件元素方式。

……

2. 置身其中善于寻找和发掘意义。

三、审视"吆喝"的传播效果

1. 分析"此吆喝"（此事物）的内涵

（1）吆喝的发布时机评价。

（2）吆喝的手段效率。

（3）吆喝的效果评价。

·心理：吆喝的心理机制与动机。

·态度：受众的接受态度考察。

·启示：此吆喝特色给予人的联想性启迪。

・认知：分析者的新知定位与界定。

2. 信息解读

（1）将获得的信息归类。

就是对所获的资讯，予以分类梳理和梳理分类。

（2）编码存储。

在梳理分类的基础上，将其理论化、资源化。

四、对"吆喝"的学术转换

1. 根据自己所在研究学科而转换运用

设计中的吆喝运用。

影视作品中的吆喝运用。

绘画作品中吆喝形象塑造。

音乐作品中吆喝运用。

其他视野的学术转换。

2. 学术转换的及时性

善于洞见。

善于及时应答性转换。

五、尝试原理提纯

（1）将其中的东西分析形成自己的观点。

（2）将事项解剖条理化。

（3）将存在揭示性抽象理论化。

中篇 对吆喝原本接受的编码

一、考察个体对"吆喝"的接受感觉

1.有价值

2.被批评

3.可改进

4.其他

二、对"吆喝"的接受分析

1.如何把平常的事物变成有意义价值的专业研究课题或主题。

2.自己有没有这种转换意识。

3.自己有没有转换的能力。

（1）是否去做。

（2）能不能做。

（3）做不出是为什么。

（4）能够做出而又值得肯定的是什么。

4.思考"吆喝"这种原存在文本是否是给自己提供了一个有价值的参考资源性文本。

（1）学习意识的构建。

（2）研究方法论的揭示与内涵。

　　如：语言的哲学分析方法论。

（3）理解人生的生活常态。

三、学科诉求

1.能否在自己的学科范畴内寻找到学术论析的触点。

2.能否结合自己的兴趣发掘到具有学科性研究价值的论题。

（1）有新的视点。

（2）有独异于人的观点。

（3）获得新的价值结论。

3. 构建自己的学术观点体系。

好好理解和实践独立"发现"的价值与方式。

善于及时构建自己的"学术时空结构与体系秩序"。

四、能否把"此点"变换成自己的学识和学养内涵元素

1. 自己究竟有多少这样的含金"此点"。

2. 自己能否随时如此地提炼含金"点"。

3. 自己能否将自己的若干个含金点熔铸构建成更大的学术体系？

4. 克服"视而不见听而不闻"式的学术状态。

下篇　认识"学术研究"的内涵

一、理解和分析"吆喝"过程和行为就是研究

（1）研究不神秘。

（2）研究很艰辛。

（3）研究含着乐趣。

（4）研究诉求贡献创见价值。

二、研究需要灵动的思维

1. 守候学科的灵动

（1）灵动的依据。

（2）灵动的归宿。

2. 凸显思维的张力

（1）让灵动的思维美丽而有魅力。

（2）让自己灵动的思维具有生命力。

3. 灵动调控研究方法

（1）拥有研究技术路线。

（2）明确研究规格。

（3）为实现研究目标而设计或寻求有效研究方法。

三、沉淀集成物化学术思维

（1）让自己的思想凝重外化出来。

（2）独立创生出有价值的新知。

（3）成型具有随时外化的意识与能力。

四、传播学术思想

（1）用什么方式传播。

（2）如何有效传播。

（3）传播目标诉求。

五、丰厚自己的学养

（1）丰厚自己研究的学科。

（2）扩展自己的学术视野和研究领域。

（3）丰富自己的学养而卓尔不群。

① 由专家而学者。

② 积养的魅力。

2004 年 10 月 27 日于北京北郊寓所。

面对公众的艺术作品解读①

高贵的各位：

下午好！

首先，谢谢中国美术馆杨应时先生于夏日的热情邀请，以及中央文化管理干部学院艺术学院朱怡力君的周全调控安排！

其次，欢迎来自全国各地美术馆的精英才俊走进我的讲堂。

……

最后，期望我们今天这个交流会有应该有的意义与价值。

谢谢你！

先给一个慢慢思考的概念吧——视觉矫情。

一、理解问题与命题

（一）问题

1."你"是学什么专业的——本科、硕士、博士？

美术＋教育学＋哲学＋艺理学＋传播学＋管理学＋舞蹈＋音乐＋政治学……？

2.你是如何理解《面对公众的艺术作品解读》这个讲题的？

---

① 本文是 2015 年 9 月 8 日应中国美术馆之邀给"全国美术馆公共教育人才培训班"的命题演讲纲目。

（二）解题

理解《面对公众的艺术作品解读》的诉求：

不仅仅是"告诉这个是什么？"如果是这样的话，我们马上做一个实验，你就知道其中存在的问题是什么？

实验一：《告知"这个人是谁"》

我现在向你们介绍一个人：请看，站在那个位置上的、头上有光的男人，是来自朝天门的吴君，他身体很长，嘴唇特别有特点，给人的感觉是英俊、有魅力，是朝天门地区著名的一个人，我很喜欢他。

当我这么介绍之后，你们真的知道和认识、了解了"这个人"吗？

实验二：《看作品"听妈妈话，别走远"》

我现在向你们介绍一件作品，请看《听妈妈话》（如图所示）。

《听妈妈话》（纸本水墨），44.5 厘米 ×68 厘米，1991 年，梁玖

（1）故事层面的叙述。

（2）作为中国画作品本身的特质、意义、价值陈述。

（三）命题

再来思考这"5+5"的一些命题，看你们各自有怎样的一些思想活动及其结论？

（1）人的价值是根据什么来判断的？为什么？

（2）美术馆的价值又是根据什么来判断的？为什么？

（3）藏进自家那座美术馆的最后一样东西是什么？为什么？

（4）从自家这座美术馆拿出来示人或分享的第一件东西是什么？为什么？

（5）自己总是给人分享的那件或那些东西是什么？为什么？

① 自家美术馆藏进去的最后一样东西，是不是最后拿出来的？或者准备何时拿出来示人？为什么？

② 美术馆排名的依据是什么？为什么？

③ 自家那座美术馆的美术哲学理念、美术文化、美术文明、美术学术、美术想象力、美术历史、美术景观之集中度与水位？美术馆前途如何？为什么？

④ 自家美术馆资源集中度中的实际能力指标与发挥水平如何？为什么？

⑤ 美术馆的主人是谁？为什么？

精神。

价值：全、不可替代、作用力强劲、可持续。

气象。

美术真理：美术哲学理念、美术文化、美术文明、美术学术、美术想象力、美术历史、美术景观、美术制度。

二、讨论主题与主旨

（一）重新审视美术教育

1. 观念上的审视

技术？艺术？审美？审艺？知识？营养？境界？气质？宇宙？圣灵？

"审艺，是指人们对艺术的领悟性判别反映。"

审艺既不是审美，也不想代替审美。

审艺是专注于思考怎样做才是艺术的问题，与审美无涉。审艺，好比是情人眼里的西施。

审美，好比是一个大众情人。审美是一个需要人人肯定的公约数。

《训练过程中》，2015 年，罗兰 摄

审艺只谋求获得创造者基于艺术本体和艺术历史、存在语境、自我诉求的独悟、独拓、独为之成果。艺术家的"这个独特成果"，允许受众不喜欢、不欣赏、不接受。更关键而重要的是经过耗费艺术家心血和精力才情与独门表现功夫的"这个独特成果"是艺术。如果以创作一个"大众情人"的审美标准来衡量和规范艺术创作，必将让个人的艺术走进"千百年来唱着同一首歌谣"的死胡同。

"审艺观，是指人们审视领悟艺术是非曲直的观念。"

半观写尝试体悟训练：半观写方法，是我的一个主张方法，由此让你们体会一下自己另一种自由的视觉绘画表达行为与感受。

2. 方式上的审视

3. 诉求内容上的审视

4. 目标上的审视

5. 其他的审视视点

（二）理解美术作品的上位概念

1. 四个上位概念

真切理解美术作品，有赖于对其基本的上位概念的内涵有所认知。

人→自己＝肉身＋本能＋个性＋习性＋思想＋仁爱＋潜能＋历程。

艺术＝人类情趣精神的行走方式。

在当今物欲横流的时空，在道德松弛、信仰衰微倾向突出的语境里，在快餐消费、功利至上的经济关系中，艺术似乎成为了唯一能够支持并帮助人们获得生命健康、心灵安宁、想象力自由行走的超自然力量与方法。

艺术作为人类的一种认识论与运用方法和工具的价值，就在于能够把"世间实相"变为另一种情趣魅力相，这一点在中国书法艺术创作中体现得更为明显。

艺术杰作，是艺术家心灵极度之动的结晶，这是艺术历史给予的经验结论。由此，也逻辑地揭示出艺术的一个核心命题——艺所见之无非我。

宜确立"艺所见之无非我"的艺术学理观念。

总之，艺术是指创造者想象性有意义排列悲欣情趣而达意养人的心灵吐露文化。

美术是人类价值之艺术性视觉造物实现的艺术形式。书法、绘画、篆刻、雕塑、陶艺、建筑、园囿、刺绣、漆器、剪纸、摄影、数字艺术、架下艺术、当代实验美术诸艺术性视觉造物形态是中国美术的核心类别。

美术是以人为中心创造意义的一种复数性特殊文化形态。美术文化是美术域的知识、思维、价值、意义、符号系统及其行为模式。

美术文化始终是对人类的——生存、生活、命运、境遇、人性、伦理、宗教、幸福、吉凶、性、爱、价值、态度、心理、性格、知识、民俗、梦想、意义、族群、经验、政治、慈善等内涵进行人文关注和完善视觉化表现的文化。

作品 = 个人直觉 + 情趣 + 形式 + 主题 + 技术 + 气象。

2. 美术作品

习作 = 习性熟练图式。

作品边界 = 视觉图式 + 美术活动 + 文字文本。

美术作品 = 个人艺术直觉与情趣的不曾有的极度吐露耦合视觉造物。

（三）美术馆的"养人"职能

把人滋养成为真正的文明生物。

1. 目的

健康人 + 建构世界→实现意义化生存的文明生活。

2. 养人的视界时空营养元素

美术养人的元素族＝眼界＋知识＋愉悦＋休闲＋知道＋教育＋成长＋资讯＋历史＋旅游＋生活方式＋研究＋文明风景。

3. 美术给予的核心甘露

个体人生作品概念。

个人形象塑造思想。

统筹存在之整体节奏与细节精致观念（如白描、素描学科给予的）。

意义视觉化美妙生活方式。

善于把自己放在世界上合适的位置。

荣耀证明自我族群。

4. 理想——实现文明化生活

文明化生活，是指人有精神气象地保存生命成长的生活方式。

高贵感、新派气质、教养化习惯、理想纯爱、慈善周围世界是文明化生活构成的核心元素指标。

一句话，文明化生活思想，是培养、秩序、调控个人或群体克服非生活而实现真生活的一种观念、理论与方法。

真生活，是指安适性有细节与节奏的惬意生活方式。

非生活，是指基于生存之后超越个人或群体日常各项活动宽松所需的生活状态。非生活的基本表征，是没有惬意感地超越正常生活之为之态。

我想，美术馆"面对公众的艺术作品解读"等艺术教育目标，应当让每一个接受者能够去除"非生活"的观念与状态，实现过着"真生活"那"静静平实有意义地分享岁月"的惬意日子。

（四）各显适能地文明化超出

核心：自己有办法。

三、理解基于差异需要的读解技术路线

手术刀

手术

成功

（一）美术作品解读的逻辑起点

1. 解读原则：满足差异需要

思考自己给予解读的指导思想。

读解艺术作品需要紧扣和守候五个基本观念：

艺术是人类一种根本性不可替代的办法。

艺术是文化创造的一种途径与方式。

艺术是一种文化形态。

艺术创造依赖于原创力＋表达力＋境界力。

人的内心是一个复数世界。

2. 采用的专业学理

借用理论与方法

自创理论与方法

形式主题分析读解法

精神心理分析读解法

因素圆融分析法

因素圆融分析法是指以因素群切入揭示美术存在内涵而获取被审视对象整体结论的方法。因素圆融分析法，是针对既有的每一种分析法都有欠缺而提出来的。

"因素群"的核心因素是：关系—原因—历史—引发—知识。因素圆融分析法，可以专门用于分析理解美术作品，也可以用于分析理解美术家、美术活动等存在。

（二）解读依据

（1）作品——看作品的档次。

（2）解读者——看引导者的才能与境界。

（3）接受者——看对象的身份与社会角色。

（4）置身语境——看外在的因素。

（5）把自己排除在外。

（6）像美术家一样思考。

（三）解读程序

1.核心是——寻找和确立"观看＋分享＋理解＋舒爽"的"五点"——视点、触点、焦点、观点、满足点。

2.读解方法的"一、二、三、四"口诀。

"一"，是指理解美术作品的"一个"总观念——区分整体认识与个别认识，或者说区分"共性与个性"。比如说，艺术形式、视觉语言、艺术心灵或艺术主题内涵、艺术理想、艺术思维、艺术组织或艺术修饰、艺术表现、艺术水平、艺术语境、背景情境、艺术风格、艺术贡献等等，这些属于理解美术作品的共性因素，不论是什么样的美术作品都会涉及，有了这个整体观念，就等于能抓住认知美术作品的基本方面。美术作品的个性方面，是指文化不同语境中的美术作品和相同文化语境下的不同作者的美术作品。比如，中国画和英国水彩画，是属于不同文化语境的个性美术作品。中国山水画和中国写意花鸟画就属于相同文化语境下的不同美术作品。

"二"，是指理解美术作品的两个视点。一是，族群文化视点，或称为"文化角度"。中国美术、外国美术，说的就是文化视点的区分表述。二是，表达方式视点，或称为作品呈现方式。其主要是指两大类：架上美术和架下美术。

"三"，是指对作品予以"描述、解析、定评"的三个方法。

"四"，是指选择尝试理解的四个典型对象——中国美术、外国美术、架上美术、架下美术。

3.实施路径。

（1）先做——看气象判断作品天气。

　　气象、气势、气韵、喜欢度。

　　一句话，观看和抓住吸引和震撼人注意的视觉力与心灵力。

（2）接着——看艺术表达技术功夫。

　　意图表现、艺术表达、艺术想象力、艺术物化。

　　习性、惯例、经验、原创、序列历史。

（3）再次——看心灵吐露水位。

　　悲欣情趣的揭示水平。

（4）然后——判断艺术品位。

　　"这件"作品是艺术史河流中的大船还是小舟？

　　艺术境界、美术原创。

　　艺术创作是精神的觅食方式。

（5）最后——自主思维运动体悟。

　　主旨：自主空灵性飞翔。

　　正向理解到、误读、全相读解。

全相论，是主张考量把研究对象的上、中、下位因素一体化全面整体地研究。避免单一相学术思维，从社会学视野发力，都是全相论读解美术作品的价值所在。

总之，解读美术作品需要在似与不似中游荡，从而有所感知、有所明白、有所升华。一句话，实现美术作品读解获得自得的惬意。

结　语

（1）"没有人要求你什么都不做"。

（2）愿以自己专有读解引导他人理解成长。

（3）奏响未来美术的曼妙交响曲。

（4）祝福以自己希望的美妙去行走世界。

（5）将我的《什么》送给你。

什　么

她总是在那里，

就看你，

是不是想，

或者想不想得到。

（6）推荐阅读：《审艺学》（梁玖）、《美术鉴赏与批评》（梁玖）、《艺术欣赏》（梁玖）。

2015年9月8日于中央文化管理干部学院。

礼乐艺术文化对族群秩序与尊贵之建构论①

尊敬的各位仁爱者：

下午好！

首先，谢谢孔庙和国子监博物馆的纪捷晶馆长的盛情邀请以及对我的硕士生、博士生和访问学者等弟子于今天参会学习的惠助！

其次，谢谢来自蓝天下各地的英才、智者于此时听我说话，我诚挚地欣赏您！

我——一个专司教育的人。

最后，期望我们今天于这个神圣时空的存在有深刻和长远的意义。

谢谢！

"礼乐天下"，

这是一个激发人渴望与践行彼岸理想的学术会议。

"多吃点，别讲礼嘛"，这样的话语，相信各位都是熟悉的。这句常常在自己做客时听到的话，至少表明了一个实事：在人与人的日常生活中，"讲礼"，是一个必不可少的存在物。因此，在当今这个因严重缺失恒定价值观而秩序混乱的当下时空里，进

---

① 本文是应孔庙和国子监博物馆的纪捷晶馆长之邀，于 2015 年 9 月 26 日在 "首届礼乐天下国际学术会议"上作的专题演讲纲目。同时，参加孔子诞辰 2566 年的北京祭孔大典，并担任初献官。

一步阐明"讲礼"对于个人和族群生长的价值，是有十分重要的意义。也就是说，如何基于建构族群良好社会秩序让人获得尊贵性文明化生活，是一个亟待明确的重要理论性和现实性问题。

一、看那历史温情的教训

我曾写有这样的句子——"饿着发呆时，觉得人自身在漫漫岁月中就是承担三件事：活着＋给予＋填空"。

的确，个人或群体，总是在希望、搜集、排除、担忧、爱、关注、行动、失望、直觉、经验、理性、思想、真理、主义、信奉、敬仰、欲望、批评、高兴、失落、影响、暗示、意义、无聊和荣誉中，在做大大小小的事情中，度过了愿意与不愿意的所有时光。

也就是在自己和他人要度过自己要承担的那些岁月的过程中，需要行动的依循、规矩、方法获得安适生命与幸福。中国的礼乐及其礼乐艺术文化，也就是这样在祖先的必需中被创建了。

无论我们怎么去谈礼乐，礼乐文化、礼乐艺术文化、礼乐艺术文明的终极目标与终极概念，就是建构秩序、尊贵、文明、幸福、生长的族群。

礼乐的内涵是丰富的。礼乐＝秩序调控＋安适快乐＋文明思想＋精神习惯＋尊贵荣誉＋行为仪式＋教育方式＋演习暗示＋社会性别文化。[①]

---

① 《庄子·天运篇》："孔子谓老聃曰：丘治《诗》《书》《礼》《乐》《易》《春秋》'六经'，自以为久矣。"即：庄子说："《诗》以道志，《书》以道事，《礼》以道行，《乐》以道和，《易》以道阴阳，《春秋》以道名分。"司马迁《史记·滑稽列传》"孔子曰，六艺于治一也。礼以节人，乐以发和，书以道事，诗以达意，易以神化，春秋以义。"礼：礼节（即今德育）五礼：吉礼、凶礼、军礼、宾礼、嘉礼。乐：是指音乐、诗歌、舞蹈等。礼乐和俗乐相加才是中国音乐文化传统的整体构成。六乐：云门、大成、大韶、大夏、大濩、大武等古乐。"舞"属于乐的教育，学生十三岁舞勺，十五岁舞象，二十岁舞大夏，勺、象、大夏都是舞的名称。勺是文舞，是徒手或持羽等轻物的舞蹈。象、大厦、大武等都是武舞，指手持盾、剑等武器，作击刺等动作，象征作战情节的舞蹈。

艺术社会史充分地揭示了——艺术是一种由人原创性有意义地排列情趣的心灵吐露文化。即，艺术是指创造者想象性有意义排列悲欣情趣而达意养人的心灵吐露文化。艺术让人永远成为引领性优势生物。

若以公式化表达什么是艺术，似乎可以罗列出这些构成艺术的结构性意涵元素。即，艺术＝自我＋情趣＋想象力＋价值＋信仰＋空灵＋原创＋精神＋思想＋心理＋体悟＋经历＋形式＋符号＋秩序＋表达＋满足＋启迪＝文化→艺术文明。

礼，是节制任性的文明律。礼是为了管控人的任性。乐，是让人心和谐安好。乐是彰显德性的音乐。

礼乐艺术，是指人类为调控个体和群体行为与和谐安好而想像性有意义排列悲欣情趣而达意养人的节律精神文化。礼乐艺术是人类的赠礼。她赠的是一个世界、一个方法、一种修养、一个权利。没有礼乐艺术的人生是不可原谅的。

礼乐艺术文化始终是伴随人类的。其中，礼乐艺术文化历史给予了一些值得记忆和反省的教训——有礼乐艺术，则成悦人和谐景观，无礼乐艺术，则成孤独悲泣宇宙。

人无礼乐灵魂失。比如：

悲剧之其一

据记载：以当时北京师范大学学生谭厚兰 (1937—1982) 主持的从 1966 年 11 月 9 日到 12 月 7 日的调查，在山东曲阜仅仅毁坏的文物就达 6 000 余件、烧毁古书达 2 700 余册、国家一级保护文物 70 余件国宝、珍版书籍 1 700 多册，还刨平了孔子的坟，挖开了第 76 代"衍圣公"孔令贻的坟，对其曝尸批判。一句话，这是失却中华礼乐的悲剧。

悲剧之其二

据史料：1966 年 8 月 5 日北京师范大学附属女子中学（现北京师范大学附属实验中学）的中学生，在缺失中国传统良知与道德法律秩序的年代中，无端打死了她们的副校长卞仲耘 (1916—1966)。

总之一句话，无礼无天下、无乐无安好。

二、置身礼乐艺术的安适与惬意

创生礼乐艺术、传承礼乐艺术、践行礼乐艺术的核心目的，就在于——

教养个人

教养群体

秩序族群

生命仁爱

过真生活[①]

今天再度回望中华礼乐文化、礼乐艺术文明、传习礼乐、创生新型礼乐艺术，对国民之铸造和形成现代文明教养化习惯、建构仁爱社会是具有不可替代的重大意义。

我想，我们应该在基于中华文化、道路、理论自信基础上，构筑以"仁爱＋礼乐＋中和＋民本＋大同"为核心思想的中华共产主义学说。同时，基于中华文明的厚度与当今社会变迁的需要，宜集合力量撰著出版一部中华《国家礼乐文明》大典——包括四大部分：礼乐之道理、礼乐之故、中华今世礼乐、他者礼乐文明，让当代中国人及其子孙有新的礼乐行为依归，并让中华民族的文化永恒流芳。

三、愿景有赖礼乐艺术有法的浇铸

"静静平实有意义地分享岁月生活方式"，是我的生活理想与生活常态。我主张确立"意义化生存"和"文明化生活"的思想。

[①] 真生活，是指安适性有细节与节奏的惬意生活方式。

意义化生存，是指有价值地保存生命成长。包含四个核心元素内涵：存道＋情趣＋履行人生职责＋创造价值。故，也可称为"四要素生存论"。

文明化生活，是指人有精神气象地保存生命成长的生活方式。

要达到构建体验"文明化生活"必需的和谐、安宁的秩序化的族群社会，要最终获得人人实现"文明化生活"之目标，必须凭借和构筑发达的礼乐文化、礼乐艺术文化、礼乐艺术文明。

为此，我主张实施"复数式礼乐艺术'三有浇铸法'"。

礼乐艺术文化三有浇铸法：

一有，把礼乐艺术文化浇铸于有形与无形中。

二有，把礼乐艺术文化浇铸于有时与无时中。

三有，把礼乐艺术文化浇铸于有常与无常中。

总之，以"复数式礼乐艺术'三有浇铸法'"，可以着力实现个人礼乐艺术文明习惯的培养，建构与调控族群仁爱和谐秩序，整合塑造定型高贵雅洁精神气象的目标。

结　语

祈愿人人：

好好爱自己

自己有办法

见人类情怀

仁爱获世界

彰国际视野

建极大思想

恒智慧族群

欣赏你我他

度安适人生

光高贵气象

自　然

我为你躺着，
我为你守着；

黄叶飘飘，
阳光朗照；

继续，
我们的日子。

2015 年 10 月 24 日于北京秋色里。

《秋日午后》，2015 年，梁玖　摄

族群精神格局与中国视觉呈现空间^①

2012年12月20日,北京师范大学"中国文化国际传播研究院"举行国际讨论会,专题讨论"世界格局与中国文化机遇"。会上我起初发言说:"我们这场会议的论题叫'世界文化格局与中国文化机遇',我就想以'精神格局或者叫族群精神格局与中国文化生长机遇'为题,谈三个方面的看法。第一个是由事实而发问,第二是生长机会的获得,第三个是生长机遇或者机会的运用。"在会议的最后,我又补充说:"我把刚才的讲题重新表述为——族群精神格局与精神视觉呈现空间,核心观点是:精神视觉呈现应该是个复数。"基于此,本文想系统讨论一下"族群精神格局与中国视觉呈现空间"的问题。

一、为何要谈"族群精神格局"

在特定的时候,凡是提到要谈什么问题无外乎三个主要原因:要么是所论问题很重要而值得重视,要么就是所论出了问题而需要解决,要么是发现了前沿新课题而值得深入探究。对于"为何要谈'族群精神格局'"的原因,则这三种原因都有,既重要又欠缺,故而不可忽视,"族群精神格局"是在不断构建中国的艺术学学科秩序中发现的新课题。尤其是在讨论作为世界文化"第

---

① 该文载于:黄会林主编,《世界文化格局与中国文化机遇》(北京师范大学出版社,2013年)。

三极"的中国文化发展机遇与策略的语境，更是需要梳理确立和认识"族群精神格局"的概念和观念。

当下是一个视觉传播盛行的时代。每天只要一打开手机、电脑、报刊、电视这些主要的传媒载体，就会看到国内外各式各样的视觉呈现。而这些视觉载体所传达的讯息又不是单一的。比如，人们通过新华网在2012年9月的一个传播标题就知道了视觉呈现的威力——《"表哥"杨达才事件回顾：一张照片引发的"惨案"》[①]。通过对大众传播中的视觉载体的观看与分析，就会对特定视觉载体蕴含的"意义质"有所认识。这些"意义质"的内涵是多样的：有值得高兴而肯定的内容，有引起人们深刻反思的内容，也有应该被果断扬弃的内容。也正是从许许多多的视觉载体的意义质信息中，发现了严重缺失"族群精神格局"的问题。这应该引起我们的高度注意，并力求研究解决。

2012年9—10月，相关单位在中国美术馆举办了"2012：第五届中国北京国际美术双年展"，我们就由"视觉呈现"这个视点，专注看看中国人当下的格局、视野、气象和精神品质究竟如何？观看的结论是欠缺许多东西，包括思想和技术，等等。为什么呢？尽管这一次国际美术双年展的作品来自各个洲的许多国家或地区，但是没有一件非中国作品被放到中国美术馆一层进门的正大厅的任何一个角落得以展示。那个展厅挂的或摆放的全是我们中国人自己的作品。展在主要位置的作品，如果说是这次展览

---

① 《"表哥"杨达才事件回顾：一张照片引发的"惨案"》，"只因在人群中多看了你一眼，再也难以忘记你笑脸。不幸被'围观'，很快被'下马'。表哥，你好惨！"网友戏称，今日原陕西省安监局党组书记、局长杨达才被撤职，都是一张照片引发的"意外惨案"（http://news.xinhuanet.com/legal/）。又据《羊城晚报》2013年2月23日报道：《"表哥"杨达才被开除党籍移送司法》，"据新华社电，记者22日晚从陕西省纪委了解到，经陕西省纪委进一步调查，陕西省安监局原局长杨达才在任职期间严重违纪并涉嫌犯罪。经陕西省纪委常委会研究并报陕西省委批准，决定给予杨达才开除党籍处分，对其涉嫌犯罪问题移交司法机关依法处理。"

中作品特别有创造性、有贡献、有价值、有荣耀的作品，我们可以这样做。可是放在大厅的作品并不是最优秀的作品，这就有了问题了。说中国是文化大国，但从这个展览的布展设计思想与实际行为看，我个人认为是没有大国的精神格局和气象的，也没有很好地体现我们北京的仁爱、厚德、宽容、大同、天下为公等精神内涵。如果没有一个恒定的、高精度的精神格局的话，我们苦苦追寻大国气象或实现中华民族的伟大复兴梦想，则是不可能的。不仅如此，除了意识、精神、思想等格局外，我们还要看看布展等视觉呈现的具体操作的技术路线与水平如何？遗憾的是这个作品展览的所有作品的展示标签规格都不是国际化的。按道理只要叫"美术馆"的展览呈现，在一些基本的技术操作路线上，无论中国，还是外国应该是差异不大的。我们平时说"国际接轨"，这些作品展览技术路线是应该接轨的，可是我们却又欠缺了。从这里，我们要问：在位列当今世界经济发达第二的中国，为什么会是这样的视觉呈现结局或危局？是中国美术教育欠缺了什么，还是整个社会文化欠缺了什么，或是欠缺了中国人的精神格局，或是什么其他的欠缺？

概括地讲，导致这种中国在视觉呈现（艺术作品创作、艺术作品展示、艺术作品传播）整体上欠缺思想、理想、视野、规格、厚度、空灵、激情、尊贵、人类责任和中华大气象的根本原因，还是在于缺乏族群主体思想和高度的精神格局。中华族群这种现实的危局是需要及早改变的。

族群精神格局，简言之，是指族群在意识观念和心理上体现的度量态势。当人们在叙述中说到"××地方的人很大气"，就意味着是肯定那个地方的人的度量大、胸襟宽阔的精神品质。从希望和文明倡导的角度讲，一个族群的精神格局应该是大气象的才好。精神格局小的族群，心眼就比较小，心眼小，就易于产生自私的观念与行为，进而不易与人交流和相处。因此，著名社会学家、人类学家、民族学家、社会活动家费孝通（1910—2005）在1948年出版的《乡土中国》中，基于他当时对中国族群的整体观察、认识和分析，提出了"差序格局"的理论。他说"在乡村工作者看来，中国乡下老最大的毛病是'私'。说起私，我们就会想到'各人自扫门前雪，莫管他人屋上霜'的俗语。谁也不敢否认这俗语多少是中国人的信条。其实抱有这种态度的并不只是乡下人，就是所谓城里人，何尝不是如此。

扫清自己门前雪的还算是了不起的有公德的人，普通人家把垃圾在门口的街道上一倒，就完事了。苏州人家后门常通一条河，听来是最美丽也没有了，文人笔墨里是中国的威尼斯，可是我想天下没有比苏州城里的水道更脏的了。什么东西可以向这种出路本来不太畅通的小河沟里一倒，有不少人家根本就不必有厕所。明知人家在这河里洗衣洗菜，毫不觉得有什么需要自制的地方。为什么呢？——这种小河是公家的。

一说是公家的，差不多就是说大家可以占一点便宜的意思，有权利而没有义务了。小到两三家合住的院子，公共的走廊上照例是尘灰堆积，满院生了荒草，谁也不想去拔拔清除，更难以插足的自然是厕所。没有一家愿意去管'闲事'，谁看不惯，谁就得白服侍人，半声谢意都得不到。"[①]在20世纪上半叶界定的中国这个人类族群生活文明的危局状态，在21世纪上半叶今天的中国并没有绝迹。所以，当下强调关注中国族群的精神格局的打造，依然是一个现实的任务课题。

---

① 费孝通. 乡土中国 [M]. 南京：江苏文艺出版社，2007:25.

二、中国视觉呈现是个复数

之所以于此提出"中国视觉呈现是个复数"的观念，是根植于一个理论和两个主要现实事象。

首先，艺术是一个复数。我在 2012 年 8 月提出了"艺术是一个复数"的思考。我是基于通过质性研究方法系统地考察艺术后，不得不承认——无论是艺术的发生、艺术概念的形成、一件艺术作品创生，还是艺术内在秩序结构，以及艺术历史的演变、艺术教育实施、界论艺术本体的方法，艺术都呈复数形态。中国传统文人画艺术形态及其结构内涵——诗书画印圆融一体——便是"艺术是一个复数"命题的明证。所谓复数，是指事物的非单一性数量。一句话，艺术结构和显现都是呈复数形态。这个思想是研究艺术事项不可缺失的观照视坐。那么，讨论中国视觉呈现的艺术问题，自然也应守候"艺术是一个复数"的理念。

其次，影视艺术是综合呈现的艺术。如果作为一道简答题问"影视艺术是什么性质的艺术"时，学影视艺术专业的人肯定不会答错：影视艺术是综合艺术。可是，人们又时常在一些地方——研讨会、文献上——发现不少影视学科的人一谈"中国视觉呈现"，多集中在讨论电影或电视剧的剧作、票房、收视率或故事情节反映等或比较单一，或非视觉呈现的因素上。也就是对影视艺术作品的视觉内涵系统——画面感、设计、摄影、视觉语言（光、造型、色调等）、组织原理、艺术表现等——关注不够，或深入研究不够。这是值得注意和反思的现实问题。要使中国的影视艺术真正厚实壮大和发展，真的是需要具有"复数"思想。一方面，要有基于大气象和高品级的中华族群精神格局去好好讲述中国智慧的人生故事。其核心思想与原则是仰望星空、叩问心灵。具体体现在两个基本范畴：一是，把中国人的平实、常态生活观照反映好。比方说"减肥"，在我们平时的生活中是被女性重复次数很多的一个词汇。为什么要减肥呢？除了肥得影响身体健康和生活了，医生建议减肥，否则，我认为用不着去减。其实，我看多数减肥者的动机皆是为满足别人随意的评价或欣赏。想想看，减肥者非得按照某个标准减去 20 公斤或 5 公斤，便一天只吃 1.5 餐饭，忍受着饥饿、睡不着、诱惑、羡慕等的心理与生理的折磨。于我看，这些都用不着。该吃吃，该动动，好好设计自己的生活规律，养成健康生活方式，拿那些为减肥而付出的精力和财力来拥抱我们的岁月，那该多么好！由此我想到一件事，我的父亲生前形象很好，在他遗体被火化的最后一刻我再次抚摸他的手，尽管当时很悲伤，但是我当时还是闪现了一个思维——"多么好的一双手啊转眼间就要付之一炬了"。所以，我想每个人都以有高兴有疼痛的方式去生活，去平实地视觉呈现我们的一切，不是更有意义吗！二是，把中国关乎的人类责任意识和空灵思想反映好。包括：人性、人类灵魂、人的精神、理想、梦想、信仰、境界、荣誉、学术、潜意识、默会知识（缄默知识）、敏感、心理文化、纯粹理性、职责等深度内涵反映好。二方面，是强调运用好基于意义主题下的多元视觉呈现辅线。包括各种艺术思想、概念、理论、创作手法、评价手段等的灵活运用。比如，多关注和借用各种绘画艺术、设计艺术、雕塑艺术、舞蹈艺术、新媒体视觉艺术等视觉呈现的全息观念与方法，能如此必将极大地助力中国影视艺术的成长、厚实和魅力。

最后，中国视觉呈现方式是多元的。目前，似乎有一个认识倾向：许多人在谈"中国视觉呈现"这个话题时，焦点关注几乎全是电影、电视剧。这是值得警惕的。无论从学理，还是从实际角度看，中国视觉艺术不仅仅只有影视艺术。因此，讨论"中国视觉呈现"的话题，一是要紧扣"艺术是复数"思想。既要用好属于视觉艺术范畴的思想和手段，还需要音乐艺术、文学艺术的支持。一句话，中国视觉呈现离不开艺术学学科系统的强力支持。二是要拓展学科视野。这样才有可能全面提升中国的视觉呈现品质。比如，视觉呈现还需要社会学、哲学、美学、人类学、心理学、历史学、宗教学、科学等学科的智慧资源支持。

三、中国视觉呈现的顶点思想

讨论"族群精神格局与中国视觉呈现空间"的终极目的，是在思考和探索"中国视觉呈现"可能性思想和实际可操作方法的基础上，提升中国视觉呈现的族群精神格局。因此，从本体论、认识论、方法论和实践论角度思考中国视觉呈现的原理，至少可以有这几个具体结论。

其一，中国视觉呈现的理念和方式都是顶点级别。"顶点级别"，既是指峰局，又是指规格。峰局乃高峰式气象格局。当今和未来的中国视觉呈现需要高品质的峰局规格。这是中国的历史地位、现实地位、文化地位所决定和需要匹配的。因此，"顶点思想"是引导中国视觉呈现的基本理念。"顶点思想"的确立，可以有助于逐渐克服那些媚俗的、看眼色讨好的中国视觉呈现行为。

其二，中国视觉必须是自信、大气、艺术的呈现。讨论中国视觉呈现的一个基本原理必须是——无论如何呈现中国视觉，都必须是自信、大气、艺术的呈现。比如，在讨论如何塑造中国国家形象专题时，我想，一个基本的认识取向应该是高品质的多元性定位。2012 年 10 月，在河南大学举行的艺术学学术研讨会期间，我被文化部的一位同志问到一个问题："你认为中国对外的国家形象宣传怎么宣传为好？"坦诚地说，这是一个很大的课题。我当时即兴应答说：仅就我个人的看法那就是两点：第一，反正不是卑躬屈膝的缺乏自信的奉迎讨喜式宣传。第二，中国有什么就很真诚地呈现给非我中华民族的人们看。我有什么，我想的是什么，我就一齐艺术地展示给你们看看，你们喜欢也好，不喜欢也好，反正这就是我真实的中国。我给你们看，是我在尊重你们的基础上呈现给你们的，没有虚假做作。比方说，你到了重庆，不管你会不会、喜不喜欢吃辣的，我都在尊重你的前提下，我真诚而礼貌地请你吃一次火锅，实在地见识一下重庆火锅是什么样儿，而不是我问你"你喜欢吃什么我给你买"。自信地展示"我的"来让你认知我的存在与价值，达致彼此（自我和他者）的尊重，而不是自卑性观望讨好，这是很重要的视觉呈现原则。

其三，平实、理想、超越的中国视觉呈现。当下我们的国民或朋友们是太匆忙了。尽管如此，还是应该思考——如何在电影、电视、美术、音乐、舞蹈、文学等这些领域来塑造和表现我们的文化、我们的心态，以及我们的精神面貌的时候很平实，不要一创造作品就选择典型形象、典型事件。其实，生活的平实才是最有魅力的、可爱的。以往我到美国去都是人家陪同，这里看看那里走走，有点印象但不深入。我 2012 年去美国后是自己开车活动，想在哪儿待着就在哪儿待着，这样我对美国本土的平实生活状态就有了一个实在拥抱后的温度体认感。如果你在美术馆展览厅，试想你把一个作品拍到相机里是不是就代表你拥有了？也就是说，如果观者仅仅是把一个作品拍到相机里，而不是慢慢地观看、品玩原作，与作品对话，那么，你就不是拥有，只表示自己面对过。只有拥抱过对象，才能实在感受他的温度。因此，在我们视觉呈现上、在我们国家形象呈现上、在展示我们国家每一个子民当下的理想与现实生活上，既不可以丑化也要不刻意包装，而是应平实地展现我们的精神面貌和思想内涵、美妙生活方式。

当然，同时也应揭示呈现中国视觉的创造超越的表现思想与方法。

其四，中国视觉呈现是中国荣誉所在。无论是作为命题，还是作为原理，其核心观念是——中国视觉呈现一定是荣誉的呈现。中国视觉呈现的荣誉原理，是引导中国视觉呈现的重要思想。追求中国荣誉，就意味着追求创造、追求卓越。而创造、卓越，首先是又离不开对思想的创造。有卓越的思想，才会有卓越行为。我们只有在有思想以后、有创造以后，才会获得应该有的荣誉。只要有思想就不怕黑暗来临，只要我们有思想就不怕黑夜漫长，只要有思想就不怕背水之战。因此，只要我们有思想，就都会获得我们的精神格局、视觉呈现空间、不断发展的机遇。一句话，要杜绝一切损毁中国荣誉的视觉呈现观念和行为出现。

想想中国倒回去六七十年的时候，谁给中华民族机会了？那时和现在所看到的是日本人企图灭我中华。所以，我们现在应该努力谈创造荣誉，而不是孤立地谈发展机会。让每个中国人春暖花开地展示自己的思想，通过音响、通过视觉展示我们真实的存在、我们的爱以及我们的理念和贡献，就可以让中国视觉有一个完满的呈现，并不断获得更大的、更充实的成长空间。

总之，我觉得注重中华族群精神格局、自信、尊重、尊贵、积极应答超越而获得我们应该有的荣誉，将会让中国视觉呈现获得更有魅力的意义。

2013 年 2 月 28 日整理于北京望尘园。

风

美丽的新娘，
我的脚折了。

柳絮飞离了枝头，
无了依靠。

狂风正猛烈，
美丽的新娘。

2009 年 4 月 24 日下午又一次去中
日友好医院检查换药后，散步至北京元
大都遗址公园，望着迎着还有些寒凉春
风而拍摄婚纱照的姑娘，我突然崴了脚，
故即兴而作。

应用型大学服务的规格教育思想①

应论坛组委会的要求，谈谈中国应用技术型大学的教育思想。讨论事项，应寻求一个逻辑起点。在此依据问题与观念的逻辑而进行讨论。

针对新生的中国应用技术型大学的办学需求现实，我在这里基于办学的现有问题而寻求办学观念，提出应该确立"服务的规格教育思想"的命题。

怎么理解这里所说的服务呢？一句话，就是有规格的服务。作为专业学院的教育，它像做手工那样是要有规格的。那么，应用技术型大学的规格思想是什么呢？我认为是服务。我在培养研究生的过程中，也强调规格这个尺规。

以前谈应用型教育都是在职业学校，并有一个不太正确的观念，就是觉得职业的教育都是较低等的。其实，在当下谈职业教育和应用型教育谁高一点或低一点，都不是根本。当前更为重要的事情是——要清楚应用型或者是职业型教育都必须要有思想、有尊严，有让学生享受生活的那份心情、那份方法、那份气象。

今天讨论应用型大学的任务目标，有来自全国相关高校的先生和女士们，以及我们重庆人文科技学院的同学们，于此，大家希望在这里看到怎么样的风景呢？我想说的是：如果我们一起努力，是能够建构我们教育的理想景观的。现在的关键是要思考：

---

① 该文是根据我在"中国应用技术大学设计学科建设高峰论坛"（2014年·重庆）上的演讲录音整理。

我们能够选择哪一个世界而打开一扇窗，让我们能够走出去创造一片景观？无论如何，有一点是可以肯定的，那就是今天的你我，就是形成这可观景观的"配件"，而且是不可掉一个环节的重要配件。因此，如果我们定位的标准不解决，就不能优效测定我们出手办学的"水位"？本次会议，如果能够解决好中国应用技术型大学的办学定位目标、办学水位。那么，它不仅可以促进我们各自学校的办学，而是能够带动我国职业的变化，更是能够推进中国应用技术型大学办学的整个气象的变化。

存在不是一个单数，而是一个复数。这启示我们在踏入中国应用技术型大学建构之初的门槛时，就要让自己的办学思考与定位，丰富起来、生态起来、整体起来。如此，才能让我们自己随时有办法。

在这里，我想表达三层意思。第一，应该有自己独立的思想；第二，要守候"服务"思想；第三，要好好建构与实验服务规格教育思想及其体系。

一、应该有自己的独立思想

中国之大，大在何处？这是一个永远应该思考的问题。而今的现实是人口数量虽然大，但是杰出的人却有限，其他人在干什么？总的来说，中国当下的欠缺就在于出现的真理性的思想不多。人们不是常说：中国人现在普遍缺信仰吗？欠缺思想，是导致人们信仰欠缺的根源。如果让每一个设计师，或者是大学里教设计课程的老师去坦陈自己的设计理念是什么？那么，会有多少人能用一句话表述出自己独创的设计思想或设计理念呢，表述出来后是世界级的水平吗？刚才赵国先生讲："我是学医学出身的，现在做了设计。"那么，我想问问在座从事设计的人，对赵国先生就没有一点"仇恨"心理吗？因为，他抢了你的饭碗啊！这给我一个启示命题："你凭什么不被人家替代"，也就是你的无可被替代性是什么？这包括办学、个人从事教学、个人职业岗位占有等方面。所以，要真正思考自己的"思想世界"。比如说，自己的爱情思想世界是什么？自己的学习思想世界是什么？自己的教学思想世界是什么？由此思考——设计学科应用型转型的思想世界是什么？即，要思考是凭借设计学科应用型转型的办学而创造中国教育的顶级景观与气象、智慧思想特产。

我们当今的国家领导人，到世界各地去演讲并获得欢迎，想想看如果没有独立的智慧和思想，那是无法进入别人心灵深处去的。同样，设计教育也是如此。设计教育往往强调动手。那么，我们现在应该强调培养什么呢？我想，不仅要动手，还要动脑；而且，还要加上一个动——动"誉"。这个"誉"，是指我们个人或群体办学的尊严。动手、动脑、动誉，颠过来想，就是动誉、动脑、动手。也就是说，基于人人都需有荣誉，而应该去好好动脑思考如何动好手。也只有动脑好了，才能动手好，只有动手好了，才能赢得被人欣赏与肯定的荣誉。这也是事项复数性存在原理的反映。我上美术学科本科的时候，教我设计和素描的那个美国老师关耐寒先生，我到如今的此刻为止，都不知道她是否会设计作品？是否会画画？但我一直觉得她教得非常好。但是，比较我们自己的有的老师，一上课就画示范，如画一只麻雀让你临摹，结果是大家都一个样。随着岁月的流逝，这个不是自己的艺术技术内容，学生是很容易就把它丢失在某个岁月的山谷里。因为，学生学得的那些个别人的绘画技术不能支持学生永远的行走。我认为，在人生中途，只有不断仰望天空，才能把田螺捡好。然而，我们现在的教育者或者学习者，总是在低头数自己捡了多少个田螺，不曾去想自己为何捡拾这些田螺，以及如何才能更好地超越性捡拾更高质的田螺。仰望天空，就是指要寻求顶点性、原理性与引领性思想。所以，我的倡导是仰望天空与寻捡田螺一体化进行办学。教设计，不是教会学生用什么技巧去表现春夏秋冬，表现酸甜苦辣之象，不是那么简单，核心是要有精神，有思想去呈现春夏秋冬的意蕴内涵，要揭示和展示人生酸甜苦辣的深层意义，最终给予人心灵的温润与人生阳光，以及生活的品质。

总之，提出讨论中国应用技术型大学的办学应该有自己的独立思想，是期望提请各位反思——自己的思想世界、自己的设计世界、自己的设计教育世界，守候思考如何创造中国教育的顶级智慧特产这个核心。其中，以下这些专题是中国应用技术型大学的办学者或参与者可以随时思考的命题。

肯定自己忽略了什么？

应该与不该？

反思自己的设计技法单词与系统？

是否要选择重新投胎？

不排除任何可能性？

自己或群体的办学新常态？

学生被教过的结果是什么？

新情境中的迁移？

沉浸其中的自我依靠？

如何让自己增强期望的专业充权？

如何实现"学为人 + 行为世"的理念？

如何在学科迷障密林中辨识和抉择行为？

自己的设计教学教训？

自己作为教育者的债务是？

应用技术型大学的快乐在哪里？

……

二、守候"服务"思想

应用技术型大学要有思想，这是真理性命题。是什么思想？服务思想。紧扣什么服务？紧扣三个中心主题服务：人生服务、社会服务、人类服务。

在北方某大学的新生入学和毕业季常见这样的标语："今天你以北某为自豪，明天北某因你而骄傲"（大意）。仔细想想这个话，总觉得哪里有点不对劲。当确立了国际眼光、人类情怀、人类服务思想之后，突然明白了，打出这个标语的大学，搞了半天，其行为理想就是"哥俩好"。我在想：没有人类担当、人类情怀和国际视野，没有极大价值与贡献的大学，是没有前途的、不为人们所重的。如果你去谋职面试的时候，你可以说"请老总给我一个机会"，也可以说"我今天过来是给您一个机会"。即：基于把自己要去某单位的就职，认定为是去给别人一个机会的思想，那么，自己的境界会升得高一些，从而会让自己多一份自信、多一份分享情怀、多一份人生自如的气象。教育者能否让自己的学生自己创造一个机会，而不是总要教育者给学生创造一个机会，这是需要思考的命题。不仅如此，还要随时思考，作为学校、作为教育者，能否给学生选择美好生活方式的动机、梦想与可能？

在座的亲爱的同学们，我始终为你们祈祷：期望你们能够好好在大学期间设计你这一辈子的美好人生生活方式，好好锻炼这种思维和能力，而不仅仅是停留在"我设计一个东西别人给我多少钱"的层面上。一句话，做老师或做应用型的课程设计，就是要立足于为学生无法预测的发展去实施自己应该有的教育与教学。如果每一个领导者、每一个教师、每一个学生，总是希望别人帮自己，你永远不成功。

我曾给北京师范大学艺术与传媒学院美术与设计系的 2014

级新生讲话时指出，同学们要有三个牢记与一个深度思考题：第一，如果你要从事美术创作或设计这样的内容，一定要拿出你的创作或设计的优秀作品，这是你的看家本领；第二，如果你要从事非专业，一定要把你的工作置于创作之中；第三，如果你要做不确定的工作者，一定要让学术进入你生活的每一个角落而有超越。其实就是一句话，以学术求发展。为此，建议每个人随时要思考自己是企图通过什么来清晰、调控、定位自己的人生、学业、职业规划之思考方向与价值创造空间。

总之，主张中国应用技术型大学的办学应确立守候"服务"这个规格教育思想，是强调守候对于"人生＋社会＋人类"这三服务中心。核心是：基于服务的引领。并在基于"为学生日后无法预测之发展的艺术教育思想"基础上，着力在——给他一个机会、给他自己去创造机会、给他自己选择美好生活方式的动机与可能——这些领域办好教育。

三、"服务规格教育"思想及其体系的建构与实验

好好建构与实验服务规格教育思想及其体系，这是主张中国应用技术型大学确立"服务的规格教育思想"之后，需要落地实施的观念与环节。

什么是规格？规格就是一个成体系的基本的要求和尺度标准。应用技术型大学的规格，是指守候体现应用技术型大学专业的要求和内涵尺度标准。应用技术型大学的学院教育是应该充分体现学院教育必须有的规格。

本科四年，"大一"上期的规格是什么？"大四"下期的规格是什么？作为学生的你如果不弄清楚，你最后在谋职的时候，就是会稀里哗啦地被别人屏蔽掉，缺乏规格教育的状态就是这样。

平素有多少学生，出现在自己绘画写生课程的展览"前言"上不知所云的状态，往往说"我们去写生多么辛苦"，"我们去山里采风风景很多"。事实上，这是学生根本不知道授课老师是如何设计这个课程的。即：不明白其教学指导思想是什么、知识体系是什么、师生彼此的任务目标是什么、优效学业评价依据与标准是什么，等等。换句话讲，这个课程的命题性知识是什么、事实性知识是什么、程序性知识和自我充权性知识、元认知知识又是什么等都不清楚，而这些都是我们作为专业教育者应该思考的。比如说，学生要为自己的毕业作品做一个展厅的陈设展示设计，很多同学认为是小菜一碟，其实是未必。你了解展览的相关规格吗？是否一定要等人家某国的作品在我们的博物馆来展出后，待自己看到人家的展厅与展示设计是"这样这样"做的时候，你才觉得"今天真有收获！"难道自己真的就这么差吗？事实上，只要自己心中装着一个做作品展览的国际规格概念，并自觉去实践呈现，那么，就能确保自己在任何时候的展览会都是高规格的完善展示。

应用技术型大学的学院教育意味着：正统、规格、济世、适用、经典、传统、体系、结构、权威、信赖、学术、更新、尊重、欣赏、信仰等体系性内涵。

对于一个专业及其课程体系，同学们要弄清楚，究竟你们是学什么，你的天赋智慧、你的当下认知、你的未来规划是什么？这些在自己进大学之初就要想清楚，弄明白，不要等到"大四"的时候还一片茫然。

我们在考虑服务规格教育的时候，这几个方面是要思考的：究竟我们设计什么样的课程？开发怎么样的课程？我们怎么样让这个课程不千篇一律？不能没有风景，而且要有与众不同的风景？你能否让你的学生开窗时，也让自己开窗？你要有自己的教

《春天还早》（水墨写意），41 厘米 ×40 厘米，2016 年，梁玖

育绝招、培养学生入职和济世的关键能力，如此这样的教育实现才能获得至尊的荣誉。

上述观点，不知道对各位有没有点思考的帮助。基于中国应用技术型大学处于起步的建构时期，能有思考就很好。

我今天演讲的结语是："看你们最后的演出，随时。"如果有精彩出场的精神、有创造经典的作品观念，我想你们的演出会很精彩，基于自己既有的逐浪前行吧。

总之，只要去掉总是指望别人来教自己的观念，那么，中国应用技术型大学就会办得好、走得远。

艺术学理论的秋天风景^①

田川流主席好：

各位来宾，下午好！

我受大会组委会的安排，代表第一小组向大会做汇报，汇报的主题是《艺术学理论的秋天风景》，请审议。

一、第一组的基本情况

1. 论题是"艺术学理论专业课程设置与学科发展研究"。

2. 报告人：原计划是有来自 20 所大学的 33 人发表观点，实际发表见解的有来自 13 所大学的 16 人。加上讨论发言者，共计 20 人以上。

3. 主持人有三位：徐子方、贾涛、聂伟三位教授。

4. 学术评议人有四人：冯毓云、金雅、梁玖、聂伟四位教授。

二、从总体结论上讲

1. 本组所论是点多面广，自始至终参与性强、气氛热烈、有成效。

2. 揭示出了"非专业性突出"之问题。因为，放到一块论说的有"专业"与"非专业"之显著区别。这表明，一是对"艺术

---

① 该文是 2013 年 9 月 12 日于哈尔滨召开的第九届全国艺术学学术研讨会大会上的总结报告纲目。

学理论"学科的专业认识有待提高；二是学科在完善建设中的空间比较大。

3.反映出了严重的"学科焦虑症"。对艺术学理论的学科边界、学科内在结构体系、学科价值与功能、学科教育开展、学科研究推进等方面，显示出迷茫后的焦虑感。

三、涉及的论题范围

全组涉及或反映出来的主题类型约 15 个，分别是：

① 艺术学理论课程设置

② 艺术学理论课程论

③ 音乐学

④ 舞蹈学

⑤ 艺术学理

⑥ 艺术学理论内外关系辨识

⑦ 中国艺术史

⑧ 艺术学理论学科反思

⑨ 艺术学理论核心问题

⑩ 艺术学理论学科发展思路

⑪ 影响学科的因素

⑫ 儿童美育

⑬ 艺术分类

⑭ 艺术史方法论

⑮ 艺术教育资源连纵整合发展问题

四、提出的命题

概括起来有四大核心命题：

① 如何在基于厘清所有艺术之相关关系上确立艺术学理论的边界与空间。

② 高等艺术院校的"艺术学理论"发展理路。

③ 确立艺术学理论学科教育的"生态成长课程论"。

④ 建设体育专业的艺术课程。

五、相关问题

① 认识艺术传统研究方法的特殊性，并传承。

② 综合大学艺术学科办学的管理建制问题。

③ 舞蹈教育中的男性歧视问题。

④ 如何建立各艺术之间的桥梁而通向艺术理论学科。

六、相关观点

① 成立艺术学理论学科课程联盟与资源库。

② 尽快成立"艺术学会"下的一级分会——"艺术学理论教育研究会"，并尽快举行会议。

③ 确立艺术的非科学中心论。

④ 明确民族学理取向的艺术学理论学科建设策略。

⑤ 艺术学理不拘泥于"理论"范畴。

⑥ 艺术与艺术自身交叉的学科建设方法论。

⑦ 艺术史与部门艺术史是交叉关系。

⑧ 提出重写中国艺术史的思想。

⑨ 确立"生态成长课程论"。

⑩ "艺术学理论"学科已经生出来了，就应该"好好养"。

⑪ 交叉融合研究艺术学理论。

七、学术建议或倡导

① 艺术学年会应加强学科学术规格建设。

其一，大会组织学术主题选择与守候，分类要明确、要深入、要有观点、有独立方法、有传播价值。诸多话题更应有学术思想与学术方法的体现。

其二，有出席学术会议的规格与素养。

② 增强艺术学理论的专业学术自信。

其一，做到准确认识发展中的问题而不气馁。

其二，努力提供个人专业的智慧力量。

总之，期望艺术学理论学科建设得越来越好，让中国艺术文明之花开得更加鲜艳、迷人和馨香。

最后，再次谢谢哈尔滨师范大学音乐学院的智慧付出与辛劳。

祝大家平安、幸福！

醒　来

花季值如初雪。

看花看雪，总是吵着都要。在街市，在荒野。

天使路过了，反而不知道，要么，就看吧，品味真好，有风。

我的话，是不是有些多了。雪还是来了，如我初心的喜欢，要她陪我过些日子。

雪花儿散在心田，读着、读着……

2015 年 11 月 6 日 10:40，初次以自己主张的"神经写作与视觉创作"方式草之，是推介一朋友的刚上"大学"的令爱即将出版的小说。北京今日飘扬着今年的初雪，窗边的米兰花，香得悠悠清清润人的醉，是故，也为上海科技文献出版社"艺术学研究文丛"撰写了题为《初雪映着米兰香》的主编总序文。

审艺的心灵在人间①

"他走了，留下了脚印。"②247 吴冠中先生在 2009 年曾经说过这样的话。这似乎就是他自传的最后结论。

时间过得真快，一转眼，吴冠中（1919—2010）先生故去一年了；距 2006 年 12 月 12 日下午，我在清华大学美术学院举办的"吴冠中 2006 年新作展暨艺术教育研讨会"上作题为《画载心，心有寄》的演讲也有近五年的光景。说实话，要不是 2011 年 6 月 23 日下午，"清华大学吴冠中艺术研究中心"的婷婷女士王，来电话邀请参加纪念吴冠中先生的活动——"专家对话——解读吴冠中"，我并没有觉得吴先生已经离开了我们。因为，在我平素的讲课或者演讲中，时常会借用并展示他的作品，或叙说他的艺事。一句话，吴冠中之审艺的心灵永远留在我们心间。

一

细细想来，说起吴先生我有一个遗憾，那就是没有在吴先生健在时去就自己的艺术认知单独讨教吴先生。因为，从我的艺术观念——审艺学③视野看，吴先生的艺术活动及其成果，就是审

---

① 该文载于清华大学吴冠中艺术研究中心编《吴冠中追思文集》，清华大学出版社，2012 年 1 月。
② 吴冠中.《吴冠中画语录》[M]. 北京：人民文学出版社，2009.
③ 审艺学，是指研究人们对艺术领悟反映的系统学说。它包括对艺术自身的领悟与表现和对现实的艺术反映的系统研究。审艺本体性、艺术同一性、艺术可能性和艺术新生性，是审艺学构成的基本结构内涵要素。

艺的反映和实证①。2006 年 12 月 12 日下午我在演讲中当我这么界论时，在场的吴先生听后没有异议。于是，我一直想找一个恰当的时间，就"审艺学"的概念、观念、价值等请教于他。然而，意愿终未了，成了一个无法补救的学术遗憾。故而，今特撰此文，以纪念这位永远忠于自己"心艺"的人——吴冠中。加之，我个人是喜欢和尊敬：他的为人、为艺、为文。

二

纵观吴先生的绘画创作历程，是可以用"远离视觉经验的观看与表达"来结论的。做出这个结论的依据，一是因为他有独特的观看视点。此由《吴冠中画语录》一书中所载的 40 余幅代表作所证明。无论是《墙上秋色》（墨彩，1997）、《双燕》（墨彩，1981），还是《野草》（油画，2008），这些由他亲自选入书中的作品，揭示了他异于人的艺术观看视点。他有独特的艺术观看视点，是他的主张使然："我深深体会到'培养慧眼'远比'训练巧手'更重要。"②19

二是因为他有不怕打击的个人化理念转化表现方法与成果。他在 87 岁时撰文说："我永不愿吃回头草，唯想拓新路，路漫漫其修远分，拓自己的路何其艰苦，这艰苦，如今伴我度过一年少于一年的晚境，实是我生命的真正支撑者。"③也正因如此，虽然他说自己"长年遭受批判、打击"，还是依然审艺地持续表达

---

① 所谓审艺，就是指人们对艺术的领会。它包含着对艺术本身的领悟性认识、对艺术价值的判别、对现实的艺术反映、对个人命名创造艺术作品水平的判别等基本方面。审艺研究的重点内涵是人们如何去领悟认识"艺术"这个存在，以及人们如何将自己领会认识到的"艺术"予以创造性表现和传达。
② 吴冠中.《吴冠中画语录》[M]. 北京：人民文学出版社，2009.
③ 吴冠中. 吴冠中 2006 年作品年鉴（序）[M]. 北京：紫禁城出版社，2006.

着"赤裸裸"的自己之艺。①他的艺事心路印证了他自己的观点："画家，那是路边的野草，被人践踏而仍吐出晶莹的花朵。"①233 我很钦佩吴先生的人生情怀和艺术胆识。温读他在1949年2月15日写给他的老师吴大羽（1903—1988）信中的一些话，是可以知道他为何敢于做艺术之形式主义"恶棍"的缘由了。他说："艺术的学习不在欧洲，不在巴黎，不在大师们的画室；在祖国，在故乡，在家园，在自己的心底。"①225艺术家敢于一以贯之审艺地坚持探索和表现自己的艺术见解和成果，是值得尊敬与学习的。

三是着力于审艺的探求与实在表达。这表现在：他对既定艺术范式的走出与自我艺术法的建立。仅从他2006年以汉字为表现题材创作的系列作品便说明了这一点。记得当时在展厅面对《黄河》《驰骋》《情投意合》《妈妈》《囚》《炼丹》《羊肠道》《霸王不别姬》等作品时，有人便议论说："这是书法？""还是装饰画？"其实，这些就是他超越惯常所谓"审美"范畴的"艺术作品"。无论其是内在的意蕴，还是外在的视觉形式都会让观者在艺术的范畴沉思。也正是因为吴冠中是在不断地对"艺术"独立思虑——艺术形式论②"艺术贵在无中生有""风筝不断线""要艺术不要命""笔墨等于零"③，才铸成了他的人生成就，才让他在中国当代美术历史上具有不可或缺的地位。可以说，吴冠中的艺术个性是中国20世纪至21世纪中国美术史上最突出的学术性艺术。仅从他出版的文献看，文本类型达70余种，有思想的著述达100多万言，这在中国当代艺术家群体中是少有的。④这些也是他留给中华民族的宝贵艺术智慧遗产。

---

① 吴冠中.吴冠中画语录[M].北京：人民文学出版社，2009.
② 参见：吴冠中.绘画的形式美[J].美术，1979（5）.
③ 参见：吴冠中.笔墨等于零[J].中国文化报，1997.11.
④ 参见：吴冠中.吴冠中画语录[M].北京：人民文学出版社，2009.

三

我在面对吴先生时，总是认为他是"寄寓和守候自我性灵"的一个人。我想这是因为：其一，他总是心有所寄。其所寄是既多又少。多，是多在他关乎人生和艺术之道与理、事与情、意涵与形式诸方面；少，是少在他一心守候在艺事之情上。他曾说："人生只能有一次选择，我坚持向自己认定的方向摸索，遇歧途也决不大哭而回，错到底，作为后车之鉴。"[①241] 并不断地反思和追问自己之艺术行为的价值："鹿死于角，獐死于麝，我将死于画乎？"[①235] 事实证明，他是活于画。许多学贤，以及我于今天撰文纪念他，也源于此。他是实践了他心中的理念："真正的从艺者应皆是殉情人。"[①232] 他的确是一个有情和敢于殉情的人。他反复画墙上秋色，反复表现江南水乡题材，是以画寄于情；他不断抒写散文，是以文字寄于情；他老来以汉字为题材，是综合绘画与文字一体化地无间性地寄于情。我曾将吴先生以汉字为表现对象的作品系列称为"人生关键词表现"题材系列。其《母亲》《情投意合》《比翼》《囚》《羊肠道》《墨海银丝》《炼丹》《横站》等作品链接起来，不就是构成了一个"人生关键词的心语视觉表现"系统吗？面对我这样解读这些作品时，先生当时没有否定。用他的话说，他于这些作品里表现的是"情脉与拥抱"和"汉字春秋"。[①243] 我喜欢读他的文章、看他的新作，就在于能够直接地感知他的情思，并获得润心之乐。

其二，他于作品中展示的是非单纯的技术。从美术技术学的视点看，吴冠中先生的系列绘画作品是有自己的技术体系和难度系数的。比如，他说"黑、白、灰是江南主调，也是我自己作品

---

① 吴冠中.吴冠中画语录 [M].北京：人民文学出版社，2009.

银灰主调的基石，我艺术道路的起步。而苏联专家说，江南不适宜作油画。银灰调多呈现于阴天，我最爱江南的春阴，我画面中基本排斥阳光与投影，若表现晴日的光亮，也像是朵云遮日那瞬间。我一辈子断断续续总在画江南，在众多江南题材的作品中，甚至在我的全部作品中，我认为最突出、最具代表性的是《双燕》。横与直、黑与白的对比美在《双燕》中获得成功后，便成为长留我心头的艺术眼目。"[1]229 从这里一方面，是可以充分看到吴先生对于画面处理的技术层面的思考，另一个重要方面，却是看到他画技之外的思维空间。他的绘画作品、文字作品所表现的皆是"画眼看世界"的情思内容，而非单纯得只是物化的技巧。[1]213 他说"当人们掌握了技巧，技巧就让位于思考"[1]205。"似乎文思在指引我造型之创新"[2]。"众技皆求归于艺"[1]36。如此，才有了他把"画了一幅原野山岭，题名为《母亲》，有人以为弄错了画名，没错，怎能错认母亲"[1]203。我想，吴冠中先生留给我们最宝贵的艺术文化遗产，就是他独立揭示的系列艺道、术理与情思和作品。为此，我们可以称他为"不是之是的宗师"。"不是"，是说他不仅仅是一个油画家、国画家或散文家、美术教育家、艺术思想家。"之是"，是说他又是一个实在的有成就的油画家、国画家、美术教育家、作家、艺术思想家、学者。也就是说，他是具有多元角色与价值创生的一个大家。首先，他是一个有思想的教师。他主张"叛逆性的师承也许是真正的师承"[1]100。以及"造型艺术中最直观的教学关键：眼睛教眼睛"[1]159。他认为"若师只以定规之技授徒，陈陈相因，易流于宗派与程式，束缚了后学者的发展"；他认为"美术院校只是苗圃，绝不可能是

① 吴冠中. 吴冠中画语录 [M]. 北京：人民文学出版社，2009.
② 吴冠中. 吴冠中 2006 年作品年鉴 [M]. 北京：紫禁城出版社，2006.

艺术家的速成班，不要培养侏儒"①106。对当年学生批斗他的行为，他说他的教学"是毒还是营养，如鱼饮水，冷暖自知"①227。辩证地看，如果吴冠中没有自己教育教学的一套东西，学生想批也批不成。同时，如果他没有自己的教学贡献与特色，以吴先生的个性也不会说出"是毒还是营养，如鱼饮水，冷暖自知"的话来。其实，我们从吴先生以尊敬口吻谈论他的老师苏弗尔皮（Jean Souverbie，1891—1981）教授的言论中，是可以逻辑地知道他自己的为师之道、作师之法。吴先生说："他（苏弗尔皮）的观点影响了我一辈子，我进而明悟大路与小路作品与画幅大小无关，与题材本身的身价贵贱无关，而命悬于感情的真伪与质量"①158。我不是他教授过的体制内的学生，但每每读他的书、看他的画、听他演讲，都是很获教益的。比如，他说："突然，我有了一个构想，我想挑选几位我教过的有才华而肯钻研的学生，为他们组织一次展出，作品要出色，而且不得像我，甚至有背叛意味，我赞扬'叛徒画展'。'叛徒'是贬词，但艺术上，继承而后叛逆，是艰巨的创新"①100。这些思想对做教师都是有很深的启示教益价值的。做大学教师最重要的就是要有自己独立的教育教学思想，以及有一套自己个性和风格的教学实施方法。也只有把这二者结合完好的教师，才能成为教育家。其次，他是有独立思想和自我艺术语汇系统的画家。这一点是他被大家公认的贡献与价值所在，也是他永远"活着"的原因所在。"艺术是感情的事业，大路、小路是作者从艺一生的回顾与概括，而非解剖刀剔分骨肉的机械行为"①158。他认为："艺术之成长大都依凭漫长岁月的艰苦耕耘，'大器晚成'是艺术成熟的普遍规律，王母娘娘的蟠桃三千年成熟，倒像是揭示了艺术创作的规律"①234。一句话，吴冠中是用

---

① 吴冠中 . 吴冠中画语录 [M]. 北京：人民文学出版社，2009.

脑与手同时发力而创生艺术作品的著名画家。最后，他是有思想并得以卓越外化的学者。长期以来，从事绘画的人，或者说多数从事艺术的人，多被世人看不起或被评价比较低，这除了他们对艺术的一些不了解和一些误解以外，的确与有的从艺者自身素养不高有直接关系。在 2011 年 2 月，当中国的艺术学成为独立学科门类以后，还有人说这样的话："本来艺术就没有多少文化，这一下好了，脱离文学门类独立了只会更没有文化了。"需要说明的是：讲这话的人之水准是不高的。因为，其不知艺术本身就是人类不可或缺的一种文化。不过，艺术人可以把这种不正确的话语作为一个警示也还是有益的。即，艺术人自己应该更加奋进努力地让艺术文化更厚重。从反思的立场看，在中国当今的绘画艺术界，只埋头画画的人是不少，在艺术品市场获利的画家也不少，然而具有学术性的画家的确不多，是学者型的画家就更少了。比较地看，吴冠中在人生、社会、民族、艺术、教育、中外文化等方面的思考与著述，的确算是他自己赋予了他作为学者的身份。由于是学者的思维与视野，因此，当许多人还仅仅在绘画域游走之时，他已经扩大了自己的思维空间和视界。如此，当他再论艺道谈艺理时，其见解往往是卓尔不群的。于是，有人就认为他叛逆，或不懂人情世故，进而时常让他处于边缘状态。也正因为他是学者，他便是坦然、自然地面对了那一切，并不断前行，直到自然的生命终结时。今天我们纪念他，对于他的学者身份与成就，是应该承认和好好研究的。因为，吴冠中作为学者不是一蹴而就的，是他长期思索、学习、探求、勤奋、研究的结果。当我们看到著名艺术家陈之佛（1896—1962）先生在 1946 年批阅毕一份当时作为公派留学考生——吴冠中（时不知其名）的"美术史"答卷后，[①]

---

① 其留学试卷题目为：《试言中国山水画兴于何时盛于何时并说明原因》《意大利文艺复兴对于后世西洋美术有何影响试略论之》。

感其优秀而用毛笔细心抄录的故事，一方面，让我们清楚地知道了吴冠中后来的成就不是偶然得之的事情。另一方面，又对陈之佛先生感佩有加。老实说，我对陈之佛师爷这种爱才的师品是极为钦佩的。①诚如吴冠中多年后知道此事后深情地写道："陈老关怀教育，关怀美术发展，真是一片冰心在玉壶，答卷人是谁无所谓，但对年轻人的水平和思想却视之如珍宝。这样的长者、贤者，我愿颂之为伟大的美术教育家。"②221 吴先生的勤奋与遐思体现在他整个审艺心路历程中。他说："我每次外出写生，总是白天作画，夜间才偶或写文，我的文是画道穷时的美感交种。"②205 他通过对文学与美术之比较后说："文学诞生于思维，美术耽误于技术，长于思维，深于思维的美术家何其难觅。"②244 总之，对于吴冠中先生，我们观看他的视点应该多一些，探究他的成长与成就因素也要宽广一些。这样，我们纪念他，才能获得他更多的教益遗产，才能走更长远的艺术之路，才能延伸他的艺术理想。

其三，力戒成为"荣誉的囚犯"。我是主张一个人和一项事业，应该追求一定荣誉或荣誉感的。易言之，恰当地追求荣誉可以促进人的进步，可以促进事业的发展。但是，荣誉也是一把双刃剑——有正负之作用。吴冠中先生在论及画家的个人艺术风格时就清楚地揭示了荣誉的负面作用。"风格是可贵的，但它往往使作者成为荣誉的囚犯，为风格所束缚而不敢创造新境。……'荣誉的囚犯'应是对文艺作家的警示，但获得了荣誉的作家还是易于沦为荣誉的囚犯。当作品成为商品时，画商们往往左右了作者的风格面貌。"②217 我们从吴先生一年一年创作出新的作品形态或赋予作品新意涵时，就清楚他自己是力戒成为"荣誉的囚徒"

---

① 因为陈之佛先生是我的博士生导师张道一先生的老师（1953 年 11 月—1955 年 8 月随之学习），故自我攀高枝尊称其为师爷。不过，从学统来说，又的确是这样的关系。
② 吴冠中. 吴冠中画语录 [M]. 北京：人民文学出版社，2009.

的。尤其在晚年，他获得的荣誉达至极处。然而，他还是那样坦然和淡然行之艺事。他在 2009 年中国美术馆举办其捐赠作品展的前言中依然青春、清纯地宣言："这里展出的，是其血淋淋的肝胆、心脏。"[①248] 吴先生的艺术家不要成为"荣誉的囚徒"的思想，是具有长期的现实劝诫意义的。

综上所述，吴冠中先生用他自己的生命体悟和艺术智慧创造了卓尔不群的艺术之花，这审艺的馨香之花一直开放在人间，以至于此刻的我似乎分不清是"艺术大于生命"，[②]还是生命大于艺术了。我想，吴先生的生命与他的艺术是一体的，并永耀中华。还是吴先生自己说得好、做得好啊！他说："人生大舞台，人人有谢幕时刻……无数做出杰出贡献的学者、艺术家，最后不知所终，无幕可谢，但作品永远在人间闪光。"[①214] 是啊，我们总是路过吴冠中艺术之花的怒放！

2011 年 6 月 26 日于北京望尘园。

---

① 吴冠中 . 吴冠中画语录 [M]. 北京：人民文学出版社，2009.
② 吴冠中于 2006 年 10 月在纪念重彩画家祝大年时撰文说："艺术大于生命。"（《祝大年绘画作品集》，河北教育出版社，2011：11。）

艺域情怀　馨香远[①]

　　管理生命和创造生命，既是人生的课题，又都是为了生命的修养、心灵的润泽。不过，也只有热切拥抱生活、体悟生命和持拥艺术梦想的艺术家，才会以自己永远心动的情怀，去拨动艺术的琴弦，让那馨香四溢的艺术情韵，弥漫于你我的心际。

　　我的老师——钟定强（1939—）先生，永远是朴实无华的人，始终是谦虚为怀的人，总是惠泽于他者的人，在这金秋的十月，在这收获的季节，在他母校五十华诞的时刻，他将自己的心路历程、自己的艺术梦想、自己的挚爱情怀，于这简洁的展厅，奉献给我们，你我应该是心存感激的！

　　这里展出的近五十幅、历跨近四十年的作品，既有先生的创作成果，又有研究性习作；既有先生在南国白海的情韵交响，又有西域边陲的色彩斑斓；既有具象的手法，又有写意的风格。的确，它们都是钟先生综合人生之旅、之梦、之力的展示！

　　如果只以惯性的认知心理去观看"携着"绘画艺术梦想、走过无数"车站"或"风景"的钟先生的作品，也许只会从一般的绘画之观念——诸如"美的"表达或"技术"表达完善上去加以肯定和赞叹。然而，《磐石》《中硫砥柱》的深意，不仅仅是其高超写实转换表达能力的展示，更多的是作者的理想和人生信念的

[①] 观油画家钟定强教授的庚辰秋日画展而作。

图式化表呈。当你平静而心细地读过先生的水彩画《梦》《心中的白桦林》，水粉画《凝风》《酸楚的风缘》和油画《嘉陵夕韵》《残阳》《沉》《情走阿尔泰》等作品时，你会发现于先生之人生的中途，所力图转换表达的内涵，是他所有智慧与艺术才情和人生梦想的呈现。无论是创造表现清幽仙境、蹉跎时空，还是明快乐章的作品，都是先生心出之佳意、随情之意象。

　　"欧陆风"式的艺术文化经典，自然是她内在文脉内涵——写实主义与浪漫主义的集成。但作为一个具有浓烈华夏民族主体性格和文脉意蕴的艺术家，如何求得人类艺术文化异质取向性的有机创生延异性的同构呢？这是先生长期思考的课题之一。值得钦佩的是，在先生那尽显华夏写意神韵、尽采他者斑斓色泽、尽展自我刀斧之力的一件件佳构之中，我们看到了先生将东西方艺术予以相融、共生而后的"自我"毕现。你看先生那以中国的艺术写意精神为指引而有效调控异质的绘画质材所创作的，具有中国艺术空灵、率尔真诚、气韵生动之格的"写意油画"作品，便知其中三昧，

《康馨季节》，14 厘米 ×21.5 厘米，2010 年，梁玖

如《美人蕉》系列作品。此外，为力避在表现女性载体的转换表达中出现柔媚化现象，钟先生特选择硬质性工具：刮刀，用以写胸中之豪放逸气，并达至了尽展刀之力、刀之韵、刀之味的艺境，使艺术转换而成的意象，更具刚柔相济、力量与温润同构的艺术魅力。这种刀之情、刀之意、刀之艺的创造性运用，不仅拓展、充实了先生的艺术转换表达手法与艺术修辞系统。而且，还充实、丰富了先生的绘画语言体系。这种创生的、蕴涵新意性信息的编码艺术语言，及其有效的组织与调控外化，也使他者在读释先生的作品时，更多了一些心灵的润泽和艺术文化的陶养。你看那刀生的《美人蕉》、刀劈的《嘉陵夕韵》、刀降的《春之春》，以及那色彩鲜活、靓丽、笔触沉稳而调控有度和尺幅小而意远的作品，哪一件不是先生艺蕴心曲的陈述？不是写意性的乐章？不是色彩魂的律动？不是刀艺与笔情的艺境？的确是艺域之情怀，馨香远矣！

绘画的任何表现方法与样式的探索，都是为了绘画本身的存在，而任何人的智慧性探索历程都是令人起敬的！

无论如何，我欣赏这些不是以获得他人的廉价性"好评"或炫耀技术为目的的作品。

2000 年 10 月 12 日匆笔于望尘园。

梅庵春曲①

各位师兄弟妹和朋友：

下午好！

今天，我们荣幸地请来了被美学家滕守尧先生称之为——"在人类文化的圣餐和圣泉面前，他永远是一个乞丐"的南京大学雕塑艺术研究所所长、当代中国持拥深厚艺术才情和中华文化底蕴与情结的著名雕塑家、我们东南大学艺术学系的兼职教授和我们至诚的朋友——吴兄为山教授给大家陈述艺术的情话，于此，我提议大家先给吴兄以同样诚挚和会心的掌声，以示欢迎。

为山教授是有个性、有思想、有智慧和有勇毅求索精神的艺术家。无论是他手中的泥土，还是手中的画笔，都永远散发着"远古笛声"般的幽远情蕴和拓展艺术边界、丰富艺术文化内涵的创造品质。诚如我的导师、中国著名的艺术学家张道一教授所说：

"不知从哪一个圣土上冒出这么一个高手。从他出手不凡、具有大家风度的雕塑作品中，可以感悟到为山君的倾心要从黄土中炼出中国人的生命……"

---

① 该文是 2000 年春，邀请时任南京大学教授的吴为山君，为我于 1999 年倡导成立的东南大学艺术学系"梅庵艺术学会"的全体博士生和硕士生做题为《艺术情话》讲演开始的致辞。

　　总之，坚信今天下午由我们共同智慧打造的时空，将永远地定格于圣洁的梅庵，将永铸在我们人生中途的记忆中。

　　下面，我们就请吴先生说话，大家鼓掌表态吧！

　　谢谢！

2000 年 4 月 20 日于东南大学梅庵。

《心香梅庵》，1999 年，梁玖 摄

你远去的背影

你的背影在我的视线中消失了！

初夏的夜风无声息地吹过，迅疾地把我吐出的香烟飘散开了去。

在浓浓的夜幕下、在不知名的街道旁、在冰凉的石栏上，我凝望着你的远去，你那娇小的身影越来越小，而川流不息的车辆却老挡着我的视线，不一会儿的工夫，便看不到你的背影了——那不太熟悉的背影。在无言的夜风里，只有忽明忽暗的路灯在无奈地垂挂着，当再一支香烟燃着了手指的时候，我才疲惫地转过身，沿着来的方向走去……

再也看不到你的背影了！尽管已有些暖意的初夏夜风依然如故地吹拂着大地上的一切事物，但只有那苦旅的人才能读出那风的深意。

远去的背影，如风吹过，撕扯着人心、提升着失落，了无希望的酸楚如那漫天的大雪，飞飞扬扬。你的背影消逝，我知道是迟早的事，只是未曾料到这一天来得这么快。虽然，不曾讲过仅有的两次中的今天是最后一次随行，但我知道，那魂牵梦绕的背影，总会有那么个时刻在不言语中消去，永远的。在来来往往的人群中，在不算太大的都市里，丢失了一个人，都是难以寻找的，何况是丢在了风里。不知道那力大无比的狂风将会把你卷了去送向何方，从此便再也找不着你的踪迹了……

　　回想起你曾对我说过的话语，回忆着你与我共在的时光，回望着消逝你背影的那方夜空，似乎一切都是萍水相逢，然又随水而去了。

　　在漫漫回走的夜里，在一望无边的人生路上，在乱意的思绪中，似乎一切都那么恍惚和混沌，一切都那么伤逝无限，一切都那么不知所措和黯然如泣。

　　远去了，不再回；消逝了，不再来；今生的情缘、今生的爱意、今生的疼痛，都在心灵里凤凰涅槃和兼容。然而，心中那无尽的失意和失落，却是深意沉沉的铭怀于心中。真不知道一个人的生命历程中是悲剧多，还是喜剧多；是快意多，还是失意多；是牵挂多，还是享受多。这些是没有标准答案的疑问，也就算了吧。世上的事，本是无言的结局，也分不出该与不该，好与不好。只是发生了，就发生了，去了就去了。如此经过了多少年、多少人、多少事，也就到了人生的终点，不再有言、不再有留、不再有意，但却肯定是会有难以割舍之情的。

《秋风起兮家乡远》（写意花鸟画），2011 年，玄之

　　夜色更重了，行人也渐稀少了许多。急驶的夜车狂奔似地前行，我知道是为什么。夜，是为寻求幸福、追求再生的人们准备的；夜，是为倦旅的人们打造梦想而生的；夜，是为医治受伤的人们而创设的；夜，也是地震或毁灭之事的多发时段。充满无限希望和伤感的夜啊，不知叫我如何面对你，是你把她的身影掠走的，是你把我的心揉碎的，是你破灭了我的希望和梦想。

　　消逝了，你的背影，在视觉里；留下了，你的背影，在心灵中。

　　一生一世的恋啊，一生一世的伤；一生一世的疼啊，一生一世的甜，永远地说不清道不明白的人生啊，我正在途中。

　　香烟是好的，在孤苦或欢乐时，迎着夜风我又吃力地、本不情愿地点上了一支。在那瞬间即逝的火光中，似乎有个既陌生又熟悉的背影——你的——已消逝了的……

　　"你从此走了，遥遥无期如永别，我会受不了的……"你曾如此温情地对我说过，当时我回答道："是啊！"然而，今天，你的背影却就这么不辞而别地永远消逝了，在风中，在夜色渐浓的古城里。

　　为你守候，守候那在风中飘散的你的背影，在天涯、在荒原。

　　　　　　　　　　　　　2000 年 4 月 22 日于六朝松旁试笔。

创造与观看[①]

观看，是人类的需要。

满足观看，是人类创造美术文化的动因。

学会创造观看文本和学会观看美术文本都是一种幸福！

创造美术观看文本和选择美术作品观看，都需要智慧、需要心情、需要胆量。

在这里，我们自信地创造具有观看价值的美术作品——展示我们的爱、我们的心、我们的梦想与努力；我们多情地希望用美术文化润泽人们的心灵——以我们的真诚和勤奋，为您提供另一种满足和而不同的观看需求选择；我们善良地期盼能与您共同分享人生的追求、快乐以及还有那淡淡的忧伤——促进心与心的交流。

艺术没有标准答案，艺术是宽容的化身。我们追求探索、自由、创造、宽容、吐纳、经典和爱的精神！

在人生的中途，在祖国静谧的西南师范大学育才美术学院，在无数教与学的平凡日子里，为了守候自己宝贵的生命和智慧，我们这一群可爱的姑娘和小伙儿，专注地创造了、专注地传播了具有无限视觉魅力的美术文化，请您也专注地观看、专注地给予我们智慧的支持和帮助吧——在这有缘的时空里。

2007 年丁亥初春于北京。

---

① 该文是应邀给西南师范大学育才学院美术学院（今重庆人文科技学院建筑与设计学院）的美术馆开馆撰写的馆铭文。

纪念日

今天，
是个纪念日，
我们俩的。
然而，
你不在，
身边，
我也不在。

时间过得很快，
年，
也有些老迈。
然而，
当年的情景，
依旧是那样的青春和欢快。

多少往昔，
多少存在，
一切都在，

不老，
也不坏，
也不仅仅是坛坛和罐罐。

不想老的岁月，
庆幸，
你我都还在！
只是，
只是我，
永远也还不完今生的债。

只有，
只有默默纪念，
今天，
这个我生命中独特的日子。
你给我的，
永恒的日子！

2004 年 7 月 7 日抒怀于北京学院路寓所。
今天是个人生纪念日。憾我们彼此都在忙而不
得相聚，故落笔以铭。

心划情体: 书法艺术创作论

我总是认为, 作为现代国民的中国人必须懂得书法艺术文化。同时, 作为研习书法艺术者, 应该有自己独立的书法艺术认识论和创作外化主张或思想。

一、中华流淌了千百年文明故事的血液

中国的美术系统与西方传统美术系统有别, 其中最典型的当是书法艺术。书法艺术是中华子民流淌了千百年文明故事的文化血液。

作为现代国民的中国人, "必须懂得书法艺术文化", 这既是一个历史、现实、未来和个人的基本命题, 也是一个历史、现实、客观、未来的任务目标, 还是作为中国人的个人文明化生活方式的必须, 也是书法社会学讨论的课题。书法社会学, 是指研究书法世界与社会互动获益的学科。

文明化生活, 是指人有精神气象地保存生命成长的生活方式。高贵感、新派气质、教养化习惯、理想纯爱、慈善周围世界是文明化生活构成的核心元素指标。一句话, 文明化生活思想, 是培养、秩序、调控个人或群体克服非生活而实现真生活的一种观念、理论与方法。真生活, 是指安适性有细节与节奏的惬意生活方式。"静静平实有意义地分享岁月生活方式"(如图1《生活》所示), 是我的生活理想与生活常态。说实在的, 当下太多的中国人是过着"非生活"的日子。于此之谓"非生活", 可不是中国在"忆苦思甜"岁月里所说的那种过着"上无片瓦, 下无立锥之地"与"吃

了上顿而无下顿"的生活（如图2《无片瓦》所示）。恰恰相反，非生活者，是有太多的"瓦"和不计其数的"饭"，多得连自己都无从分享"自己的"物质。如，现今时代的那些贪污人民的上几千万、几亿资产的人便是如是。所以，所谓非生活，是指基于生存之后超越个人或群体日常各项活动宽松所需的生活状态。非生活的基本表征，是没有惬意感地超越正常生活之为之态。具体表现为：一是，自己的日常生活没有由自己内在纯净心灵所支配；二是，追逐着不是正常生活所需要的太多东西；三是，自己的生活缺乏细节性深入厚度；四是，自己的生活欠缺能真正进入心灵的温情；五是，自己的生活没有超越个体需要的人生意义；六是，人生没有平实底色的高贵感。我想，无论是中华民族的伟大复兴实现，还是实现小康文明生活，都是需要去除"非生活"的观念与状态，需要实现过着"真生活"那"静静平实有意义地分享岁月"的惬意日子。

以书写汉字而衍生出来的书法艺术是中国美术文化的重要构成部分。美术，是指人类价值之艺术性视觉造物实现的艺术形式。书法、绘画、篆刻、雕塑、陶艺、建筑、园圃、刺绣、漆器、剪纸、

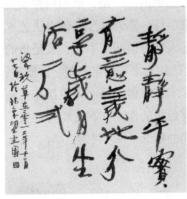

图1　《生活》，2012年，梁玖

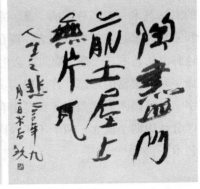

图2　《无片瓦》，2009年，梁玖

摄影、数字艺术、架下艺术、当代实验美术诸艺术性视觉造物形态是中国美术的核心类别。

美术是以人为中心创造意义的一种复数性特殊文化形态。美术文化是美术域的知识、思维、价值、意义、符号系统及其行为模式。"美术文化始终是对人类的——生存、生活、命运、境遇、人性、伦理、宗教、幸福、吉凶、性、爱、价值、态度、心理、性格、知识、民俗、梦想、意义、族群、经验、政治、慈善等内涵进行人文关注和完善视觉化表现的文化。"①事实上,如果将美术文化与音乐文化比较起来看,就很容易理解美术文化的反映样式个性特质。

书法艺术属于汉字艺术领域的艺术形态,是汉字艺术的一种。汉字艺术是指中国汉字的视觉化抽象表现的艺术形式。包括:画字、写字、刻字、塑字、做字几个基本形态。在中国以农耕为主要经济形式的社会里,凡读书人都会书法。当下电脑工具的日常化运用,对中国人书写汉字的意识、书写习惯、书写水位的冲击是很大的,这是值得中华民族在整体上专注思考和应对的关于中华民族文化血液顺畅流淌的严峻现实问题。

汉字艺术作品创造有两种不同的取向。一是,取向精神创造的书法艺术。习惯称谓的"篆、隶、行、草、真"五体书法艺术和篆刻艺术是其经典的代表。现在人们习惯叫的书法,就是指的这种书法艺术。二是,取向社会生活的艺术。画字、刻字、塑字、做字是其丰富的形态。许多民间美术家所做的画字(包括花鸟画字)、笔画图形化刻字等都是很有意味的作品。在此要特别提示区分认识两个概念:两个不相等同的概念——"书法"与"书法艺术"。

---

① 梁玖. 美术鉴赏与批评 [M]. 上海:上海交通大学出版社,2013:22.

"书法"，在日常生活中是指汉字书写的方法。在中华文化语境中，传统上是特指中国汉字的毛笔书写方式与方法。它包括执笔、行笔、点划、结构、章法、用墨等基本的书写知识和行为模式。因此，"书法＝写字"。学文识字练习的"写字"，是要求书写正确、规范和好看。

书法艺术，则是指书法家将毛笔字的间架结构和用笔通过主体的创造性转换而形成线的艺术性视觉化抽象表现的艺术形式。它强调的是书法家的——艺术梦想、实践成就、主观情感、人格魅力的表达和对汉字的结体规律性的创造性表现的综合性集成①（如图3《题画书法》②所示）。当下人们习惯所说的"书法"，即是对"书法艺术"的简称。于此所论的"心划情体论"，是专指书法艺术一类。

值得一提的是认识、理解、创作和欣赏书法艺术，需要确立"超然品位"意识与思想。艺术是有意义地排列情趣。艺术既是一种空灵学说，也是一种密码学。艺术开启无穷智慧，建构美妙、激

图3 《题画书法》（局部），清代，李方膺

---

① 参见：梁玖.欣赏艺术[M].重庆：西南师范大学出版社，2006.
② 李方膺在1755年的《墨竹》作品上题诗曰："有肉之家竹不知，何堪淡墨一枝枝。老天愁煞人间俗，吩咐清风托画师。"作品藏南通博物苑。

动人心、疏通人生堵塞。艺术文化是一种人有意义地排列价值性情趣的心灵吐露文化。因此，引导理解书法艺术的"超然品位"，就是指脱俗地离形畅心。值得注意的是，当今一些缺乏必备艺术文化底蕴和泛文化学养的习书者和创作者所作的作品，因无书卷气和心灵厚度，被有的专家称为"写毛笔字"，这是需要书法艺术界引起重视和反思的现实问题。

"超然品位式"理解和品味书法艺术的思想与方法，既要着眼于作品的点划、结体、行笔、章法间、气韵、艺境、气象之诸多特点，又要能超越于形的沉入心灵思想深处去游走体悟。只要看看历来形容和描述各种情势书法作品的语汇或句式，就清楚了创造者与观者具有超然品位思想及其方法与能力的重要性。有资深学者说："中国书法……有多种方式可以诠释它的抽象之美，翻开任何一册论书法的书，什么悬针垂露、飞鸟入林、高峰坠石、如纤月之出天涯、若重星之列河汉，什么导之则泉注、顿之则山安和所谓的无垂不缩、无往不复，简直是由艺术欣赏一直谈到了人生体会，使人如宝山，美不胜收。"①的确如此，只要读一读唐代孙过庭（646—691）的《书谱序》，会更明白读解书法艺术特质的那种超然玄思行为之所在。孙过庭说："观夫悬针垂露之异，奔雷坠石之奇。鸿飞兽骇之资，鸾舞蛇惊之态，绝岸颓峰之势。临危据槁之形，或重若崩云，或轻如蝉翼，导之则泉注，顿之则山安。纤纤乎似初月之出天涯，落落乎犹众星之列河汉，同自然之妙有，非力运之能成。"所以，无论是创作书法艺术作品，还是欣赏和鉴赏书法艺术、开展书法艺术批评，非有高端学识与人生境界不行。俗气太重的人是难获书法艺术情韵意味的。也正因如此，每一个中华子民学习鉴赏书法艺术的核心价值就在于：书

---

① 李霖灿. 天宇流芳 [M]. 桂林：广西师范大学出版社，2010：165.

法艺术可以帮助褪脱些个人的俗气而提升一些艺术文明气质。要想成为一位具有中华文明修养的人，是要具有懂得书法艺术之奥妙的学养。由此也可以理解：创作书法艺术的艰难。

二、心划情体

艺术是人类情趣精神的行走方式。要"行走"，就离不开行走方向的导航。那么，无论是欣赏书法艺术，还是创作书法艺术作品，都需要有行走者独立的"导航思想"。

如果说"超然品位思想"是我主张的观者理解书法艺术的基本理论，那么，"心划情体"，则是我确立的自己创作书法艺术作品守候的理论（如图4《书划情体》所示）。所谓理论，是指建构起既有概念彼此关系的一般性抽象解释结论。

创作书法艺术作品的"心划情体论"，是指基于个人思想创意笔画吐露情趣于意味结体形式中的书法理论，如图5《母亲》所示。创作该作品时，如何用远离书法视觉经验的形态与线条、形式和笔墨表达自己对母亲的深深情意、思想与记忆是一个关键问题。以"心划情体论"为旨，就能够让自己在心中那"有与无"

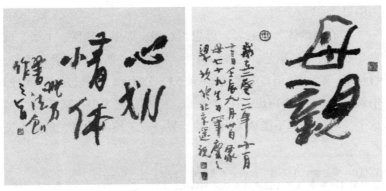

图4　《心划情体》，2009 年，梁玖　图5　《母亲》，2012 年,梁玖

的空间中自由、灵动、倾情地审艺化调控表达。表达，是对接受存在的感觉或领悟内容的意义化呈现。"审艺，是指人们对艺术的领悟性判别反映"①。审艺既不是审美，也不想代替审美。审艺是专注于思考怎样的做才是艺术的问题，与审美无涉。审艺，好比是情人眼里的西施。审美，好比是一个大众情人。审美是一个需要人人肯定的公约数。审艺只谋求获得创造者基于艺术本体和艺术历史、存在语境、自我诉求的独悟、独拓、独为之成果。艺术家的"这个独特成果"，允许受众不喜欢、不欣赏、不接受。更关键而重要的是经过耗费艺术家心血和精力才情与独门表现功夫的"这个独特成果"是艺术。如果以创作一个"大众情人"的审美标准来衡量和规范艺术创作，必将让个人的艺术走进"千百年来唱着同一首歌谣"的死胡同。尤其书法艺术创作，更应该是守候审艺的艺术表达行为。在当今物欲横流的时空，在道德松弛、信仰衰微倾向突出的语境里，在快餐消费、功利至上的经济关系中，艺术似乎成为了唯一能够支持帮助人们获得生命健康、心灵安宁、想象力自由行走的超自然力量与方法。艺术作为人类的一种认识论与运用方法和工具的价值，就是在于能够把"世间实相"变为另一种情趣魅力相，这一点在中国书法艺术创作中体现得更为明显。

"心划情体"之心者，思想、心理、理想、理性、主张、观点、理论、道、审艺、艺境、精神、学术也。西汉后期著名学者，哲学家、文学家、语言学家扬雄（前53—公元18）在其《法言·问神》中就说过："言，心声也；书，心画也。"②书法艺术创作离不开"心"这个灵魂。艺术不能缺失自有的境界——艺境。艺境，是指人类

---

① 梁玖. 审艺学 [M]. 南昌：江西美术出版社，2008：21.
② 转引自：石涛. 苦瓜和尚画语录 [M]. 周远斌，点校，纂注. 济南：山东书画出版社，2007：06.

艺术梦想外化实现的最高指认性意味完善气象境界。艺境是艺术学科最精深的学术范畴概念。艺境集中于对艺术的文本性自在高级完善境界外化实现的探讨与表现。艺境是艺术自决诉求的玄妙境界。艺境在作品中显现出来的形态是艺术性高级意味完善境界。此外，任何艺术都离不开学术。学术指人类一种持奉创造出文明成果的行为信仰。书法学术，是指书法从业者追求创生书法文化成果的研究信仰。其中，书法学术当然要思考和处理学术的安全与冒险元素及其关系。处理得好，才能让书法艺术有可持续的可能与动力保障。总之，"心划情体论"离不开"心"这个思想大道的支撑。随心点画书写是一件快意的雅乐事情。一句话，"心划情体"，就是我的书法艺术创作思想。

"心划情体"之划者，有三个基本范畴意义。一是，预存、策略、创意、设计、判断、修辞、实现；二是，汉字笔画、节奏、形态、气势、图像、符号、颜色、明暗；三是，用笔、用水、用墨、用纸、借用、材料。艺术创造法之修辞，是指艺术创造的具体转换表现手法与方式及其润饰技术体系与工艺体系。"心划情体"诉求的创作实践，不是对既定书法模式的复制，而是自己基于独立思想的创意谋划新表达。"新表达"，是指直接意义之外的意义呈现。一件艺术作品，是会包含着第一意义、第二意义、第三意义等复数性意义内涵的。那种仅以能够娴熟地用某一既有书体，抄写一首诗的习性表现方式，不是真正的自我独立的书法艺术创作，顶多是属于书法"习作"演练。总之，"划"，在"心划情体论"中，具有顿悟开启与想象调控表现的审艺智慧价值。

"心划情体"之情者，包含直觉、呼吸、感性、性格、情绪、情思、情感、兴趣、趣味、心性、心灵、魂灵、圣灵、属灵、潜能、注意力、想象力、好奇心、意志力、成就感、语境、仁爱、嗜好、浪漫、艺术矫情等内涵元素。艺术创作是艺术悟性、哲学悟性、生活悟性、属灵悟性、焦点关注悟性的意义化综合创生实现。总之，"情"在"心划情体论"中，居于灵动引领吐纳鲜活悲欣生命的中心地位。

"心划情体"之体者，包含汉字结构、形式、空间、虚实、牵丝引带、比例、对比、原则、类型、方向、特异、和谐、气象、风格等元素内容。书法艺术是最具有鲜明中国文化特色的视觉艺术，如何用眼睛处理所想、所见与非见的信息，如何将一小帧书法作品表现得让人读到更多的内容，就需要在处理汉字结体本身与艺术性特异表达之间，做超越性深度想象力地圆融表达。所以，"体"在"心划情体论"中是具有集中、典型、最后提升的表达彰显价值。能够成为独立一家之称的书法艺术之标识，就是用"体"来识别与称谓的。如，古之王羲之（303—361）的"王体"行书，颜真卿（709—785）的"颜体"楷书，以及今人启功（1912—2005）书法体、欧阳中石（1928—）书法体，等等。"心划情体"，就是要谋求个人书法之"自己的体"。

艺术创作是精神的觅食方式。书法艺术创作是基于审艺观[①]的实现心划情体。"心划情体论"视野的书法艺术作品创作，是需要灵动综会地细化实验与反思完善。在目前的实验结论中，正玩法（如图6作品《正玩法》所示）、半观法（如图7作品《半观法》所示）、藤蔓法（如图8作品《鸟在水光中》所示）、正玩引密放法（图1作品《生活》所示）、圆融法（如作品《夜》所示）等都是"心划情体论"引领下不断生成的一些特性表达方法，并成为"心划情体论"的体系性构成元素形态。这也表明"心划情体论"是可以引发创生更多不可预知的可行办法的。比如，正

[①] "审艺观，是指人们审视领悟艺术是非曲直的观念。"（梁玖 . 审艺学 [M]. 南昌：江西美术出版社，2008：96.）

玩法，是指以虚实守正放洒结体表现的书写方法。正玩法的基本技术路线是，在思考如行书作品创作表现结体时，依据创作意图，将有的笔画借以楷书范式结体表现，有的以行草书范式结体表现，并将二者虚实有度地创造性圆融表现。正玩法，不仅在引导起步阶段尝试书法艺术创作的人有突出的引领作用，对促进书法家思考书法艺术创作的个性化创造拓展上也有原理性意义。再如，半观法，是指基于似与不似而用看与盲之适度陌生化灵动结体表现的书写方法。其基本技术路线是在作品创作表现时，创作者依据创作旨趣，及时判断或不看笔而写，或调适定位后盲写，或二者灵动穿插表现，实现诉求理想的艺术表达效果。半观法，在对开启探索远离书法创作表现视觉经验上有新颖独到的引领与创生价值。

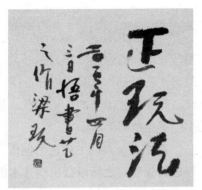

图 6　《正玩法》，2010 年，梁玖

图 7　《半观法》，2010 年，梁玖

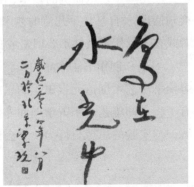

图 8　《鸟在水光中》，2014 年，梁玖

"心划情体论"视野的书法艺术作品创作表达的最高境界是——游刃有余地吐露自在心灵。所以,依循"心划情体"思想的书法艺术创作,是可以在范围广泛和多维度取向上进行创作实验。其实,艺术法的一切本性,是在于能够空灵、无常、有我的生生不息地创生出作品。

总之,个人的书法艺术创作,不能缺失自己的书法艺术创作理论的导航。之所以会出现艺术创造力的堵塞事象,就在于艺理学不畅,在于欠缺各自独立的艺术创作思想。① "心划情体论"是解决书法艺术创作经验危机的学理与方法之一。

三、艺所见之无非我

艺术创作者仅有自己的艺术创作主张是不够的,还需要有自己独立的艺术思想。有了自己独立的艺术思想,才有可能超越"艺术世情"地及时提出一些促进自我艺术变迁创造的命题,并自觉主动地做学术研究与专业性贡献陈述。

你给自己作品设置的目标是什么?是出艺术风头的大胆创新?还是基于艺术惯例的技术、模仿、经验、习性的保险式表现?换句话说,"自己是第几流的艺术家"的这个问题,作为艺术学习者或艺术创作者最好不要回避或盲视。

习书和创作书法作品的人,也是需要有仰望艺术宇宙学理和寻捡书法艺术创造元素田螺的思想及其实践。实践证明,只有具有了将"仰望艺术宇宙学理和寻捡书法艺术创造元素田螺"予以统一与实验的思想与行为,才会让个体或群体的书法艺术创造力

---

① "艺理学,是指研究生成艺术普适道理的学科。"(梁玖 . "艺理学"作为艺术学中的一个学科名称 [J]. 艺术百家,2015(01):139.)

充满生长力量，才能让书法艺术获得不竭的变迁景观，才能让书法艺术成为中华文化永恒的营养构件。

艺术杰作，是艺术家心灵极度之动的结晶，这是艺术历史给予的经验结论。由此，也逻辑地揭示出艺术的一个核心命题——艺所见之无非我。无论是习书法者，还是从事创作书法作品的人，均宜确立"艺所见之无非我"的艺术学理观念。

"艺所见之无非我"，乃明示艺术是创作者自重、自信、自觉、自悟、自越、自为吐露悲欣情趣的精神文化。"艺所见之无非我"的书法艺术创作，也就是以笔墨和汉字造诸视觉线性形象表现创作者的深度悲欣情趣。图9《钓鱼》是2015年8月28日，在江苏南通大学参加纪念李方膺诞辰320周年学术讨论会期间所作，力图表达的就是我主张的"艺所见之无非我"的思想。2010年4月我思考成型的——字墨物我之神、字墨物我之趣、字墨物我之思，是"艺所见之无非我"的体系属要件。被誉为"扬州八怪"之一，以画梅著称于世的清代书画家李方膺（1695—1755），在评价认识和理解自己的"平生知己"梅花时就讲："予性爱梅，即无梅之可见，而所见之无非梅，日月星辰梅也，山河川岳亦梅也；硕德宏才梅也，歌童舞女亦梅也。"（见图10《题墨笔梅花

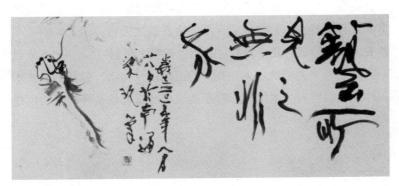

图9　《钓鱼》，2015年，梁玖

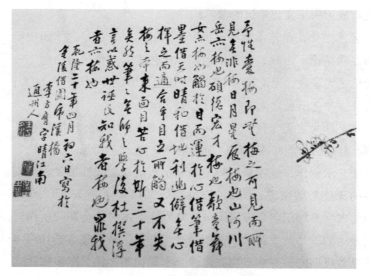

图 10　《题墨笔梅花图卷》（局部），1755 年，李方膺

图卷》）于李方膺而言的一切存在都是梅花的思想，清晰地揭示了"艺所见之无非我"的艺术学理。且不说被誉为中国画一代宗师的清代著名画家石涛 (1642—约 1707) 真切地说过："一画之法乃自我立"①³。"借笔墨以写天地万物而陶泳我也"①¹³。"我之为我，自有我在。古之须眉，不能生在我之面目；古之肺腑，不能安入我之腹肠。我自发我之肺腑，揭我之须眉"①¹³。艺术史也一直证明着"艺所见之无非我"的道理。一句话，包括书法艺术创作在内的所有艺术创作，都不能缺失吐露悲欣情怀观念的创作者自己。

---

① 石涛 . 苦瓜和尚画语录 [M]. 周远斌，点校、纂注 . 济南：山东书画出版社，2007.

总之，"心划情体论"是"艺所见之无非我"思想的实验具体化。无论怎样，书法艺术创作不能缺失艺术思想，不能缺失引领自己持续创作的独立创作理论。当代中国书法艺术创作，应该有当代的书法风貌内涵，这是中国书法史学的经验与历史要求。

2015年9月2日定稿于北京。

今天是个特别的日子。七十年前的今日，日本人在泊于东京湾的美国"密苏里"号军舰上举行了日本投降签字仪式。日本人终于向中国人民和饱经日本人残酷摧残的世界人民投降了。伟大的中华民族经过十四年艰苦卓绝、不屈服的大牺牲的抗战，最终打败了日本侵略强盗，取得了近代以来抗击侵略敌人的胜利。要知道，日本人自1874年入侵我国台湾以来，日本强盗的铁蹄曾经十一次踏入中国圣洁的领土。在明天（9月3日），中国举行首次抗战胜利日大阅兵，深切纪念中国人民抗日战争暨反法西斯战争胜利70周年，意义深远，国民振奋。其实，弘扬书法艺术，是中华民族持续"冒着敌人炮火前进"的必须。

底　片

你，
知道吗？
满山叶黄又红透，
梦与君游。

你，
知道吗？

《何惧》(水墨纸本)，41 厘米 ×40 厘米，
2012 年，梁玖

寒凉又起雪花飘，
你可添了衣裳！

你，
知道吗？
椿树芽开，
老屋香已满。

你，
知道吗？
午后知了闪鸣重，
诉说祈祷与期盼。

你，
知道吗？
我，
一直爱着你！

2011 年 10 月 27 日午后，怀
念从前和纪念今生而即兴作于北京
望尘园。

写意悲欣情趣之旅

　　从时近弱冠之始正式随家父习书画至今，已有三十个年头。大学毕业也有二十余年了。岁月真的易过，这些年多是给师友叙画论艺，还没有给自己的艺术研究和艺术创作说些什么。今承杰出湘人雾君之约，说几许自画。也借此告慰于今早春突然辞世的家父。

一

　　习书画应获得良好的专业教育。人们常说眼高手低，事实上真正做到艺术的眼光高妙是不容易的。要获得高妙的艺术眼光，形成灵动艺术思维和独有的艺术思想，创造属于自己的艺术作品，都有赖于接受良好的艺术教育。

　　我从小看家父用他自创的隶书体书写大幅标语，以我母亲为模特做泥塑，创作剪纸画、刻版画、速写我和兄弟，将自己创作的国画作品大量地卖给外国人，自己装裱书画作品参加各种展览，以及，看他教习工农兵学员画素描、画速写、画水彩画、搞创作、组织美术作品展览会，还有他与他的一些同道友人谈论艺术等，这些都在我心里留下了羡慕和美好的记忆。加之，平时随意翻看家里或单位的大量美术书籍，也自然地熟悉了一些美术的基本知识、用具、材料和基本表现方法。所以，由于这些生活的常态便自然培养起了我对书画艺术的亲近感。同时，因受父母常说的"家有万罐钱不如薄技在身"的观念影响，故在高中快毕业之前正式临帖、课习书画，并一次性顺利地考入西南师范学院美术系国画专业学习。这种家庭生活之自然环境的专业影响，对一个人的印痕是很深、很重要的。也就是说，从小闻惯了的书香、墨香、纸香，就像吃惯了的家常菜一样，让人终生惦记和向往。所以，我形成了随意画几笔、写几个字、买几本书看看的习惯。

上大学后，除了既定课堂学习以外，我还私下跟随我们系的时任副系主任、著名油画家钟定强教授与刘一层教授专门学习色彩、素描，跟随著名国画家、书法家郭克教授习写意花鸟画，还拜中文系的著名学者、文字学家、书法家荀运昌教授习书法。这些师长在做人、从艺上的无私教导，让我受益终生。尤其是跟随郭克教授（我的硕士研究生导师之一）学习最久，大学毕业留校后都一直随习之，郭克教授从来不要求我的画作与他的方法和风格一样，一直鼓励我寻求自己的绘画语汇和特色，先生对我的人生影响和帮助很大。如今，刘一层教授和荀运昌教授也先后辞世

《郭克教授在画室》，2013 年，百之 摄

了。我深深地怀念我的师长和父辈们。在大学里，还获得了美国教授的系统教育，这对我的艺术思维拓展和艺术创作研究都影响深远。一句话，接受良好的专业启蒙教育和专业的多维系统教育是一个人顺利成长的重要保障。

二

我认为，艺术是人之悲欣情趣形式创造的文化。艺术的目的是润泽人的心灵。创造艺术作品，一是因为创作者有话要说，二是为了润泽心灵。艺术作品创作过程是一个发现意义、赋予意义、意义命名的行为。所以，我的整个创作都依循着自己的主张——外化悲欣情趣。无论是应邀之作，还是自娱之品，都是以表现自己的特定性情和观念为主旨。我之所以说：艺术是真的真，就在于艺术创作是要诉求揭示和表现创作者和人类的真性灵、真性情、真见识。作为绘画艺术来说，只表现物性状貌的作品最多只能娱于目，真正动人心魄进入心灵的作品是要见性灵情韵和意义的。无论自己是否能达到这样的诉求境界，但它一直是自己的所求。

纵观自己一路走过的写意花鸟画创作历程，主要是以因素转换论作为认识论、方法论、实践论指引的。因素转换论，是从我的艺术转换论发展而来的。艺术创作就是一种转换方法。主张以"艺术转换"来言艺术创作之事，是期望更好地发掘创造者的艺术创造潜能与才智。艺术转换，是指关于艺术创造主体的艺术原创性表现理念与行为模式。因素转换论，是指以诉求合力多因素创造作品的主张。一方面，是强调以因素分析方法进行艺术创作的综合思考；二方面，是主张以三五因素来寻求自己的艺术创作及其艺术语汇和表现方法。

一方面，强调以因素分析方法进行艺术创作的综合思考。这是以因素转换论从整体上思考创作艺术作品的方法论，即强调以存在、体验、幻构、远离、编码几个不同主题因素来定位创作作品的方法。

依据存在因素而创作，是追求随时把握自己此时存在的综合因素而进行创作。也许我是一个感性、情性因素比较重的人，对自己存在时空里的一切事物总有几许意外发现而想说话，故而常不依规矩地涂写。比如，《新生》《黄甲沐浴图》《生活之路》《中途》《秋趣》等作品就是。《新生》画的是常见题材——牵牛花。题名为"新生"，是为了及时纪念自己辞去负责杂务工作而专司教学的事件而作的。故多随意为之。如其叶的表现就是随心性所作——用了真的牵牛花叶和其他树叶予以正反拓印加点乱完成的。所作得到郭克教授的肯定，并欣然题跋鼓励之。《生活之路》是及时反映自己久病不愈而坚持治疗之心理的图示。作品的用笔和造型皆随风而定之。存在，意味着"此在"与"历史"的诸多内涵。因此，我总是关注自己的此时、此情、此景、此思而及时反映，并通过历史的观念予以意义化而转换为自认为的视觉图式。所以，我的作品多是求立象尽意和激情性地抒写。

依据体验因素而创作，是诉求在创作活动中充分揭示和表现自己的亲历。艺术创作守候自己是最重要的。包括：一是守候自己的人生经历和生活体悟。《苦瓜之秋日》就是表现自己的自信求进思想。一根苦瓜在深秋独自成熟到无人采摘，以致它的籽都被风吹掉在地上了，这似乎注定了是一个苦瓜的悲剧。然而，这时一只无名的林间山雀来到苦瓜籽的跟前鸣叫着，似乎是在欣赏和述说着什么。该创作取向与明代徐渭的《石榴图》之主旨不同。徐渭以石榴揭示"深山少人收，颗颗明珠走"的怀才不遇之思想。我自认为《苦瓜之秋日》是表现积极的人生价值观。我母亲常说"只要自己是颗金子总会有闪光的时候"。我向来主张——有心情就有阳光。二是尽可能多地通过大量创作实践获得自己特别的艺术创作认识论与创作方法论。《晴暖故园》就是我学习指画法后所做的作品。一句话，依据自己的人生体验与艺术实践体验而进行的艺术创作总会有些许不与人同的个体价值的。

依据幻构因素而创作，是强调以非常规思维而架构表现具体作品的创作活动。学习美术的人应该横向地多学习哲学、宗教、文学等学科，这样既有助于激发自己的艺术创作冲动力，又能有实际的行进路线与方法。哲学是一个既高度理性又高度感性的学科。哲学理性表现在反思和规律与技术地分析把握事物。哲学的感性表现在顿悟、空灵、新颖、生殖地认识事物。这些哲学的特性是艺术创作所需要的认识论和方法论。宗教的幻化思维和对信仰的追逐，以及文学的故事情节设置表现等都是美术创造需要的认识论和方法论。这一点从中国文人画画家为什么总是易于受到中国道家思想影响而得到证明。我在创作过程中自觉或不自觉地总有追求幻化架构作品的思想，因此，常常会获得一些意外的有用信息。其实，在艺术创作过程如何才能产生点创造的意外思维是弥足珍贵的。

依据远离因素而创作，是主张自己的每一次创作要保持陌生感。我在思想上是一个不太守规矩的人，我也很愿意这样。这多是接受美国老师之教育的结果，再就是因自己长期研究艺术教育的结果。我一直主张两个观点：其一，人要追求和实现意义化生存。就是说一个人应该坚持人生的最底线和最高境界，要让自己的存在有点意义——有些内容、有些价值、有些作用。核心是要求个人有价值地保存自己的生命成长。所以，艺术创作一是要有自己的东西，二是要力争发现意义、赋予意义并命名固化意义。有了意义化生存的思想，会让自己的艺术创作有明确的取向。其二，是要远离艺术经验。我是不太喜欢没有错误的平淡，或完善得没有艺术魅力的艺术创作行为与结果的。个人的艺术创作一定要与自己的从前或他者有一点点距离感或陌生感。远离艺术经验不是说艺术创作要完全抛弃已有经验，而是主张要有出新的意识与外化结果。别出心裁的原创是艺术永恒的要求。也就是说，艺术具有超越既成的特性。我提出"审艺"的观念，就是强调每一个艺术创作者应该充分发挥和发掘自己对艺术的理解，并进行探索性地创作。审艺是指个体对艺术的领悟性判别反映。如果说，审美是一个"我爱你与你也爱我"的关系集合体。因为，美是一个公认物。那么，审艺就是一个"你不爱我没关系，我爱你"的个体独有行为。所以，真正从事艺术原创的艺术家往往是很孤寂的，比如凡·高就是个典型。鉴于自己对艺术文化的一些理解，自己在思考创作和具体的实践过程中，总是在寻求新的意外、新的可能方式。尽管自己做起来很难，但是有了远离艺术经验的思想观念是易于寻求到新的发现与新的创造的。《早春》《春晖》作品里的鸡的画法，以及系列荔枝的画法就是企图远离经验而形成的自我绘画语汇与表现方法。

依据编码因素而创作，是强调用自己探索形成的创作方法而创作。这些年来做了许许多多的尝试，其中最有心得的是我命名为"半观写"的方法。《中途》就是用半观写方法创作的。半观写法是在实践盲写画法的基础上形成的。我往往在准备接手教授写意花鸟画课的时候想，如何让学生有效地从学习了白描和工笔花鸟画的基础上转到写意花鸟画的思维和方法上来？如何让学生形成写意思维？如何让学生在改变工笔画工细的习惯时又要吸取工笔画的一些元素？如何让学生能够在较短的时间里打开思路而放开手脚地去进行写意画的练习？在一次次的思考与实践中，发现了从白描花卉写生转到写意花卉写生的一个有效方法是半观写。其方法较为简单：以训练花卉写生为例。在准备好写生对象和工具材料后开始表现时，看着画面画的时间少于观看被写生对象的时间。这样，有好些精彩的地方就是在一种接近意念控制下似与不似地完成的。最后的效果是既有工笔的意味，又更多的是具有写意的属性与味道。简言之，盲写是全部不看画面而画的表现法，半观写是在需要或想看着画面画时才看的画法。半观写法是让学习者充分体会写意性与似与不似意味的有效方法。此外，还应该不断思考创造形成属于自己的一些视觉表现符号，这样才能够灵活地让其代自己说话。我的"草叶鸟"及其画法，就是这样思考的结果。《惊鸣》《好景在河池》画中的鸟就是我的草叶鸟形象符号。总之，不断将自己的创作试验研究形成有限编码知识是促成自己艺术个性和提高艺术水平的有效方法。

二方面，是主张以三五因素来寻求自己的艺术创作及其艺术语汇和表现方法。三五因素，即指写意花鸟画具体表现时要关注的三类五个因素。其分别是：五维、五用和五字。

五维是指理解艺术作品及其创造的五个维度因素。即：生存环境、情感思想、表现技艺、感染心动、岁月公认。艺术创作是要顾及生存环境因素的。从图像学角度分析作品，也必须把艺术创作者及其作品诞生的具体环境因素探究清楚，这样才有助于全面读解作品。情感思想、表现技艺、感染心动，是表明艺术创作及其作品要充分包含和体现特定的主题意义、特别的艺术技术、特别的润心内容。的确，一件作品少了这三个基本因素是会逊色的。岁月公认，一是旨在说明一件优秀的作品是由公众在历史时空里决定的，二是力图说明创作者不要心急浮躁地去追逐所谓的创造精品或经典。艺术经典与艺术大师是一个历史炼狱诞生的过程，不是一时之想就能成的。简言之，艺术创作是一种静穆平淡中的心灵激荡之为。

　　五用是指在作品具体表现过程中的用心、用墨、用笔、用水、用色几个因素。这五用易于理解，其核心是强调用心。用心的内涵多元，包括智慧、专注、注意力分配、情趣、专业欲望、研究等。人们一般把用墨放在用笔后面，我认为，从思考和视觉表现的逻辑来看，用墨居用笔之先。用笔往往是根据用墨的需要来设计与实施的。作品创作过程中，如果忽视这五用而完成的作品是不会耐看的。经典作品的一个构成元素就是要耐看。

　　五字是指作品创作的内涵结构元素。分别是：式、形、墨、笔、情。作为视觉艺术的写意花鸟画，首先应该讲究视觉呈现的式样结构。这是人们观看作品时被第一位感知的内容。所以，作品的式样张力感要强、要大气、要有势力。一定式样是依赖特定的符号形象来显现的，造型与表现就是创作过程中要特别注重的因素。墨、笔两个因素，是互为表里和作用的关系而不可忽视。否则，中国画的特质就会削弱或消解。艺术创作缺少情趣是灾难性的结果。我主张：每一次艺术创作都应该是具有怀着初恋般的激情去癫狂地想象与勇敢地创造表现。

　　总之，任何诉求品质的艺术创作都是一个艰辛的劳心劳力过程。我是心甘情愿和乐于享受这种外划自己悲欣情趣的劳心劳力过程的。

2011 年 4 月 9 日于北京望尘园。

不小心

夏日午后骄阳似火，宅闷了大半天的我，在朋友电话建议下去户外走了走。在所居小院里，温度实在是不低，由于明度反差太大，我的眼睛都眯成了一条线。可就在那烈日炙烤的院落里，我发现有一长队蚂蚁在匆行。

于是，我蹲下去看她们行走。突然，一个好奇心萌发了，我用手阻挡了蚂蚁前进的路，那蚂蚁也不示弱，非常机警、精明地夺路而奔，在不断遇阻以后更加快了夺路的速度。也许在此时的蚂蚁是高度戒备，其中也会有几许为自己的命运担忧或害怕。

在蚂蚁加快奔袭速度时，我阻挡的动作也随之提速。就在她跑我挡的短兵相接之中，我打翻了一只，她朝天而不能动弹了，我的心也随之一震，一句话脱口而出："对不起，我不是故意的，我不想打死你！"我面对这只刚才还机敏活泼和勇敢的蚂蚁，有些后悔，准确地说，是万般的遗憾和后悔。为此，我迅疾地抓起她，小心翼翼地放在我的手心上，她没有动，用手指轻轻地抚摸她，她没有动，我轻柔地给她吹气，她也没有动，这时，简直让我悔恨交加了。

我担心手的温度不适宜她，故而，摘了片冬青树叶让她躺在上边，把叶放在地上，我还用身体挡住北方这火辣辣的太阳光，期望她能回过气来。事实上，我不知道她是否还活着。

就在我守护她的过程中，有一只匆行的蚂蚁从她身边迅疾地走过去了。然而，仅仅一会儿的工夫，那走过的蚂蚁却回头了，并直奔这冬青叶而来。只见那只回首的蚂蚁，毫不犹豫地爬过冬青叶片，围着不能动弹的蚂蚁转了两圈，然后用脚去探触了触她。老实说，我不知那只蚂蚁想了些什么，只见她干净利落地就拖着那蚂蚁往前走了。那身姿、那动作、那神情，简直就像训练有素而善美的救护员，身手如在抢救伤病员一样的敏捷、肯定、有力和迅速。

于是，我的好奇心又来了，便努力观看她们的行进过程，还特意取来放大镜观看。那只"救护员"蚂蚁，一会儿从侧面推，一会儿从前面咬住后退拖行，一会儿又停下来，用脚去拍拍"病员"蚂蚁，就这样反反复复地行进着。我看着看着，又感叹起来了，不自觉地也赞叹起来了。多么可爱的蚂蚁啊，多么友善和仁爱的蚂蚁啊，多么伟大团结的蚂蚁啊，虽然因为我的不小心，却意外地发现了蚂蚁的仁爱互助精神、品格和善良。为此，一方面，我不断自责并祈祷蚂蚁的"老天爷"能尽快帮助"病员"蚂蚁不要死去，另一方面，我迅速拿来摄像机录下她们救护前进的感人过程。

说来也怪，在"救护员"蚂蚁艰难而迅疾地拖行了一段路程后，那"救护员"蚂蚁又停下来去探视"病员"蚂蚁，而这时，"病员"蚂蚁似乎动了一下，我不由得舒了口气，蹲下继续观察。只见"救护员"蚂蚁在"病员"蚂蚁的前前后后，左一触摸，右一触摸，结果"病员"蚂蚁的六只脚能完全站立了。只见她试着爬行，然而却是一拐一拐的，"救护员"蚂蚁也仍然用力地拖着她缓缓前行。

不久，那只不知道是受伤，还是昏厥的蚂蚁可以完全地独立走动了，只不过，看得出来，她走得还是有些吃力。这时，"救护员"蚂蚁就在她的两侧来回前后地跑着、照看着、呵护着，像是护驾保航一般。老实说，我不知道这两只蚂蚁是否有亲属关系，我想是萍水相逢的吧。

《浪费》（书法），43 厘米 ×45 厘米，2016 年，梁玖

都说蚂蚁是一个了不起的王国，都说蚂蚁啃骨头的精神很伟大，都说蚂蚁很是有智慧，但我从未仔细去了解过。然而，今天因自己的好奇心和非"蚂蚁道德"的粗鲁行为，导致一只蚂蚁差点丢了性命。虽说是一个极大的过失性"犯罪"，但我终究是发现了蚂蚁的伟大之所在了，如是，又是一种幸运。

想想我们周遭的现实中，多少的冷漠、多少的熟视无睹、多少的落井下石啊。看来，做一只蚂蚁，是有尊严的、是不孤独的、是幸福的。看来，我们人类要学习和修养的东西还很多。

如此想着、想着，我满身是汗地释然了一些刚才的忧伤心情，恰好也有股风过来了。

2004 年 8 月 1 日午后于北京学院路寓所。

信守阳光的旋转人^①

各位远远近近到来的泽园学棣和朋友，早上好！

又要给你们说话，有时觉得可以说上好多的话，有时虽然觉得不说话最好，但是又得必须说。的确，怀着心中敬畏与尊贵信仰的说话就难，欠缺信守人生意义地说话就是所谓容易的信口开河了。说与不说，其实都是一个艰难的抉择，尤其在今天这样一个需要努力正式地专业学术说话的场所，好在所谓的"难"，往往是一种人生意义化刻骨铭心历程的开始。所以说，一个人是否有应该有的视野和思考的议题，是彰显自己智能和人生价值的重要指针，由是，在此给各位讲一个主题——做"信守阳光的旋转人"，力图用三句话来阐释，核心是期望泽园人要能够做一个信守"学术＋生活＋规格"之价值的不断创造人生、学术和生活情趣的旋转人。

其一，让一束阳光始终照着自己。

大家知道，无论是素描、色彩作品，还是声乐和器乐作品，都"有一个"调子，那么，个人的人生也是应该有一个如"调子"的一束朗照阳光，这一束"人生阳光"，可以是"思想＋温暖＋真理＋信守＋友情"，也可以是"有意思"活着方式＋"一点点"意义贡献＋梦着梦的奔跑＋……所以，让自己永远沐浴在金色阳光中是一种健康的人生，学习和研究艺术、创造艺术教育的人，

---

① 该文是在"泽园行·2015'师生学术年会——《当今艺术教育的视野与学术议题》"上的致辞。

也应当是有足够多的理由来让自己视野里的人和远离你视野的人，都能获得阳光的温度与亮度，让阳光照进你与他的世界，获得风景无限的好！

其二，让学术始终飞舞。

作为正在学术探索路上的一群人，也算是找到了一扇人生门。那么，如何开门＋如何入门＋如何继续寻找新门＋又怎样持续不懈地打开通往艺术世界、艺术宇宙之门，都是学术人永恒的研究课题。学术人，是需要不断运动旋转的。被称为中国"艺术学系"开山鼻祖的著名艺术学家、民艺学家、设计艺术家、泽园的太师张道一先生，目前已是83岁的高龄，然而他现在是每年都要出版一两部学术专著，他还很形象地说自己的学术行为就是"攥米团子"，也就是把那些像一粒粒米散落在各处的宝贵的中国民间艺术文化，像从前那巧妇做饭团子一样攥成一个个团子，既方便别人享用，又让人吃得高兴。你们中不少人，不是先后就获得了他的若干个"米团子"吗？——像《蓝花花——民间布面点画赏析》《麒麟送子考索》《孝道图》《老鼠嫁女——鼠民俗及其相关艺术》《吉祥文化论》《桃坞绣稿》《乡土玩具——人之初的艺术》等著作。其实，已经置身在学术世界的各位，也好比是山花烂漫春天里的一只只可爱小蜜蜂，你不出去欣赏春天的景色，不去领略深呼吸春天湿润馨香的气息，不去采摘那些能够甜到心灵深处的蜜糖，只坐在那个暂且角落不亲自去做，终会是落得自己枉然的悲鸣。你们已经知道，要获得自己想获得的，要获得个人应该获得的，还要获得预料之外的惊喜，只有不断地精神着飞舞。积极而且是勤奋地行动＋开创视点＋拓展视野＋打开未知之门＋创生价值议题＋尝试＋贡献价值＋……就是作为学术人不断飞舞的靓丽情曲内涵。所以，也希望拥有"泽园人"这三个字构筑起独特身份的人，能始终让学科专业学术飞舞成景。每年一次的"泽園行·学术研讨会"，仅仅是一种飞舞曲。

其三，勤力营建泽园空间命运共同体。

"知道你！"是每个人人生中的一句温暖的话，当你被初次见面的人说成是"他知道的人"，试想当时自己的心情一定是不会太差的吧。你们今生彼此知道自己是什么花儿＋什么树＋什么树叶＋什么鸟儿＋什么鱼，就是一种人生果报和幸运人生，所以，作为泽园的导师自然是一如既往地期望你们中的每一个人，都能以自己独特的情怀、方式和作为，养护好泽园这个因学术之因果而成的空间命运共同体，今天你们积极的出场和接下来的独立报告会分享，就是一种有益的、实在的养护行动。之所以说是"泽园空间命运共同体"，由今天到会的毕业之花、树、叶、鱼——马蹄莲花·苏道玉、雪莲花·张夕远、杨槐花·杨洁、杜鹃花·潘婵、丁香花·郭玲敏＋马林鱼·裴朝军＋核桃树·任也韵、沙枣树·杨梦婉＋山杏叶·王阳文，还有福建教育学院发来祝贺视屏祝贺与歌唱的草叶鸟·林叶薇教授，以及在读的每个人，就表明这是一个不断有生长线的学术空间。同时，今天到来了诸位泽园人的朋友——《艺术教育》杂志社的郭晓执行主编、北京邮电大学宣传部部长周晔博士、北京师范大学艺术与传媒学院美术与设计系主

《泽园行·2015》（景之一），2015 年， 马林鱼 摄

《泽园行·2015》（景之二），2015 年， 马林鱼 摄

任古棕教授、广东肇庆大学美术学院的曾运东副教授与四川农业大学的教师张丽君、狼鱼的诸位朋友，以及"大一"年级的小作家高歌、正在读"高三"年级的严书倜同学，这也说明泽园是一个力求创造和分享学术的空间。所以，学术＋人生＋分享＋价值＋荣誉，构成了泽园教育模式的核心，平台＋空间＋场＋历史＋见证，构成了泽园的价值。如果此时你们问我"泽园是什么？"我如果"用一句话来说"的话：泽园是一条河，是一条流在泽园人彼此生命时空中的不眠的河。此时我想，"这条河"，既是泽园人"内省规格"之河，也是人生的"一束阳光"吧。

最后，我必须表达的心情是——谢谢本次会议的秘书长、泽园轮值主席冰凌花·李逸，副秘书长冰凌花·李存，泽园袭明纳学术首席、扶桑花·柴天磊率领工作团队的持续劳作，更谢谢各位的到来与支持！今天既是周末休息日，又是北京发出空气严重污染红色预警的浓雾霾时，都辛苦了，为了追逐旋转惬意的人生。

2015 年 12 月 19 日于北京师范大学艺术楼。

论设计人

首先，是表明自己的思考前提：

谁需要"应用技术大学设计学科"？

应用技术大学设计学科的障碍是什么？

人们心中的"应用技术大学设计学科"的形象是什么？

应用技术大学设计学科之致命策略是什么？

艺术学正义视野中的应用技术大学设计学科作为？

当代中国应用技术大学设计学科教育风尚历史？

认识 + 正道 + 反道？

如何变革完善那些熔断性艺术教育制度？

探寻基于"前方思想"的"专业技术学"实验教育模式。

其次，提出这样一个命题，主要是想讲三句话：

一、不是说一种职业身份

设计人，我这里不是重点想说"什么叫设计人"，也不是想讨论：一个设计人该是怎样的一种身份，比方说他的素质、她的条件、她的能力，等等。作为一个具有设计职业身份的人，在行业当中，一般都是能够认识到应有的专业基本素质要素和能力要素的。可是，作为从事一种职业的设计人，在当下，的确还是需要深入讨论具有设计职业身份的人的核心任务、历史理想是什么？一句话，我这里其实要谈的一个重点是——设计人要设计"什么"的问题。

拎不清楚作为设计人的真正人类的目的与目标，无论学什么设计专业，或从事什么类型的设计，都不易成为人的真正需要而受到尊贵之誉。由此，不管是设计教育中，还是设计职业规划中，都宜讨论、清晰"设计人到底要设计谁"这个前提性问题点。

二、设计是"设计"人

设计，究竟要做什么？

首先，从认识本质的角度来看，我个人认为，设计是把每一个本来叫人的"生物"真正设计成为人的样子。所谓"人的样子"，是包括"高贵＋鲜活＋坦荡＋精神＋真诚＋智慧＋可爱＋讲究"这样一些核心内涵要素。因此。作为职业的设计人，能否真正信守"设计是'设计'人"的观念，决定着他设计境界的最终水位与品位。

其次，从人存在最根本的角度讲，设计宜从人最不可缺的五大件事项入手。人最不可缺的五大件是：吃＋穿＋精神＋艺术＋值守。在当下，如果设计能够让人像个文明人该有的吃样儿、该有的穿样儿、该有的精神劲、该有的艺术空灵性想象分享、该有的价值信守。那么，不仅人成为了真正的人，而且，设计也就成为了人最不可缺少的、不可替代的文化。如是，那些粗制滥造的所谓"设计玩意儿"就不会泛滥，只为着赚大钱的设计人就会觉得羞愧。所以，作为真正有品位的设计人，他的设计应该是信守把人润饰成为高贵的人来进行设计。由此，让那些污染视觉、浪费资源和坑蒙拐骗的害人的设计绝迹，让那些忽视"教育设计人"而只注重"设计技术教育"的想法和行为，要么完善之，要么"下课"。

最后，设计出手去俗。既然人们需要有被称为"设计"的行业存在，那就表明在世俗生活中的人有超越日常需要的特别需求。一个文明人，走进咖啡馆、入座茶馆，不仅仅是为解渴；人走进音乐厅，不仅仅只是满足耳朵有得听的内容，欣赏音乐的人，还需要他坐的位置、置身的设计的空间是舒适惬意的；人捧读一本书，不仅仅只是分享书中所载的人类智慧与精神，他还希望摸着书舒服、读着的书愉悦，如此等等被人们接触和用的、消费的、享受的东西，都应该是要让人从中"获得设计"与"分享设计"，让人从中能够体验人世间的优雅和高尚精神。由是，任何设计出手应是高贵的、雅致的、文明的，而不仅仅是一个"俗"着结论的效果。有人说，要有钱才能做设计，这不是真的。对于不是从事设计行业的一个人，如果是习得了"讲究"生活的观念与教养习惯，那么，他也会让自己的生活因充满设计文化因素而有情味、不枯燥。比如，他可以是用一个旧瓶子插着一朵菜花，让自己的居室有另一种情调；他还可以把自己捯饬得看上去很有精神的样子才出门；他还可以对那些有设计感的物件表达特别的欣赏态度。所以，我们可以得出这样的结论：一方面，不论是职业设计人，还是能够欣赏和运用设计思想的其他人，都应让设计去除"俗"务；二方面，设计始终是为着人具有尊严、高贵和体面生活的行为。这二者在当下的中国，都还需要大力地传播和教化。

三、设计为着人生浪费与不浪费服务

说设计是为了让每一个人都活得是一个人的样子，这就需要思考——人需要拿什么来活着，由此再来看设计需要做什么？

首先，设计为着人生的浪费服务。

"浪费"，似乎是一个不被人们欢迎的词语或概念。比如，"浪

想念的人生

我真的很想念你！我真的很想知道你在哪里！我很想问问你："还好吗？"在这早春还飘雪的古城里。

曾经的早春、曾经的风雨、曾经的霜雪，以及曾经欣赏过的五分钟的风景，都深植于我人生的灵魂里。

那时，温润的你，在那座很古老很古老城市的时空里，是那样的轻盈，是那样的可人，是那样的善解人意！

人生中途，共同度过，潸然泪下，记忆永恒，细节幽复，铭怀恩重。

无尽的牵挂、无边的倾诉、无限的前行，感谢阳光、感谢天地、感谢曾经彼此的存在与相望。

年轻啊，那时很年轻！年轻的温暖啊随岁月飘！

生活是种子，弥久而长大。行为是河流，时久而桑田。存在是窖藏，年长而醇香。那些沁人馨香的日子和人与事，够人早早晚晚地想啊！

早春黄昏里的视野是很宽的。它可以径直望到那人生过来的天边尽头，望到夜的幽远和星的灿繁！

……

我似乎望见你了——记忆中熟悉的倩影和沁人的微笑！

2010 年 3 月 3 日午餐时草成于北京。

后 记

只要自己被降生在这个尘世中，总是要面临着走路。每个人各自的路有万千条，就看自己怎么想、怎么选择、怎么走了。

对于在生活中多半以看书、教书、写书的人来说，夜，是他们的伙伴。这不，此刻是 2016 年元月 2 日的深夜，在我的书房里，除了电脑主机的嗡鸣声，似乎就只是我敲击键盘的声音了。也就在这元旦假日里，我又生出了两个概念：一个是"人生是没有浪费的时光"。另一个是"日子是有大小的"。

只要用心去体悟和拥抱时光的温度，每一刻的时光都属于自己。何况，人生如无浪费，哪来的浪漫与意义矫情呢；有的日子可谓永垂不朽，有的可谓伟大至极，有的呢，却是让人悲鸣不已，如是可知一天与另一天都不相同。不过，无论大小的日子，流往，却是注定的。

的确，人生也就是由若干个头版连接的一份报纸，有的内容是大好，有的是泥石流，有的还在等明天，无论如何，总归是自己办的"自我人生日报"。由此想来，这本名为《何路无痛》的记忆自己大大小小日子的小册子，也便是自己这份"人生报纸"中的一些文摘，如是证明着自己的走过。

走，是人生的主题，努力走、始终走、分享走，就好。

"你来了，我不笑，能怎么办呢！"这是去年夏天在贵州丹寨考察"古法造纸"过程中，一位正在托裱湿纸的大姐见到我们时说的第一句话，我很欣赏，多好的思想啊！面对每一个黑夜过

《无痛是福》（篆刻），
2008 年，梁玖

后的日子，自己不以满满开心的念头去迎接，又哪来那些是自己的"大日子"呢？

意义的日子，她总是在那里，就看自己是不是想，或者是想不想得到。人生憾事如芒，不可数，唯尽心履职焉。

在此，我要再次感谢重庆大学出版社的周晓先生，是他一直的邀约和静静地等待，才让我把这个文本做完，也是他基于懂得和深知的倾力创造，才让这个文本出版来有了几许"作品感"的精致，谢谢周君矣。人生中的有些事，真的不知道该如何去表达自己内心那深层的谢意！其实，个人的肉，有的是不属于自己的。只是有的肉会永远不灭，那是因为有灵魂安驻着，有的肉，却那么快就死了，是个遗憾。

我总是感慨那年的秋天，自己被母校留下以教，方有今之眼耳。所以，感谢我所有的母校——重庆市的忠县永丰完全小学、白石中学、拔山中学、忠县中学，以及在 2016 年均建校达 110 周年的西南大学、东南大学、北京师范大学，感谢和怀念那些诲惠吾之长的众先生，还有我的父亲、母亲！

惬意的生活在惬意，出手去俗现尊贵，真是一个永恒的人生作业……

为人者不易也，感谢岁月、感谢自己所遇的所有人与所有事，来日唯期自己竭力克勤克力履行人生职责矣。

最后，我真诚地谢谢你的阅读和知道。

2016 年 1 月 3 日 01:05 于北京。